Helene Böhlau

Novellen

Helene Böhlau

Novellen

ISBN/EAN: 9783741125249

Hergestellt in Europa, USA, Kanada, Australien, Japan

Cover: Foto ©Andreas Hilbeck / pixelio.de

Manufactured and distributed by brebook publishing software
(www.brebook.com)

Helene Böhlau

Novellen

Novellen

von

Helene Böhlau.

Es ist kein Wehe so groß als Herzeleid.
Jesus Sirach.

Berlin

Verlag von Wilhelm Hertz

(Bessersche Buchhandlung)

1882.

Meinem Vater gewidmet.

Im Banne des Codes.

Es war Einem einmal recht traurig ums Herz; er war mit sich und der Welt unzufrieden, und hatte wohl recht, denn es war ihm nicht zum Besten ergangen.

Da saß er nun im leeren Zimmer und starrte in ein Blatt, das vor ihm auf dem Tische lag, und stützte den Kopf in die Hände. Ueber ihm von der Decke herab hing die Lampe und leuchtete zu des armen Narren Gedanken.

Hans Grandje! so schadenfroh sammelte sie ihre Strahlen gerade über dir, deine Trübseligkeit recht augenscheinlich zu beleuchten, und ließ, was dich umgab, in Dämmerung.

Oder wollte sie zum Gleichniß werden und dir veranschaulichen, was du fühltest, daß die Welt wesenlos, gedankenlos um dich herdämmere, und über dir allein, nur über dir der Fluch läge, Widerwärtigkeit zu empfinden, Mißachtung kennen zu lernen und Schmerz zu ertragen?

Es war ihm wirklich schlecht gegangen. — In dem Zeitungsblatt, das vor ihm lag, war das Verhältniß eines gewissen jungen Malers zu seiner Gefährtin und Erhalterin, der Kunst, als ein sehr zweifelhaftes und schwankendes dargestellt. Und der hämische Geselle, der sich bewogen fühlte, solcherlei Gedanken zu äußern, hatte sich auch nicht enthalten können, den freundschaftlichen Rath hinzuzufügen, das Verhältniß mit der Undankbaren zu lösen — und etwas Tüchtiges zu ergreifen, ein ehrsam Handwerk, das seinen Mann ernährt, da die jetzige Zeit böse sei für wohlgemeinte Mittelmäßigkeit.

Unglücklicher Weise war gerade unser Held der arme junge Maler, dem der gute Rath auf solch unangenehmem Wege zu Ohren kommen sollte.

Und er empfand die Verantwortlichkeit, die ihm vom Leben auferlegt war, gar drückend und wußte nicht ein noch aus. So saß er mit aufgestütztem Kopfe, fühlte sich schwer beleibigt, qualvoll beschämt, und kam sich sehr erbärmlich vor. — Endlich stand er auf mit einem tiefen Seufzer, schob die Zeitung zurück und den Stuhl unter den Tisch, als wollte er sich die Gelegenheit nehmen, wieder in ein unerquicklich dumpfes Nachdenken zurückzufallen.

Was sollte er aber jetzt beginnen? Er hatte nicht den Muth, nach irgend etwas die Hand auszustrecken. Nichts verlockte ihn. Seine Griffel und

Pinsel, seine ganzen Malergeräthschaften waren ihm diesen Abend äußerst unheimlich, und er warf einen Bleistift, der ihm unversehens zwischen die Finger gerathen war, wüthend in die Ecke.

Wie er nun so stand, mit gekreuzten Armen, mitten im Zimmer, und sich das Haar unwirsch aus der Stirn strich, da löste sich eine längst vergangene Stunde von ihres gleichen, kam und vertrieb ihre jüngste Schwester, die eben durch Hans Grandjes Zimmer schlich, und brachte das Stück Leben mit sich, was sie einst umschlossen hatte.

Da sah er seinen Freund an demselben Tische sitzen, den er selbst so eben in schwerem Mißmuth verlassen hatte, sah sich das Glas erheben und auf Glück anstoßen; er fühlte, wie damals Hoffnung und Stolz zwischen den vier Wänden sich gewaltig geregt hatten. — Er sah seinen Freund vor sich in größter Deutlichkeit und so voll Leben, wie sonst kein andrer Sterblicher unsern Helden heimzusuchen verstand.

Jetzt trat er ans Fenster und öffnete es. Die warme Sommerluft strömte ein, und aus dem sonst so stillen Garten, in dessen Einsamkeit und Ruhe der arme Hans seinen Jammer hinabzutragen gedacht hatte, drangen muntere Klänge herauf.

Doch jetzt bewegte es sich da unten, lebte und regte sich in allen Ecken. Bunte Lampen leuchteten im vollen Grün. Dunkle Gestalten huschten durch=

einander und kamen hie und da zu schimmernder Erscheinung, wenn sie durch einen Lichtstrahl wandelten, der aus den Büschen über den Weg fiel.

Unser Freund sah hinunter in das Getreibe, und da es ihm innerlichstes Bedürfniß war, sich selbst zu vergessen, gab er sich dem Unerwarteten mit ganzer Seele hin.

Und es wollte ihn bedünken, als huschte und schlenderte es geisterhaft über die Wege. Die Stimmen und Klänge erschienen ihm körperlicher als die Wesen, die sich unten regten. Ja, er fühlte im Augenblick alles ins Schöne gesteigert und erhöht, was ihm sonst kaum alltäglichen Eindruck gemacht hatte. —

Gerade unter seinem Fenster standen zwei Personen, ein Herr und ein junges Mädchen, im eifrigen Gespräch. Noch hatten sie Hansens Aufmerksamkeit nicht erregt, vor dessen armer Seele die schimmernde Bewegung im Garten gleich einer beruhigenden Melodie auf und nieder wogte, über deren einzelne Töne er sich nicht Rechenschaft geben konnte.

Die Beiden unter seinem Fenster sprachen gleichmäßig weiter. —

Lange aber mag es wohl nicht mehr dauern und unser Hans wird lauschen. So — jetzt thut er es schon. Ungeduldig klang des Mädchens Stimme zu seinem Ohr: „Warmen Regen, Baron. Warmen Regen meinen Sie? so stand's im Artikel," und sie lachte hell auf, „Pilze wachsen nach einem warmen Regen.“

»Warmen oder kühlen,« erwiderte ihr der Herr in etwas gereiztem Tone. »Die Talentchen schießen in die Höhe, und es ist gut, daß man den Leuten einmal die Wahrheit sagt.«

Grandje lauschte jetzt mit angehaltenem Athem. Die Worte stiegen ihm heiß zu Kopfe. Er glaubte zu errathen, um was es sich handle. Ach, er kannte das Gleichniß von dem Regen und den Pilzen nur zu wohl!

Aber jetzt sprach sie wieder: „Also in unserm Hause, hier im Nebenhause soll er wohnen?“ frug sie nachdenklich, als wiederhole sie etwas, worauf ihr schon geantwortet war.

Und Hans Grandjen fuhr es durch den Kopf, sie könnte nach diesen Worten zu ihm heraufblicken. — Und sie that es ja auch, so schien es ihm. Wie er zurückfuhr!

Sie waren also zurückgekehrt, der Herr Baron mit Fräulein Tochter. Hans Grandje seufzte auf. „Nun wird man ja erfahren, unter wessen Dach man seit zwei Jahren wohnt.“

Wie hatte alles an Leben gewonnen, seit sich ihm aus dem schattenhaften Getreibe eine Persön= lichkeit abhob; — dazu Eine, deren Geist in dem Augenblick, als sie sich ihm zum erstenmal zeigte, von des Erstaunten eignem Schicksal bewegt wurde.

Wieder war es des Mädchens Stimme, die wohl=
thätig bis ins Herz zu ihm drang.

„Der arme Mensch," sagte sie, „der arme Mensch!"

»Ja, Baronesse, so geht es,« warf der Herr ein
und zuckte wahrscheinlich die Achseln indem er das
sagte.

„Ja, so geht es," wiederholte sie, grüßte leicht
und schloß sich zwei Damen an, die eben vorüber
kamen.

Der Herr und Hans Grandje sahen ihr noch eine
Weile nach. Doch bald brauchte unser Freund das
Glück nicht mehr mit einem Andern zu theilen und
seine Blicke folgten allein der schlanken Gestalt im
hellen Gewande. — Er freute sich, daß sie ein kleines
Köpfchen hatte und daß beim Gehen das Kleid sich
anmuthig ihren Gliedern anschmiegte, kurz, er war
von der Erscheinung ganz benommen.

So gut machst du es, Hans Grandje — so gut.
Wenn du bei jedem artigen Erlebniß, das dir in den
Weg läuft, gehorsam stehen bleibst, Athem schöpfst,
alles um dich her vergissest und im Anschauen und
Vergessen neue Kräfte sammelst, immer wieder neue,
da wird es lange dauern, bis dich das Leben mürbe
gemacht hat. — Da kannst du bei guter Gesundheit
bleiben und das Elend des Lebens immer von neuem
ertragen, immer von neuem.

Laß sie doch da unten laufen, schließe das Fenster. Gehe in deinem Zimmer auf und nieder und denke nach, was aus dir werden soll. Es ist nichts mit dir, das merkst du ja selbst. Vor Jahren fühltest du zwar eine wunderliche Kraft in dir, glaubtest dich hochbegnadet und gabst dich mit ganzer Seele hin.

Das ist anders geworden.

Du bist betrogen. Es war nur eine halbe Kraft, die in dir wohnte, die dich peinigen sollte, statt zu beglücken. Und dich lossagen von dem, was dir einst das Höchste umschloß, etwas anderes ergreifen — das kannst du ja nicht. Wäre es doch, als rissest du dir den Gott aus dem Herzen, und liefest dann schmachvoll, ohne jedes Abzeichen deiner Menschlich=keit, einher.

Du wirst also, um nicht mit einemmal alle Hoffnung zu verlieren, dich zu betrügen beschließen und das Vollgefühl deiner Kraft erwarten. Aber im innersten Herzen, da wohnt dir die Angst, da weißt du nicht aus noch ein. Und wenn dir die Gedanken über deinen Zustand einmal unaufhaltsam kommen werden, dann wird dir der Boden unter den Füßen schwinden.

Aber du willst nicht denken und legst dich wie verzaubert so weit als möglich zum Fenster hinaus.

Und schon liegt der Garten wieder einsam und still. Nichts ist mehr zu sehen. Nur die bunten

Lampen brennen noch. Die muntern Gäste sind ins Haus gegangen und nur hin und wieder klingt es wie Tanzmusik durch die stille Nacht.

Aber immer noch kann er sich nicht losreißen, und es scheint, er hat Glück in artigen Abenteuern.

Er fährt auf und horcht. Jemand kommt vom Hause hergegangen.

Sie war es wirklich, kam langsam des Wegs daher und ließ sich auf eine Bank nieder, auf die helles Licht aus den erleuchteten Büschen fiel, lehnte ihr Köpfchen zurück und sah in den Himmel. Ganz still war es rings umher und Hans Grandje wagte kaum zu athmen. Was sie wohl dachte? — Aber was war das? — Hörte er recht? — Er mußte sich täuschen. Ein leises Schluchzen schien zu ihm herauf zu dringen. Was mochte das liebliche, vornehme Geschöpf bekümmern, dem zu Ehren sich heute Dunkelheit und Einsamkeit freundlich erhellt und belebt hatten?

Unbeschreiblich fühlte er sich zu ihr hingezogen. Das Leben ließ all seine Sorgen und Schmerzen an seinem Herzen vorüberziehen, und es wollte ihm bedünken, als stiegen sie alle aus der Seele des weinenden Mädchens zu ihm herauf. Und die konnte wirklich ihren Herrgott bitten, sie vor all dem Jammer zu behüten, den unser Grandje über sie hereinbrechen ließ.

Endlich stand sie auf und ging langsam denselben Weg zurück, den sie gekommen war. Oft blieb sie stehen, als zögere sie weiter zu gehen, und lief dann plötzlich schnell dem Hause wieder zu.

Nun wurde das Fenster leise geschlossen und ein ganz anderer Mensch schien dies zu thun, als der gewesen war, der es geöffnet hatte.

All das Zufällige, das unser Hans Grandje gehört und gesehen, hatte ihn wieder neu belebt und angeregt. Die Zeitung lag unbeachtet auf dem Tisch und er ging im Zimmer auf und nieder, aber nicht um seinen Geist bei jedem Schritt in Hoffnungslosigkeit und zuletzt in Verzweifelung versinken zu lassen, was ihm gar leicht geworden wäre, sondern er sah eine helle Gestalt, die ihn ungemein anzog, bald hier, bald dort aus dunkler, unbestimmter Umgebung anmuthig auftauchen, sprach mit ihr, ließ sie erwidern. Sie benahm sich sehr liebenswürdig, sehr vertrauensvoll zu ihm, und er ward von ihrem Wesen und der Art, wie sie sich gab, äußerst geschmeichelt und sehr angenehm berührt. Die Zeit verging ihm in bester Gesellschaft ungemein rasch. Ja, er fühlte sich durch ihren Kummer ihr so nahe gerückt, daß er schließlich in seiner Träumerei glaubte, sie habe ihm ihre Thränen vertraut.

Mit einemmal aber bewegte sich das liebliche Gaukelspiel nicht mehr so lebendig vor seiner Seele.

Er fuhr sich mit der Hand durch die Haare und seufzte auf; aber jetzt wollte er nicht denken, nicht an sich zweifeln und sich von der Welt beleidigt fühlen. Doch was sich dunkel wieder in ihm regte, wollte sich gestalten, wollte sich nicht mehr zurückhalten lassen. Er sollte wieder das Elend des Lebens empfinden, das jeden Traum, jedes freundliche Bild, durch das wir es uns zu verhüllen suchen, bald von neuem mächtig durchbricht. Angestrengt suchte er nach etwas, um die drohenden Gefühle noch einmal zu betrügen, ehe sie sich in klare Gedanken verwandelten, denen er sich dann unwiderruflich hingeben mußte; das wußte er, denn er kannte ihre zerstörende Kraft. Und er hatte wieder Glück, das sah man. Wenn es ihm jetzt gelang, etwas zu fassen, das Stand hielt, mußte es schon etwas sein, das kräftig wirken konnte. Und gab es dergleichen für ihn, das den vernichtenden Sorgen des Lebens das Gleichgewicht hielt, so war er ja glücklich vor vielen Tausenden.

Er ging in das Nebenzimmer, ließ die Thür offen, damit das Lampenlicht hineinfiel, rückte, schob und polterte in dem dunkeln Raum. Endlich trat er wieder heraus und trug vorsichtig eine aufgespannte, verstaubte, große Oelskizze, ließ sie nieder und fuhr mit seinem Taschentuch sorgsam darüber hin, und immer wieder und immer sorgsamer und blies zuletzt noch die letzten Stäubchen davon ab. Dann rückte er eine Staffelei ins Licht, hob das Bild darauf, nahm sich einen Stuhl, rückte ihn an, setzte sich mit einer gewissen Feierlichkeit und versenkte sich in ein wunderliches Werk. So verharrte er eine ganze Weile.

„Er ist doch ein verdammter Kerl," war das erste Wort, das diesen Abend von Hans Grandjes Lippen kam. „Wo er sich nur herumtreibt?"

Nun stand er wieder auf, legte die Stirne an die kühle Fensterscheibe, seufzte auf und ging wieder zurück zur Staffelei, denn die Schöpferkraft, die ihm aus der achtlos bei Seite gestellten Arbeit seines Freundes entgegen leuchtete, ließ ihm keine Ruhe.

„Wie er mit seinen Werken herumwirft," sprach er ärgerlich vor sich hin.

„Wie er das mißachtet und vergißt, was ich, wäre es mein, wie das beste Kleinod der Welt behüten würde."

„Aber das ist es ja eben."

Nun geschah etwas höchst Wunderliches. Unser Hans vergaß sich selbst so ganz und gar im Anschauen der fremden Kraft und das Originelle erfaßte seine Seele in dem Maße kräftig, als hätte er es selbst hervorgebracht. Stolz und Muth fühlte er in sich, als wäre der Künstler mit seiner ganzen Hoffnungsmacht eben erst in ihm erwacht. Große

Gedanken, mächtig erhebende Gefühle ahnte er von
ferne. Gestaltlos umgaben sie ihn und er versuchte
nicht, sie in Wort und Form zu zwängen; er ahnte
Göttliches in ihnen.

Es war eine sehr glückliche Stunde, die an ihm
vorüberzog.

Doch laß ein paar Jahre vergehen, armer Hans,
und du wirst, im Fall du dich dieser Stunde noch
entsinnst, mit dem Kopfe schütteln, vielleicht recht
traurig, vielleicht recht klug und spöttisch, vielleicht
auch bitter, oder wie das Leben dich sonst noch zu
führen denkt. — Aber verstehen wirst du nicht mehr,
was du damals empfandest, und wenn du es dennoch
thätest, dann wehe dir, Hans Grandje. Dann ist
dir's schlecht gegangen. Dann hast du nirgends Fuß
gefaßt, hast nicht gefunden, womit du deinen irdischen
Menschen ausstaffiren konntest; und du schwebst, weil
dir es nirgends wohl wurde, immer noch in Ahnungen,
die dir Herrliches zu bergen scheinen, suchst in schwan=
kenden Gefühlen dein Glück; dann sollten sie dich
bedauern, dir Wohlwollen entgegenbringen; aber sie
werden dich einen Narren heißen — und du wirst
allein sein, Hans — ganz allein!

Als er nun endlich sich zur Ruhe legte, ermattet
von all dem wunderbaren Geträume, der unbestimm=
ten Erregung, die jungen Jahren wohl den schillern=
den, in tiefen Farben spielenden Glanz giebt, gingen

feine wachen Träume in Schlaf über und warfen Möglichkeit und Unmöglichkeit durcheinander. —

Das wird unser Grandje wahrscheinlich sein Leb=tag nicht vergessen, wie er nach langem Zagen end=lich den Entschluß faßte, den Besuch bei seinem Baron Hauswirth zu machen, um die zu sehen und zu spre=chen, die seit jenem Abend seine Gedanken beschäftigte.

Wie oft schon hatte er sich das erste Begegnen mit ihr ausgemalt! Wenn sie aus dem Hause trat, eilte seine Phantasie ihr nach, er sprach mit dem Mäd=chen, blickte ihr in die Augen und es war ihm ordent=lich bange, wenn sie anders reden und blicken würde, als er es sich gedacht hatte.

Ehe er nun seine Wohnung verließ, musterte er noch einmal seine ganze Erscheinung im Spiegel, strich noch einmal mit der Bürste sein Haar zurück und besprengte Rock und Hände mit einem Restchen Kölnisch Wasser. Dann ging er hin. Aber noch lange ließ er die Hand auf der Thürklinke liegen. Endlich zog er an der hohen Thür des Vorderhauses die Glocke. Der Diener öffnete. Eine feine kühle Luft drang ihm entgegen, wie sie den Räumen eines vornehmen Hauses eigenthümlich, aus dem das all=tägliche Getreibe mit seiner schweren Atmosphäre verbannt ist. Hans Grandje gab seine Karte ab

unb der Diener ging damit die breite steinerne Treppe
hinauf. Auf der obersten Stufe lag ein großer,
brauner Hund, der schwerfällig aufstand, sich schüttelte
unb dem Diener mit leisen, weichen Schritten ent=
gegen ging. Die Karte zwischen den Fingern, faßte
der den Hund bei den Ohren unb sagte ihm ausführ=
lich guten Morgen. „Na, Alterchen, Alterchen, gut
geschlafen, braunes Vieh?" Dann ging er vollends
hinauf unb verschwand hinter einer langfaltigen
Portière.

Hans stand unten unb ärgerte sich über den Kerl,
der weder ihn, noch seine Karte als etwas Bemerkens=
werthes zu respektiren schien — durch den hohen
Treppenraum klang das Tacken einer Wanduhr unb
durchdrang ihn gleichmäßig, kräftig unb voll.

Nach geraumer Weile kam der Diener zurück,
schlug die Portière auseinander unb bat Hans Grandje
einzutreten. Ein hohes, nicht allzu großes Gemach
umgab ihn. Es war eines jener Zimmer, in denen
jeder Klang, jeder Lichtstrahl, jede Farbe gedämpft
erscheint. Niemand war darin, unb unser Freund
betrachtete sehr angelegentlich unb etwas zaghaft ein
Portrait, das in einer dämmrigen Ecke an der
Wand hing. — Die Unterhaltung, die er in der
nächsten Minute mit dem alten Baron führen sollte,
verlockte ihn nicht sehr. Es war ihm unbehaglich
zu Muthe.

„Was soll ich nur mit dem Alten reden?" murmelte er vor sich hin und strich sich das Haar aus der Stirn, wie wir es ihn schon so manchmal haben thun sehn.

Da klang hinter ihm eine helle wohlbekannte Stimme: „Guten Morgen, Herr Grandje."

Er fuhr zusammen und wendete sich verwirrt um. Sie stand im dunkelblauen Kleide schlank und gerade vor ihm. Ein Lächeln spielte um ihre Lippen, als sie Hansens Bestürzung bemerkte.

„Ich glaube gar, Herr Grandje," begann sie, „ich habe Sie erschreckt."

Indem sie das sagte, legte sie die Hände anmuthig in einander und erhob dabei die Arme ein weniges, eine Angewohnheit, die ihr absonderlich gut kleidete.

»Verzeihen Sie. Verzeihen Sie,« stotterte Hans Grandje und verbeugte sich zu wiederholten Malen.

Jetzt war's ihm, als blickten ihre Augen erstaunt auf ihn, und als zwänge sie sich, ernst zu bleiben. Das half. Er kam wieder zu sich. Sie ließ sich auf einen Fauteuil nieder. Er nahm ihr gegenüber Platz, wußte aber im Augenblick auch nichts, gar nichts, was er in Worte hätte fassen können. Seine Nachbarin aber war ein Sonntagskind und fand das rechte, lösende Wort, als sie die Lippen auseinander that.

„Es ist Ihnen nicht gut gegangen, Herr Grandje," sagte sie. „Ich habe die Tage manchmal daran denken müssen, daß unter unserm Dach sich jemand Sorgen macht."

»O, Baronesse, wenn Sie wüßten,« begann unser Freund im vollen Eifer, »wenn Sie wüßten!«

Eine gar lange Zeit mochte es her sein, daß keine theilnehmende Seele ihn verlockt hatte, die Arbeit, die das Leben an ihm that, zu enthüllen. Und das Mädchen sah ihn erwartungsvoll an, als sie fühlte, daß ihre Frage sein Tiefstes berührt hatte.

Hans Grandje! Hans Grandje! Wie hübsch du nun von deiner Verzweiflung, deinem Mißmuth, deiner Hoffnungslosigkeit zu erzählen weißt. Wie du dein haltloses Dasein an dir vorüberziehen läßt, und dich tief davon erregt glaubst. Und jetzt gerade ist dein Gemüth so ruhig wie nie. Das glaubst du wohl nicht, daß du im Augenblick dich und sie be=trügst, und daß du innerlich nicht annähernd so stark empfindest als du sprichst? Du ringst nach Worten, Geschehenes zu gestalten, deine Gefühle sind losgelöst von dir und stehen dir gegenüber, so daß dein Geist sie wieder durchdringen muß, wie etwas Frembes, um sie gestaltet in Wort und Gedanken dir wieder neu zu eigen zu geben.

Ach, Hans Grandje, unser tiefstes Empfinden stammt aus einer andern Welt, in der es andere

Mittel gab, als das armselige Wort, die ganze Macht der Gefühle wiederzugeben, die wir jetzt nur stammeln.

Vielleicht gab es in grauer Vorzeit Menschen, die nicht einmal des Wortes kundig waren und durch Geberden ihre Gefühle äußern mußten. — Wir selbst sind nur um einen kleinen Schritt dem Unaussprechlichen näher gerückt.

Wie schlecht mißt so ein armes Wort uns Glück und Liebe zu, erniedrigt alles, was wir Hohes ahnen, betrügt uns um den besten Theil. — Aber es hüllt auch wohlthätig einen Schleier um das Elend des Lebens.

So, Hans Grandje — nun aber geh und danke deinem Schöpfer aus Herzensgrund. — Hast du gefühlt, wie sie dir lauschte; wie ihre Augen auf dir ruhten; wie sie dir aus bewegtem Herzen Gutes wünschte? Ahnst du, was für ein Glück bei dir einziehen will?

Geh, Hans Grandje, ehe ein Mißton dir diese Stunde stört.

Schon erhob er sich. Sie reichte ihm die Hand und sah ihn dabei an, wie er es im Geiste schon geahnt hatte, als seine Phantasie mit ihr ein und ausging.

„Wenn Ihnen gute Wünsche helfen könnten," sagte sie — da that sich die Thüre auf. Sie hielt inne und wendete sich um.

„Ach Gott, hatt’ ich’s doch ganz vergessen,“ rief sie wie erschreckt aus und ging einem alten Herrn, der eben eintrat, ein paar Schritte entgegen.

„Aber wie lange hast du auf dich warten lassen, Vater,“ begann sie, „Herr Grandje wollte eben gehn.“

Hans verbeugte sich tief und dachte: Wärest du doch eine Minute früher gegangen.

„Verzeihen Sie, Herr Grandje, meine Tochter hat mich bei Ihnen wohl entschuldigt. Ich hatte Nothwendiges mit dem Gärtner zu bereden. Aber bitte.“ Er ließ sich nieder und bot unserm Freunde noch einmal einen Stuhl an.

Hans Grandje war von der vornehmen, edeln Erscheinung des Barons überrascht; aber auch einen eignen müden Zug bemerkte er, der über das ganze Wesen des Mannes gebreitet war und sich kund gab in der Weise, wie der Baron im Stuhle lehnte, wie er lächelte, wie er frug und kaum auf die Antwort zu hören schien. Es wurde unserm Hans in seiner Nähe wunderlich beklommen zu Muthe und er empfahl sich bald. —

Aber neue Thatenlust und neue Hoffnung nahm er mit sich, als sich die hohe Hausthür schallend hinter ihm schloß. Er stieg wohlgemuth die enge Treppe zu seiner Behausung hinauf. Sein Leben wollte ihm jetzt bedeutender, inhaltsreicher erscheinen, seit ihre Augen einen theilnahmsvollen Blick hinein

gethan hatten.   Auch die Kunst schien sich ihm ver=
traulicher wieder nähern zu wollen, da Hoffnung und
Lebensmuth sich neu in ihm regten.

Er faßte den günstigen Augenblick mit beiden
Händen, und wie sein armer Geist an der ewigen,
göttlichen Kunst in die Höhe flackerte, glaubte er sich
ehrlich an ihr messen zu können; nur etwas Ge=
waltiges, Allumfassendes schien ihm werth, um seine
Kraft an ihm zu versuchen — und er begann an
diesem Tage eine Composition.

Jede Hoffnung aber, jede Begeisterung, jede
Tröstung ist nur die Hülle zu neuer Verzweiflung,
neuer Ernüchterung und neuem Elend.

Das weißt du doch, Hans Grandje?

Ein schöner Sommerabend, der allmählich sanft
den Tag verdrängt hatte, war hereingebrochen.   Die
dunkeln Kieswege im Garten schimmerten noch feucht
nach einem frischen Regenguß, der vor ein paar Stun=
den niedergegangen war.   In den abendlichen Sonnen=
strahlen leuchteten die tropfenden Blätter, die vollen
Blüthen; alles lud heute zu Genuß, zu Aufathmen
und Erquickung ein.

Hans Grandje war vor einem Weilchen durch die
Gartenthür gegangen und in den schattigen, grünen
Wegen verschwunden; in freierer Haltung, leichteren

Schrittes als sonst, vortheilhafter in der ganzen Erscheinung. Das machte, zwei Tage lang hatte er wieder muthig gearbeitet, sich kräftig angestrengt, und schickte sich nun an, mit gutem Gewissen die Erlaubniß des Barons, die er klopfenden Herzens entgegengenommen hatte, zu benutzen und in dem uns wohlbekannten Garten zu lustwandeln.

Daß so viel geschrieben und gedichtet wurde! Ist es nicht entmuthigend, wie ein jeder nun schon im voraus weiß, unser Grandje wird ihr begegnen, sie werden irgend ein inhaltsreiches Gespräch mit einander führen und zuletzt wird dieser an sich harmlose Gang in den Garten die schwerwiegendsten Folgen haben.

Ach, wir sollten füglich schweigen, und wollen uns kurz fassen und sagen, daß nach einer kleinen Weile, als Hans Grandje in den dunkeln Laubgängen des Gartens verschwunden war, zwei Gestalten neben einander die Wege auf und nieder gingen. Eine gute Begegnung mußte es gewesen sein. Das sah man.

Sie hatten schon dies und jenes mit einander gesprochen.

„Ja, Herr Grandje," begann sie nach längerem Schweigen, „wie selten kann uns doch Erinnerung an das Gute ganz von Herzen wieder erfreuen. Wie anders ist es mit dem Schmerz, der bringt über=

mächtig durch, durch jede Freude, unerwartet oder erwartet, und kommt über die ganze Seele, daß auch kein frohes Stückchen an ihr bleibt."

Die Augen standen ihr voll Thränen, als sie dies sagte, und fast scheu, daß sie sich in seiner Gegenwart nicht mehr verbarg, sah sie zu ihm auf, und folgte unbewußt ihrer anmuthigen Gewohnheit, erhob die Arme ein weniges und legte die Hände auf der Brust leicht in einander, was sie immer that, wenn sie erschrocken einem Wort oder Gefühl nachsah, das unversehens sich von ihr befreit hatte, ob es auch wohl für die ihr noch fremde Welt bestimmt sei.

Hüte dich jetzt, Hans Grandje, daß sich des Mädchens Bild nicht allzu fest dir einprägt.

Wie bald mag die Erscheinung, die jetzt so lieblich neben dir einhergeht, ganz von ungefähr, wie sie erschienen ist, dir wieder aus den Augen schwinden. Und dann, Hans Grandje, fühlst du erst, wie öde das Leben sein kann.

Jetzt aber blieb er stehen und faßte erregt ihre Hand: »Schon zweimal sah ich Sie weinen, Baronesse; darf ich wissen, was Sie so schmerzlich berührt?«

„Ach, Sie wissen es nicht?" frug sie und sah ihn einen Augenblick erstaunt an. „Es ist ja auch schon lange her und erwacht in mir längst losgelöst von der Zeit, in der es geschah. — Als wir, der Vater und ich, vor drei Jahren von hier gingen, um bald da, bald dort zu leben, war kurz vorher mein junger Bruder gestorben. — Es litt uns damals nicht mehr in dem öden Haus."

„Nun kommt man zurück, hat so viel gesehen und gehört, hat sich in vielen neuen Verhältnissen bewegt — und man ist erschrocken, wie der Schmerz um den Verlorenen und die Sehnsucht nach ihm trotz alledem in den verlassenen Räumen gewartet hat. — Sie wissen ja auch nicht," fuhr sie lebhafter fort, „was für ein liebes Geschöpf das Kind war."

„Wenn ich, wie vorhin, so allein im Garten auf und niedergehe, ist es mir oft, als hörte ich noch die kleinen Schritte und fühlte die weiche Hand in der meinen. — Und derweilen ich ihn mir so nah glaube, ist er schon längst in dem schrecklichen Geheimnißvollen verschwunden. Da jammert mich das arme Geschöpfchen und kommt mir so grenzenlos verlassen vor. Dann wird mir's unruhig und un=heimlich zu Muthe. Ich war wirklich froh, als wir uns vorhin begegneten."

Hans Grandje erwiderte ihr aus vollem Herzen: »Wenn Sie wüßten, wie ich mit Ihnen fühle! Könnte ich Sie doch auf frohe Gedanken bringen — aber Sie wissen es ja: ich bin ein trauriger Gesell.«

„Ja, bei Gott, das sind Sie, ein ganz trauriger! Schämen Sie sich" — und sie sah ihn noch unter

Thränen lachend an. „Aber bitte, gehen Sie mit mir, dort an den Teich, in das Gartenhäuschen möcht' ich gern" — und ihre Augen sahen wieder weh= müthig nach der Richtung, die sie ihrem Begleiter angab — „ich bin noch nicht wieder dort gewesen, nach drei langen Jahren."

· Und sie gingen durch feuchte, schmale Wege, die halb verwachsen waren, bis sie an das Haus kamen. Ganz im Grünen lag es versteckt und nur die eine Seite war vom Wasser aus sichtbar. — Jetzt standen sie davor.

»Ob die Thüre wohl aufgeht? Ich glaube, die ist lange nicht geöffnet worden,« sagte Hans Grandje und drückte auf die rostige Klinke.

„Ja, wahrscheinlich lange nicht," erwiderte das Mädchen.

Unser Hans arbeitete nun mit aller Kraft und drückte sich so gegen die Thür, daß er ausglitt und sich ein wenig an den Kopf stieß.

Da fing sie wieder an zu lachen. Was das Mädchen gern lachte! „Ach, Herr Grandje," rief sie, „Sie haben da eine komische Locke über der Stirne hängen. Eine ganze Weile habe ich ihr schon zu= gesehn, wenn sie so eigen sich hin und her bewegt, als gehöre sie nicht zu den andern." —

„Was für ein paar ganz absonderliche Gedanken haben Sie denn, die nicht zu den übrigen passen? Wie die Haare so die Gedanken, sagt man."

Da ging die Thüre auf und eine kalte dumpfe Luft strömte ins Freie. Die Abendsonne schien durch runde Fensterscheiben auf einige verstaubte Kindermöbel.

Ein brauner Strauß lag auf dem Tischchen und allerlei Bücher waren umher verstreut und buntes Spielwerk. Das Mädchen blieb einen Augenblick in der Thüre stehen, als wagte sie nicht einzutreten.

„Es ist wahrhaftig noch alles wie damals“, sagte sie und trat an das kleine Fenster. „Sehen Sie, hier hab’ ich einmal geweint, hier am Fenster, daß ich dachte, das Herz sollte mir brechen.“

Jetzt preßte sie den Kopf an die Scheiben und sprach fast heftig: „Gehen Sie, gehen Sie, Herr Grandje. Lassen Sie mich allein. Bitte, gehen Sie.“ Er blieb aber an dem Thürpfosten lehnen, als hätte er ihre Worte nicht verstanden und verwunderte sich selbst über seine Kühnheit.

Sie stand mit von ihm abgewandtem Gesicht eine Zeit lang regungslos. Manchmal war es ihm, als ging ein Zittern durch ihre feine Gestalt.

Die Zeit verstrich, kein Laut war in dem einsamen Gartenhaus zu vernehmen. Die Sonne war niedergegangen und draußen in der sanften Dämmerung sang hie und da ein Vogel sich selbst in den Schlaf.

Aber aus Grandjes Herz zog alle Ruhe. Wie gebannt hingen seine Blicke an dem Mädchen. Und auch nicht die kleinste Bewegung, die auf einen Augenblick ihre Regungslosigkeit unterbrach, entging ihm. So gewaltsam zog es ihn zu ihr hin, daß jeder Windzug, jeder schwache Laut beängstigend und verwirrend zu ihm drang und die Kraft brechen konnte, die ihn zurückhielt, sich auf das Mädchen zu zu stürzen, sie in die Arme zu schließen, damit sie ihren Schmerz an seinem Herzen ausweinen könne.

Jetzt fuhr er zusammen. Sie hatte sich umge= wandt und sah ihn groß an. Geweint hatte sie nicht.

„Daß Sie noch hier sind, Herr Grandje,“ sagte sie und schüttelte den Kopf. „Kommen Sie, wir wollen gehen.“

Aber sie blieb noch auf demselben Fleck stehen und sah vor sich hin.

„Es war mir eben,“ fuhr sie fort, „als sei ich von der ganzen Welt verlassen. Wie man doch so närrisch denken kann. — Vor drei Jahren, als ich spät Abends mich hier hereingeschlichen hatte, schien es mir auch so. — Die Zeit vergeht und man bleibt sich immer gleich. Ich habe doch seitdem viele Menschen gesehen, aber ich muß es wohl nicht recht mit ihnen ver= stehen. Sie sind mir alle fremd geblieben, keine ganz frohe Stunde habe ich durch sie erlebt.“

Nun machten sie sich auf und gingen. Es war kühl draußen und feucht geworden und sie legte die Arme fest in einander, als fröre es sie, und ging mit leichten Schritten neben ihrem Begleiter einher.

„Herr Grandje, was werden Sie von mir denken?" frug sie plötzlich und sah wie erschrocken zu ihm auf. „Sehen Sie mich einmal an."

Hans Grandje folgte ihrem Wunsch und sah ihr ernsthaft in die Augen.

Sie sah ihn auch an und lachte. „Nein, Sie sind gut, Herr Grandje — wirklich — ich glaube, Sie sind gut; aber so feierlich brauchen Sie mich nicht anzusehen. Um Gottes willen nicht, Herr Grandje."

Jetzt horchte sie auf. Eine Frauenstimme, die vom Hause aus zu ihnen drang, unterbrach sie: „Eva," rief es, „Eva, Kind, du wirst dich erkälten, komm rasch ins Haus."

„So, das war Tante Angelika, nun muß ich gehn," sagte das Mädchen und beschleunigte ihre Schritte. —

»Also Eva! Eva!« wiederholte Grandje, »also Eva ist Ihr Name, wie hübsch das ist.«

„Gefällt Ihnen nicht auch Angelika? Der gefällt mir nun ganz absonderlich. Und wenn Sie die Tante Angelika erst sehen werden, wie sie herumtrippelt und knickst, als hätte das vorige Jahrhundert ver=

geſſen ſie mitzunehmen. Ach, die wird Ihnen ge=
fallen. — Nun leben Sie wohl." Sie machte einen
Knicks nach Tante Angelikas Manier, und lief raſch
dem Hauſe zu. —

Er aber blieb allein und verwundert ſtehen.
Dann ging er noch einmal all die Wege, die ſie
zuſammen gegangen waren, und dachte an den Freund,
den er jetzt, eigentlich ohne jeden Grund, täglich
zurückerwartete. Und er beſchloß fürs erſte, des
Mädchens mit keiner Silbe zu erwähnen. Er mußte
wohl warum.

Aber Hans Grandje, man muß es einmal aus=
ſprechen — trotzdem man ſich hüten ſoll, ſein Glück
wohlgeſtaltet in Wort und Gedanken ſich und der
Welt augenſcheinlich zu machen — daß deine gute
Zeit angebrochen zu ſein ſcheint. — Du arbeiteſt ſo
hübſch muthig, biſt voller Hoffnung — ſtrengſt dich
tüchtig an — ſchläfſt befriedigt ein und haſt an=
genehme Träume — und ſiehſt die Eva öfter als
du es zu hoffen gewagt hätteſt. Biſt du dir bewußt,
wie es gekommen iſt, daß der Herr Baron an dir
ſo großes Wohlgefallen gefunden hat? Warſt du
nicht ſelbſt erſtaunt, wie du eines Abends am Thee=
tiſch mit dem alten Herrn Baron, der wunderlichen
Tante Angelika und Eva zuſammen ſaßeſt, und wie
ſich dies angenehme Ereigniß öfters wiederholte?
Wie lieb iſt dir das Mädchen geworden, was für

angenehme Bilder bewegen sich, von ihr angeregt, durch deine Seele!

Wenn ihr an solchen Abenden beisammen waret, erzählte der Baron von seinen Reisen. Sie sprach nicht viel, aber wenn sie aufstand, um irgend etwas anzuordnen, so stockte die Unterhaltung. Der Baron legte sich in den Stuhl zurück und blickte unverwandt nach der Thür, durch die sie verschwunden war, und Tante Angelika klapperte mit ihren Stricknadeln und schüttelte den Kopf, wenn das Mädchen länger ausblieb. Dann stand sie wohl auf, trippelte nach der Thür und rief hinaus: „Eva, Eva, Kind, laß es doch gut sein, es hat ja Zeit."

Und trat Eva dann wieder ein, so wußte sie immer etwas anmuthig mitzutheilen, eine Kleinig= keit, ein harmloses Ereigniß aus Haus und Garten, was sie mittlerweile erfahren oder sich in das Ge= dächtniß zurückgerufen hatte. Der Baron hörte ihr dann lächelnd zu, strich ihr, nachdem sie ihren Platz neben ihm wieder eingenommen hatte, mit der Hand über das Haar oder sah sie in Gedanken versunken an. „Nicht wahr," sagte er einmal, als sie neben ihm stand, und faßte ihre Hand, „nicht wahr, du bist mein letztes Glück — das allerletzte — mein Evakind?" Und sie bog sich zu ihm nieder und küßte ihn.

Eines Abends spät war es, als Hans Grandje zum erstenmal in einer Gesellschaft im Hause des Barons sich befand. Er fühlte sich nicht recht wohl dort, und das mochte wohl an ihm liegen. Er hatte sich länger als es gut war von aller Geselligkeit ausgeschlossen und konnte sich nun nicht mehr zurecht finden.

Es kam ihm alles sehr leblos und mit ihm unzusammenhängend vor.

Er sah Herren, die neben ihren Damen saßen und mit den Fächern ihrer Schönen angelegentlichst spielten. Er sah sie wohl, war aber von ihrem unwiderruflichen Dasein nicht recht überzeugt. Dann war es ihm, als lehnten andere mit blasirtem Ausdruck, den Kneiper auf der Nase, zwischen den Thüren und blickten auf die zwitschernden, lachenden Gruppen mit zweifelhaftem Lächeln herab. Wie träumend sah er die Gestalten sich um ihn her bewegen und war verwundert, wie sie sich alle so wohl zu befinden schienen, wie sie sich alle so sicher bewegten und wie jeder seine paar Gedanken mit munterm Lächeln und vielleicht kleinen geistreichen Angewohnheiten zum Besten gab; wie alles Bewegen und Reden wie ein einziger wogender Klang über der Gesellschaft lag, gleichgültiges, inniges, ernstes Reden, und wie jeder aus dem Gewoge seinen für ihn bestimmten Theil heraushörte.

Seine Augen aber folgten Eva, wie sie von einem zum andern ging, herzlich über eine Kleinigkeit lachte und harmlos zu plaudern schien.

Aber er dachte daran, wie sie in dem dämmrigen Gartenhaus gestanden und gesagt hatte, daß sie durch alle die Menschen, die ihr bis jetzt begegnet wären, noch keine ganz frohe Stunde erlebt habe. — Und sie erschien ihm rührend, wie sie so freundlich und liebenswürdig sich in der Gesellschaft bewegte. Es wurde unserm Hans ganz wehmüthig ums Herz. Sie kam ihm vereinsamt unter all den frohen Gästen vor, die doch ihr Vater ihr zu Ehren versammelt hatte.

Und Evchen, erriethest du seine Gedanken, wußtest du so sicher, daß du von ihm verstanden würdest? Du gingst auf ihn zu, dir war das Herz voll. Wie du aber den Mund aufthatest, etwas zu sagen, seufztest du: „Ach, ich verstehe es nicht, Herr Grandje, ich werde nie so recht schwatzen können, wie die andern," und sie schüttelte das Köpfchen. „Es muß doch hübsch sein, sich mitten darunter zu fühlen, so mit ganzer Seele, daß man keine Stunde schlagen hört."

»So werden Sie, glaube ich, nie fühlen,« erwiderte ihr Grandje, »niemals.«

„Was Sie sagen!" fuhr sie fast heftig auf, „das müssen Sie nicht so sagen, das ist nicht liebenswürdig."

»Sie haben mich ja verstanden,« sagte Grandje ruhig.

„Ja, verstanden habe ich Sie; aber es ist traurig. Lassen wir es.“ Und sie warf den Kopf zurück und strich sich mit der Hand über die Stirne, als wollte sie die Gedanken fortwischen.

»Fräulein Eva,« begann unser Grandje erregt, »Fräulein Eva, sagen Sie mir, aber die Wahrheit« und er faßte ihre Hand — »sagen Sie mir, sprechen Sie in der Weise wie zu mir auch zu den andern? Mit dem Tone, sagen Sie mir?«

Erschrocken, mit großen Augen sah sie zu ihm auf, entzog ihm ihre Hand und wendete sich weg, ohne ein Wort zu erwidern.

Hans Grandje blieb aber stehen und sah ihr mit brennenden Augen nach; vielleicht als unglückliche, vielleicht als interessante oder gar geheimnißvolle Figur in der Gesellschaft. Ich weiß nicht, wie sie sich darüber ausgesprochen haben.

Später wurde getanzt — Hans Grandjen trieb es aber fort. Er war unruhig und es hielt ihn nicht länger unter den fremden Gesichtern.

Er verabschiedete sich bei dem Baron, den er noch nie so heiter gesehen hatte. Als er Eva Lebe= wohl sagte, sah ihn diese betroffen an.

„Ist Ihnen nicht wohl?“ sagte sie. „Warum wollen Sie schon gehen? das thut mir leid.“

»Ja, wirklich, thut es Ihnen leid?«

„Ja, Herr Grandje, und wenn Sie wüßten —. Ich sorge mich, daß Sie sich im Leben nicht gut zurechtfinden werden. Warum konnte es Ihnen heute hier nicht wohl werden? Ach, gehen Sie, Sie sind ein Träumer." Und nach dem Blick, mit dem sie ihn dabei ansah, war es unserm Freund, als könnte er dem Herrgott ein Loblied singen.

»O Eva,« rief er, »Eva!« drückte ihr einen Kuß auf die Hand, die sie ihm zum Abschied gereicht hatte und eilte nach der Thür, ohne sich umzusehen oder jemanden zu begrüßen, die Treppe hinab, durch den Hof — nach seiner Wohnung. Aber was war das? Licht in seinem Zimmer. — Feuer, dachte er. — Nein. — Wer mag da oben sein? — Er ist zurückgekommen! Wie ihm das durch den Kopf fuhr! Und wirklich, als er hinaufkam, hörte er in seiner Wohnung heftig auf und niedergehen. — Das machte ihn stutzig. An dem Freunde war er das nicht ge= wohnt. — Er war es wohl doch nicht.

Unser Hans riß die Thür auf. — „Und wahr= haftig," rief er, „da ist er," und streckte ihm die Hand entgegen. »Ja, wie du siehst, da steht er — du scheinst mir inzwischen flügge geworden zu sein und bist aus dem Neste fort, in das du dich verkrochen hattest, als ich ging. — Ja — ja, man verändert sich, mein Junge. Aber — was zum Teufel,« fuhr er nach einer Weile fort, »was wirst du erlebt haben?« Und er sah unsern Hans zweifelhaft von der Seite an. — »Kommst jedenfalls aus einem ästhetischen Abend. Hast einem hübschen, reichen Töchterchen den Hof gemacht, von Kunst geschwärmt und Thee getrunken.« —

„Bitte, lassen wir das," unterbrach ihn Hans Grandje. „Ist das eine Art, den Leuten ins Haus zu fallen? Wenn dir das Leben die Ecken nicht mehr abwetzt, wird der Verkehr mit dir recht angenehm! Nun willkommen!" Und Hans Grandje streckte noch einmal dem Freunde die Hand entgegen. Aber der sah sie nicht und blickte unverwandt vor sich hin.

Unser Held aber erschrak vor ihm.

Wie hatte sich der Mensch verändert. — Seine starke Figur sah, wie er so in sich versunken dastand, gebeugt aus. Er war bleich und seine Züge schienen etwas Starres zu haben.

»Ja, ja, die Ecken, die verfluchten Ecken! wenn nicht alles glatt und rund und bequem ist, wagt man sich nicht daran, im Leben und in der Kunst nicht, und wenn dahinter ein Heiligthum läge.«

»Nicht — ich schwatze Unsinn?« fuhr er mit einemmal auf.

Hans Grandje wollte etwas entgegnen, kam aber nicht dazu.

3*

»Ja, es ist doch richtig — willst du etwas dagegen sagen, Grandje? Das Gute muß flach und
offenkundig liegen — damit jeder Dummkopf es
finden und betasten kann.«

»Herr Gott, Herr Gott!« rief er und schlug sich
an die Stirn. — »Und ich dachte, sie sollten es suchen,
und gab dem, was ich schuf, keine schmeichelnde Form.
Dafür büße ich nun, daß ich das Schöne in meinen
Werken verbarg und die andern sahen es nicht.« —
Er lachte laut auf. — »Weißt du, mein Junge,
warum ich es versteckte? Wahrscheinlich war es mir
zu heilig, was ich gewollt, und ich hatte eine sträflich
hohe Meinung von mir. Wenn man doch alles für
sich behalten könnte. — Du hättest meine Grablegung
sehen sollen! Da habe ich gemalt, was ich an Schmerz
im Leben empfunden. Freilich fehlten die viel-
bewunderten schönen Falten. Aber dafür klagten und
jammerten die Frauen, daß mir selbst die Thränen
in die Augen traten. Und der Christus! — Rothes
Fackellicht leuchtete in die dunkle Nacht. Mir lag
in den tiefen Schatten und glühenden Lichtern ein
Gedanke. Die Beleuchtung sollte das sein, was
Melodie den Worten ist. — Und sie nannten es
Theatereffect.«

Schlecht mag es ihm gegangen sein, dachte unser
Freund. Ja — es ist auch einmal über dich gekommen, du Unnahbarer. Die guten Leute haben

nichts von dir wissen wollen und das hat dich doch
verwirrt und nicht übel gekränkt — wie uns andere
Sterbliche auch. Und nun stehst du da, denkst und
schwatzest verworrenes Zeug, wie wir andern es thun,
wenn es uns so geht wie dir.

Solches aber dachte Hans Grandje nur unklar
und stand schweigend und betreten seinem Freunde
gegenüber. Der richtete sich plötzlich wieder auf und
lachte laut.

»Nun, Freund Hans, du stehst gewiß höchst rathlos
— willst mich vielleicht gar trösten. — Ich bin
krank und es könnte sich begeben, wenn es mir auch
undenkbar wäre, daß man unverrichteter Sache un=
versehens abziehen müßte. — Ich habe umsonst ge=
arbeitet an einem Ding, von dem ich das und das
wollte — und noch anderes, ganz anderes.«

Und er schöpfte Athem und schloß die Augen. —
»Ich habe unsinnig gearbeitet und mich schmählich
verrechnet. — Sie haben mich ausgelacht. — Das
ist ja im Grunde nichts; aber ich war schon krank.
Darum hat mich's unvermutheter Weise tief gekränkt.
— Ich sage tief — hörst du, tief, sage ich.« —

»Und vielleicht ist keine Zeit mehr zu überwinden
und zu schaffen.«

Nun schwieg er und ging mit großen Schritten
im Zimmer auf und nieder. »Was man doch für
ein armseliger Tropf ist. Ja, mein Hans Grandje!«

Jetzt blieb er stehen, dann ging er wieder auf und ab.

»So, Freundchen,« sagte er endlich, und Hans erkannte die alte ruhige Stimme wieder. »So, Freundchen, nun wollen wir uns einmal wieder zusammensetzen in Ruh und Frieden. Du machst einige poetische Betrachtungen über die Zeit, die du hier allein verträumt hast, und ich werde sehen, ob der Vogel anders pfeift.«

Hans Grandje konnte sich nicht recht fassen. Der Freund machte ihm einen unheimlichen Eindruck. Er jammerte ihn. Grandje verstand wohl, wie es gekommen war, daß er mißachtet und gekränkt zurückkehrte. Er hatte, um seine Eitelkeit und seinen Ehrgeiz zu befriedigen, um kräftig zu wirken, seine Eigenthümlichkeit über jedes Gesetz gestellt, und es ist doch widersinnig, zu glauben, daß eine fest geregelte Welt sich nicht feindlich dagegen stellen würde.

Aber daß es ihm so tief ging, so bis ans Leben, das konnte Hans Grandje gerade von ihm nicht verstehen, der von jeher die Menschheit verächtlich behandelt hatte, als gehörte er nicht zu ihr.

Ach, Hans Grandje! Du ahnst ja nicht die grenzenlose Einsamkeit, die auf Erden eine Creatur des lebendigen Gottes umgiebt; du ahnst den Geist nicht, der nur widerwillig im niederen Kleid aus Fleisch und Blut einhergeht, der in seiner Hoheit verlassen umherirrt, sehnsüchtig nach Verständniß sucht, und dem nur kaltes Lächeln, Spott und Gleichgültigkeit antwortet, wenn er aus tiefster Seele leidenschaftlich um Mitgefühl bittet, der es wieder und wieder zu erwecken versucht und es noch einmal versucht — vergeblich. Wie er dann verstoßen, tief gekränkt, abgeschieden von aller Welt steht — das verstehst du nicht; wie er sich selbst nicht mehr zu fassen weiß, nicht weiß, ist er ein Gott, Thier oder Teufel; du ahnst es nicht, wie in solchen sich der Wahnsinn regt und ängstigt und verlockt.

Ach, Hans Grandje! du bist glücklich. Du sitzest ihm gegenüber, bist etwas unbehaglich gestimmt und merkst kaum, daß es neben dir verzehrend brennt.

O glückliche Beschränktheit!

Jetzt sah der andere unsern Helden scharf an und es schien ihm, als gewahre er so etwas wie Mitleid und Erstaunen.

»Höre, Mensch,« fuhr er auf, »soll das, was ich in deinen Augen sehe, vielleicht Bedauern sein? Hüte dich, ich fühle noch Kraft genug. — Es kam vorhin so über mich, der Aerger — du bist's an mir nicht gewohnt. Komm, schenke ein. Du ·hast ja Wein, wie ich sehe.«

Hans that es und beide setzten sich einander gegenüber. Sie sprachen über gleichgiltige Dinge, aber in allem, was der eine sagte, lag eine unnatürliche

Spannung, wie bei jemandem, der aus Furcht im
Dunkeln pfeift. Er frug nach Grandjes neuester
Arbeit, die, wie wir es ja wissen, unsern Hans
mit neuen Hoffnungen erfüllt hatte. Und gespannt
beobachtete der nun seinen Freund, wie er davor
stand und das Bild musterte, den Kopf schüttelte —
was unserm Helden wie ein Stich durchs Herz ging —
und dann sagte:

»Das male nicht, mein Junge. Du bist noch zu
jung, triffst den Ausdruck noch nicht recht. Leb noch
ein Weilchen. Aber höre, Bürschchen, ich glaube, du
bist verliebt?«

„Warum,“ frug Hans Grandje.

»Warum? Närrische Frage — du wirst wohl
da angelangt sein. Wenn ich deine Stufenleiter von
Gefühlen durchgehe, hat es seine Richtigkeit damit.
— Erzähle mir ein bischen. Ich glaube, du machst
es ganz nett — nicht?« Und er ließ sich wie er=
müdet auf einen Stuhl nieder.

»Gott weiß,« fuhr er fort, »ich habe die Sprosse
übersprungen. Ich bin nicht dazu gekommen, höre
aber gern, wenn ein Träumer im siebenten Himmel
schwebt, aus Begeisterung für so ein kleines Mädchen,
das sich selbst wohl schwerlich nach eurer Beschreibung
wieder erkennen würde.«

Das wurde unserm Grandje zu viel. Er wollte
ruhig bleiben und bat deshalb mit einer eigenthüm=

lich gemeſſenen Stimme, davon zu ſchweigen; er
könne heut nichts mehr vertragen.

»Alſo wirklich ſo ernſt — dacht ich's doch, du
ſahſt ſie jedenfalls bei unſerem Baron Hauswirth —
kommſt eben von ihr?« frug lächelnd der Freund.

„Ja," ſagte Hans Grandje.

»Und wahrſcheinlich iſt ſie gar ſeine Tochter,
wenn er eine hat? Dann hüte dich, lieber Freund,
wenn die Herzen auch paſſen, das Herz iſt nur ein
ſehr kleiner Theil.«

„Oh, ich wünſchte nur, du könnteſt ſie kennen
lernen! — Ja, wirklich, das würde ich wünſchen. —
Wenn es doch ginge. — Wenn es doch — Ja —"

»Höre, wie klang denn das? Was ſoll denn das
heißen: „Wenn es —"? »Wenn das wäre oder nicht
wäre? Du meinſt doch nicht,« fuhr der Arme auf,
»daß es nicht ginge — weil es mit mir zum Ende
geht? Meinſt du das? — Du ſcheinſt recht beruhigt,
daß es nicht geht? — Nicht? — Du wirſt vielleicht
leicht eiferſüchtig. Nun, beruhige dich. Du wirſt
Recht haben.«

Er ſtand auf und preßte die Hände auf die
Stirn. »Ja, ſei ruhig, kleiner Grandje — es wird
ſchon ſo ſein, wie du meinſt.«

Unſer armer Grandje wollte ihm etwas entgegnen,
fühlte aber, als er den Freund anſah, daß er nicht
gehört werden würde. Der ſah mit glanzloſen Augen

wie in eine weite Ferne. Seine Hände suchten einen
Stuhl zu fassen und er schöpfte tief Athem. Dann
ging er an den Tisch, schenkte beide Gläser voll,
nahm das seine in die Hand.

»Wir wollen anstoßen! — du auf deine Liebste
und ich auf die Kraft, die Lebenskraft — daß sie
noch ein Weilchen bei mir aushält.« Sie stießen
an und er trank sein Glas auf einen Zug.

»Nun, gute Nacht,« sagte er und gab Hans
Grandje die Hand. »Leg dich aufs Ohr und träume
weiter.«

Aber der rief rathlos: „Du bist krank, bei Gott,
sehr krank,“ denn er sah, wie bei dem Freunde alles
krampfhafte Anstrengung war, den Feind zurück=
zudrängen, der mächtig auf ihm lag.

»Ja, du hast Recht, Grandje — ich habe vielleicht
zu lange dagegen gekämpft. — Ich will mich nieder=
legen und alles in Gemüthsruhe abwarten. — Daß
du mir aber nicht gleich zum Doctor rennst,« sagte
er — und, indem er sich noch einmal in der Zimmer=
thür umwandte: »oder geh, er wird nichts dazu
und nichts dagegen thun können.«

Es kamen schwere Tage. Grandjes Freund lag
ernstlich krank. Der Arzt erkannte ein Nervenfieber
und nahm die Sache bedenklich.

„Kräftige Naturen kommen dabei schwer wieder zurecht," sagte er zu Grandje.

Der Kranke lag still mit geschlossenen Augen. Er phantasirte wenig; aber die unbewachten Worte und Gedanken, die ihm im Fieber aus der Seele drangen, ließen einen mächtigen, ganz verzweifelten Geist ahnen, der sich thatkräftig am Leben hielt und gegen den Tod sich sträubte.

Einmal, in einer besonders erregten Stunde, rief er Hans Grandje an sein Bett, richtete sich auf, rang nach klaren Worten.

»Zeigtest du mir nicht einmal ein angefangenes Bild,« begann er, »den sterbenden Alexander? Ueber den hab' ich im Traume herzlich gelacht.«

Hans seufzte tief auf. „Wie so, meinst du?"

»Wie der Kerl — siehst du, wie der dalag, als dächte er: „Es sehen mich vielleicht Tausende. Ich habe viel gethan — hätte noch mehr, viel mehr thun können — und muß nun sterben. Das ist schrecklich, sehr schrecklich!"«

»Siehst du, das ist lobenswerth gedacht, mein Grandje, und sehr erbaulich. Komm, gieb mir deine Hand und verzeih' mir.«

»Aber, siehst du, er sagt das bloß. Es stehen Worte statt unaussprechlicher Gedanken auf der Stirne — und darüber mußte ich lachen. Ich

konnte mir nicht vorstellen, daß der die Worte dachte.
— Verstehst du? — Mich selbst durchblitzt wie
Wahnsinn derselbe Gedanke — siehst du — so —«
schrie er laut und drückte Grandjes Arm, daß dem
der Schmerz durch Mark und Bein ging.

»Ach, ich drücke dich« — sagte er und schöpfte
tief Athem.

»Sieh, ich fühle meine Kraft — und alles, was ich
damit erreichen kann, unendlichemale verstärkt — und
sehe manchmal und fühle — —. Großer Gott, Grandje,
gieb mir deine Hand wieder,« rief er laut — »und
sehe manchmal und fühle ein undenkbares Nichts.«
— Dann wurde seine Stimme leise, und immer fester
faßte er Grandjes Hand. — »Und stürze mich hinein
und kann mich darin nicht mehr unterscheiden. —
Und den Sprung in das Nichts, Mensch, zu denken,
und du willst es malen! Du, ohne es zu begreifen
und zu ahnen. Sieh mich an — nimm deine Kohle,
Grandje. — Ich will dir Modell sitzen, da es mit
meiner Kunst doch aus ist.« Ueber sein Gesicht ging
ein Lächeln, das Hansens Herz erstarren ließ.

»Geh,« rief er, »beeile dich, du hast jetzt eins.
— Hätte ich's gehabt, Grandje, wir hätten was er=
lebt! Schreib meine Züge ab, Zug für Zug —
vergiß nichts — denn in jedem Fältchen liegt —
liegt das Grauen vor dem Tode. In jedem — und
immer anders. — Wir werden bei der Arbeit wahn=

sinnig werden, mein Junge — aber das schadet nichts
— frisch, immer los!« —

Grandje hatte sich entsetzt von dem Stuhl er=
hoben — und stand nun regungslos.

»Du wagst es nicht — du fürchtest dich, mein
Grandje? — Ich glaube es — ich glaub' es,« rief
der Kranke und fiel schwer zurück.

Hans Grandjen duldete es nicht länger im dumpfen
Zimmer; ihm war, als müßten die Wände springen
von dem ungeheuren Kampf, der darin ausgekämpft
wurde. —

Im Garten ging er auf und nieder und blickte
sehnsüchtig hinauf nach ihrem Fenster.

Aber so rede doch — kann dir denn nichts ins
Tiefste dringen, Hans Grandje?

Um Gottes willen, was muß denn über dich
kommen, damit du einmal die Hände vor das Gesicht
schlägst und dir der Jammer der Welt das Hirn ver=
sengt? Was bist du für ein Mensch, daß du in das
Grauenvollste blicken darfst, um einen Augenblick
danach die Augen erwartungsvoll nach dem Fenster
der Geliebten zu richten? Ach — ich vergaß es, du
bist bei guter Gesundheit! In dir entstanden sie
nicht, die fürchterlichen Gedanken. Sie gingen nur
an dir vorüber wie ein Sturm, der dir nichts mehr
anhaben kann, wenn du aus seinem Bereiche dich in
Sicherheit gebracht hast. Ja, du hast ganz Recht —

erfasse die gute Stunde, wo sie dir auch immer begegnen mag, denn jedesmal kann sie die letzte sein.

Er ging also im Garten auf und nieder.

Jetzt wandte er sich um.

Das Gitterthor hatte geknarrt und war ins Schloß zurückgefallen.

Und den Weg entlang, auf ihn zu, kam Eva. Er ging ihr entgegen und sie gab ihm die Hand und ließ sie eine Weile in der seinigen ruhen. „Ich bin heruntergekommen und wollte Sie fragen, wie es dem Freunde geht? Sie sehen betrübt aus. — Es geht wohl schlecht? Sprechen Sie doch."

»Ja,« sagte er endlich, »sehr schlecht. Es könnte einem wohl grauen — und ich kam hierher, um Sie zu suchen, Eva, um Sie zu sprechen,« rief er erregt. »Und ich wußte, daß ich Sie sehen würde.«

„Ja, Sie wußten es," sagte sie langsam vor sich hin und legte beide Hände ineinander und sah ihn ernst an.

»Geh nicht wieder, Eva,« sagte er erregt, »nur jetzt nicht. Du weißt nicht, was ich da oben erlebt habe.«

Eva blieb ruhig stehen und sah vor sich nieder.

»Und wenn sie doch ginge?« murmelte unser Hans, that ein paar Schritte und kehrte wieder zurück. Da stand sie immer noch, mit ineinander gelegten Händen und schien sich selbst vergessen zu haben.

»Eva, Sie haben kein Herz, Eva —« sagte Grandje und trat zu ihr heran.

„Ob ich ein Herz habe? das glaube du nur — ich weiß auch, daß du mich liebst," sagte sie und sah zu ihm auf.

Und sie gingen zusammen die stillen grünen Wege Hand in Hand. — —

Und zur selben Zeit, da die Zweie des Lebens Glück fühlten, lag der andere und wehrte sich einsam gegen den Tod.

Die Zeit verging. — Sie wurden es nicht müde, neben einander herzugehen. Von ferne drangen die Glockenschläge an ihr Ohr; aber sie hörten nichts und hatten die ganze Welt um sich vergessen.

Sie gingen die Tage durch, an denen sie sich gesehen hatten — und immer von neuem — und fanden immer Neues einander zu fragen.

Mit einemmal stellte sich Grandje vor sie hin — faßte ihre beiden Hände und sah das Mädchen scharf an.

»Eva,« frug er, »wirst du um meinetwillen alles verlassen — wirst du mit oder ohne den Willen« —

„Schweig," rief das Mädchen wie erschrocken, „bitte, schweig!" Sie preßte ihm ihre Hand auf den Mund und fiel ihm um den Hals mit einer Heftigkeit, die ihn erschreckte. Dann sah sie zu ihm auf und unaufhaltsam stürzten ihr Thränen aus den Augen.

»Aber Eva, was soll das heißen, hast du so
wenig Muth, Eva?« frug Grandje dringlich.

„Schweig, bitte,“ rief sie wieder und hob die
Hände flehend zu ihm auf. „Nur jetzt nicht reden.“

»Eva,« frug Grandje wieder, und sah sie angst=
voll an, »hast du je vor mir einen andern geliebt
wie mich?«

„Nein, nie,“ erwiderte sie und ein Lächeln ging
über ihr Gesicht.

»Warum lachst du Eva?«

„Oh, um nichts, um gar nichts — glaube mir.“

»Aber sag mir's, bitte,« bat unser Held.

„Wirst du böse sein?“ frug sie. „Versprich mir's,
daß du es nicht sein willst.“

»Ich verspreche es dir.«

„Weißt du,“ begann sie und sagte lachend: „mir
kam dein Name jetzt so wunderlich vor. Wenn ich
sage: Nein, nie, Hans. Ich schwöre dir, Hans.
Komm her, Hans. Wenn du doch nicht Hans hießest!“

»Nun, so nenne mich anders.«

„Nein!“ und sie schüttelte das Köpfchen. „Du
heißt nun einmal so.“ —

»Aber, noch einmal,« und Grandje ergriff ihre
Hand — »was wird dein Vater sagen?«

Aber er konnte nicht aussprechen.

„Herr Grandje,“ unterbrach ihn Eva, „was soll
das? Woran wollen Sie mich erinnern?“ Dann

sah sie ihn wehmüthig an: „Ach, wenn du doch ge=
schwiegen hättest, böser Hans. Wenn wir uns nun
nicht wiedersehen würden — man kann's doch nicht
wissen. Warum die schöne Stunde verbittern, von
der niemand weiß, als wir beide!"

»Eva, was redest du?« rief Grandje laut.

„Leb wohl," sagte sie leise und war fort, ehe
Hans sich recht besinnen konnte. Er hörte ihre
Schritte, wie sie über den Kies lief. Dann war
alles still, und er begriff nicht warum sein Herz ihm
so schwer war.

Sein Freund kam ihm wieder in die Erinnerung
und er ging hastig durch die einsamen Wege hinauf
nach dem Krankenzimmer. Der lag ruhig und schien
sein Eintreten nicht zu bemerken. —

Hans Grandje starrte zum Fenster hinaus. Er
sah Eva nach dem Hause zugehen und seine Augen
folgten ihr. Wie die Gestalt so ruhig und langsam,
weit entfernt von ihm, dahin schritt, war sie ihm
wie eine, die aus der Erinnerung auftaucht und bei
deren Anblick das Herz blutet. Ja, er fühlte, daß
die Welt zwischen ihm und ihr lag; aber dennoch
hatte er den Muth zu hoffen, sie aus allen Ver=
hältnissen zu reißen, und begriff das beängstigende,
wunderliche Gefühl kaum, das ihn jetzt bei ihrem
Anblick überkommen hatte.

Lange saß er, da rief sein Freund, und er trat an dessen Bett.

»Wirst du mich verstehen,« sagte der Kranke mit schwacher Stimme und schloß die Augen, »aber versteh mich auch. Es plagt mich seit langem schon ein verrückter Gedanke. Ich sehne mich zum erstenmale im Leben nach einem Menschen. — Versteh' mich aber. — Ich fühle eine verdammte Einsamkeit, wenn ich so denke, daß ich nie wieder eine Stimme, ein Wort hören soll — und wenn es auch nicht viel war, was ich hörte, und wenn es nur läppisches Zeug war — immerhin etwas, woran man das Leben erkannte, — und ich möchte noch einmal einen Eindruck davon haben, ehe alles aufhört.«

»Ich könnte ja auch mit dir reden, aber ich weiß zu genau, wie es in dir aussieht.«

»Das sollte nicht beleidigen, Grandje,« sagte er und öffnete die Augen und sah ihn liebenswürdig an, wie er es sonst manchmal gethan hatte. Hans Grandjen wurde es ganz weich ums Herz.

»Ich wüßte auch in der Welt niemanden, den ich mir herwünschen möchte. Ein anderer würde einen — so einen Bezahlten kommen lassen, der würde ihm eine Rede halten, die er schon Hunderten gehalten hat, und ich müßte vielleicht über den guten Tropf lachen. — Du sagtest mir von Einer, die ich kennen lernen sollte — wenn es — weißt du noch?«

„Ja, ja, aber wie meinst du?" frug Hans Grandje. »Nun, wie soll ich es denn meinen?« fuhr der andere ungeduldig fort. »Ich denke an die Eine, weil ich, Gott weiß es, niemanden habe und von jedem genug weiß, daß ich ihn mir nicht gerade zum letzten Gespräch ausbitten möchte. — Aber von der weiß ich eigentlich nichts. — Sieh nur nicht so erstaunt drein. Wenn sie Kopf und Herz auf dem rechten Fleck hat, wird sie kommen — sonst ist's ja gleich. Und nun gehe und bitte sie. Gehe aber schnell.«

Und Hans Grandje ging, wenn auch zögernd, und wußte nicht was er denken sollte. Ohne recht zu wissen warum, lenkte er seine Schritte nach dem Platz, wo sie von ihm gegangen war, und fand sie dort.

Sie saß auf einer Bank, sah in den Abend=himmel und bemerkte den Freund erst, als er vor ihr stand.

„Siehst du," sagte er, „daß wir uns wieder=sehen."

Da fuhr sie auf. »Ach, du bist's, wie gut. Ich hatte so meine Gedanken. Aber sage mir, was willst du? Ach, daß du wieder kommst, ist mir sehr lieb.« Und sie drückte seine Hand mit beiden Händen. Er aber umfaßte sie. „Sieh, Eva," rief er laut, „ich lasse dich nicht wieder. Wer will uns trennen?"

Und er küßte sie brennend auf die Stirn, auf Mund und Wangen.

»Laß mich, Hans Grandje, laß mich,« bat sie. Er ließ sie frei, und sie hörte nun die Bitte des Freundes. Ihr Gesicht aber drückte kein besonderes Erstaunen aus.

»Ich glaube, daß ich es verstehen kann, wie er es meint — und ich will mit dir gehen. Es wird schon recht sein. Ich käme nie wieder zu Ruhe, wenn ich es nicht thäte.«

„Gut, so wollen wir gleich gehen, Eva."

Auf dem Weg nach Grandjes Wohnung blieb sie stehen und sagte: »Ach, mir wird's so bange; wenn ich ihn nicht verstünde, — laß mich umkehren und bring ihm nur meinen Gruß.«

„Nein, nein," sagte jetzt Hans Grandje, „komm mit!"

Sie trat allein zu dem Sterbenden. — Der rief ihr entgegen: „Bei Gott, sie kommt. So sieht sie also aus," und sah sie starr an: „Es ist ein Ab=grund — fürchten Sie sich?"

»Heute nicht,« erwiderte sie leise.

— „Dort hin —" und er zeigte nach dem Stuhl, der am Fußende seines Bettes stand, „daß ich Ihr Gesicht sehen kann."

Sie setzte sich.

Soll ich nun sagen, was die beiden mit einander sprachen? Ich will es nicht, denn wem könnte es genügen? Wer würde es sich nicht erhabner, herzzerreißender, unerhörter denken wollen?

Beide waren in dem Augenblick von aller Welt abgeschieden. Ganz unnahbar. Ihre Sprache war von jeder andern Sprache getrennt. Worte gebrauchten sie, die tagtäglich über tausend Lippen gingen und dennoch hier zum erstenmale ausgesprochen schienen.

So empfand Eva; sie wurde sich hier zum erstenmal ganz ihres Geistes bewußt.

Durchschauert war sie von dem Unglaublichen, dem der entgegenging, der für sie im Augenblick die Welt umschloß. Sie empfand es mit, wie es ihn durchdrang, daß er mitten im vollen Leben den Tod fühlte. Alles Erschaffene fühlte er jetzt noch sein eigen. Ohne ihn gab es nichts mehr; er fühlte alles mit sich untergehen, empfand den Tod alles Bestehenden und was je in seinen Augen sich gespiegelt hatte. Die Macht dieser Empfindung ahnte das arme Mädchen und war ganz sich selbst entrückt. Scheu folgte ihr eben aus harmlosen Träumen aufgeweckter Geist dem gewaltigen des Mannes, dem im Augenblicke alle Kraft, die er verlieren sollte, verstärkt gegeben war. Und so mächtig war sie von seinem Geiste umfaßt, daß sie mit ihm empfand, als litte sie selbst den Tod.

Er erstaunte, daß er verstanden wurde. Der Geist des Mädchens war ihm eine Stütze und er hielt sich rücksichtslos an ihm, mit ganzer Kraft. Er, der es nicht ertragen hätte, wenn ihn im Leben irgend ein Mensch ganz verstanden, — den es be=leidigt haben würde, wäre ein solcher ihm begegnet.

In seiner letzten Stunde fühlte er sich von einem jungen Mädchen ganz begriffen.

Aber arme Eva, was ist über dich herein=gebrochen!

Wie von einem mächtigen Sturme zu Boden geworfen, war sie vor seinem Lager in die Kniee gesunken, und hatte eine gar lange Zeit in dieser Stellung mit ihm geredet.

Jetzt berührte er leise ihr Haupt, das sie wie ermattet an die Kissen seines Lagers gelehnt hatte, und sagte: „Nun mußt du gehen, mein Kind. Geh nun.“

Sie richtete aber ihre Augen verwirrt auf ihn. Sie erhob sich nicht und erwiderte nichts. Er ergriff ihre Hand und sagte nochmals: „Geh nun — du warst mir ein großer Trost“ — und er strich ihr wieder mit der Hand über ihr Haar, als wollte er sie erwecken aus ihrer Versunkenheit.

»Nein, nein,« rief sie laut und klammerte sich an seinen Arm. »Ich gehe nicht — du nimmst mich mit dir. Sag doch selbst,« — ihre Stimme wurde ganz leise, — »was soll ich denn noch hier ohne dich? — Sag doch?«

Sie strich sich das Haar aus der Stirn und sah starr auf ihn hin.

„Großer Gott, mein armes Kind, was habe ich gethan!“ — Und er erhob sich ein wenig. „So ein Geschöpfchen,“ rief er laut und seine Blicke streiften verwirrt und angstvoll über sie hin. Er schloß die Augen und preßte die Hand auf die Stirn.

Eva sah ihn erschrocken an.

»Nein, nein, ich gehe. — Mach dir keine Sorge. Ich gehe — glaube nur, daß ich gehe. Ich werde doch gehen,« sagte sie in einem Tone, daß der in deiner Brust wohnte, arme Eva, hast du wohl selbst nicht geahnt?

Und sie erhob sich leise, daß er es kaum gewahr wurde, und ging aus der Thüre.

Auf der Treppe begegnete ihr Hans Grandje und wollte mit ihr reden. Sie sah ihn aber fremd an. Ein wehmüthiges Lächeln ging über ihr Gesicht und sie schritt an ihm vorüber die Treppe hinab und hinaus. Hans Grandje erschrak und wußte doch noch nicht warum.

Als er zu seinem Freunde eintrat, bemerkte dieser ihn nicht, aber sein glühendes Gesicht sah ruhiger aus.

Er sagte endlich: „Sei froh, daß es mit mir zu Ende geht, denn die ist für mich geschaffen — und es ist nur ein Irrthum, daß es anders kam. Laß mich allein, bis ich dich rufe, es ist spät."

Und die Glockenschläge verkündeten, daß die Stunden, eine nach der andern, im endlosen Raume verschwanden. Die Nacht lag über der Erde und betrog erbarmungsvoll die Menschheit um ihr halbes Dasein. Und wen sie nicht darum betrügen konnte, über dem lag beunruhigend, fremd und sorgenerregend die Zeit, die nicht geschaffen wurde, durchlebt zu werden.

Dir war es heute Nacht auch bang ums Herz, mein Grandje, wie du mit aufgestütztem Kopf vor deinem Tisch saßest und dumpf vor dich hin starrtest.

Längst war die Lampe schon ausgebrannt und er hatte ein Licht angezündet, das erhellte trüb den uns wohlbekannten Raum, in welchem unserem armen Hans schon so mancherlei widerfahren war.

Aber ermanne dich doch, starre nicht so ins Blaue, schüttle den lähmenden Schlaf, der über dir liegt, ab. Du brauchst bald deine ganze Kraft —

das Fürchterliche steht schon vor der Thür! Grandje! Grandje! — Es steht schon auf der Schwelle. — Armer Narr, was wirst du erleben? Was wirst du sehen?

Er legte sich aber auf das Lager, ein wenig zu ruhen, denn er war müde. Da fährt er auf. — Ein tiefes Stöhnen drang aus dem andern Zimmer. Er springt auf, faßt den Leuchter und eilt so hastig nach der Thür, daß ihm das Licht beinahe verlischt.

Da lag sein Freund — die Hände geballt, jede Muskel zum Zerspringen angespannt im furchtbaren Kampf.

Und er stand am Fußende seines Bettes, ganz überwältigt, ganz rathlos.

„Kerl, knöpf' deine Weste zu, was stehst du so da!" rief der Sterbende stöhnend und blickte Hans Grandje wild an.

„Herr Gott — Herr Gott! Ein Ende! Ende! — Ende!" schrie er laut, fuhr in die Höh', fiel zurück und war todt.

In der Nacht aber, in der ein Geist erlöst wurde, überkam einen andern verwirrender Jammer. Eine unschuldige Seele war es, die nicht wußte, wie ihr geschah, daß so plötzlich Verzweiflung und herzzerreißender Schmerz über sie hergefallen waren.

Arme Eva, wie bist du nur in dein Zimmerchen ge= kommen, du weißt es wohl kaum?

Schon lange steht sie nun schon im Dunkeln, ganz ohne Regung, und hat die Hände fest zusammen= gepreßt mit aller Kraft, als wollte sie Gedanken zurückhalten.

Sie hatte mit ihm in den Tod gesehen, die Todesangst ist ihr durch die jungen Glieder gefahren, und sie lebt noch.

Der Mensch aber, der sie mit sich in die Schrecken des Todes gerissen hatte, durfte ruhen, durfte ster= ben, nach dem großen Kampf, nach der übermenschlich unfreiwilligen That. Er hat seinen Kampfgenossen zurückgelassen, ganz einsam auf der Welt. Ob er wohl ahnte, was er dem armen Geschöpfe angethan hat?

Niemand weiß es, was die letztvergangenen Stunden über sie gebracht haben, vielleicht erfährt es nie eine Menschenseele.

Aber Gott stehe dir bei, Eva, solltest du eine von den armen Creaturen sein, die nicht den Muth finden können, ihren bitteren Jammer in Worte zu fassen, die davon schweigen müssen, Jahr aus, Jahr ein!

Immer noch steht sie regungslos. Niemand ist da, an dessen gutem Herzen ihr armes Köpfchen einen Augenblick ruhen könnte.

Da ruft Tante Angelika. Eva hört es; aber sie denkt nicht daran, zu antworten. Die gute Alte kommt herein, um sich nach dem Liebling umzusehen, und sagt ihr, daß der Vater schon längst am Thee= tische sitze. Eva bat, auf ihrem Zimmer bleiben zu dürfen, und sagte dann noch mancherlei.

„Ihr wird nicht ganz wohl sein, sie will sich schlafen legen," berichtete die Tante, als sie mit dem Baron Thee trank. „Wir wollen sie ruhen lassen."

Und sie blieb allein, verriegelte fest die Thür und sank dann nieder.

Es war ihr alle Kraft genommen und eine Starrheit über sie ausgegossen, wie sie in Augen= blicken uns Menschen überkommen kann, in denen wir den Körper und sein Bewegen ganz vergessen, wo jedes Theilchen Kraft dem Geiste zuströmt, über welchen Uebermächtiges gewaltsam hereinbrach, daß er, wie ein Bettler, das arme Leben selbst den Gliedern stiehlt, um nicht ganz zu unterliegen.

So lag Eva regungslos, mit geschlossenen Augen auf dem Teppich.

Um sie her war tiefe Stille und Dunkelheit. Nur einmal rief sie laut: „O, wie ich ihn liebe! Großer Gott!" und sie sprang auf, eilte an das Fenster und horchte hinaus; aber nichts war zu sehen und zu hören. Nur aus Hans Grandjes Zimmer drang ein matter Lichtschein. „Ich sehe ihn nicht wieder," sagte sie oft leise vor sich hin und ihre Augen durchdrangen die Dunkelheit mit solcher starren Kraft, als müßten sie all ihr Licht in sie hineinströmen lassen, als müßten ihre Blicke durch die Mauern ihr gegenüber dringen, die Leben und Tod, verwirrendes Glück, Verzweiflung und alles umschlossen.

Eine namlose Sehnsucht erfaßte sie. Sie mußte ihn noch einmal sehen, ehe sie ihn ganz verlor.

Wohl zehnmal schon stand sie an der Thür, schob den Riegel zurück und heftig wieder vor.

So unerhört, unfaßbar erschien ihr das, was ihr begegnet war, und doch wieder mit ihr eins, von ihr untrennbar. Jedes Wunder, und wäre es das un= glaublichste, hätte sie jetzt nicht erstaunen lassen. Und sie bat zu Gott — als brauche sie nur zu bitten — auch sie jetzt sterben zu lassen.

Sie schauderte vor dem Leben, wie der Andere vor dem Tode. Sie suchte jetzt ihr Leben im Tod; dieser allein erschien ihr hoffnungsvoll und begehrens= werth.

„Ach, er kann ja nicht sterben," rief sie dann wieder. „So furchtbar ist Gott nicht," und sie blickte hinauf in die Sterne und jammerte laut auf — denn Er ist furchtbar. Sie verbarg ihr Gesicht in die Hände. Es überkam sie wie eine Ohnmacht. Plötz= lich ging sie schnell zur Thüre, schob den Riegel zurück und trat in das dunkle, hohe Treppenhaus.

Leise eilte sie den Corridor entlang bis an ihres Vaters Zimmer, da blieb sie stehen, legte die Hand auf die Klinke, lehnte ihr Köpfchen, wie zum Tod ermattet, an die Thür und flüsterte in namenloser Angst, daß sie vor der eigenen Stimme erschrak: „Vater, Vater, er stirbt." Dann lief sie wieder rasch zurück und schloß hinter sich ab.

Die ganze Nacht waren ihr zwei Zeilen nicht aus dem Sinn gekommen, die summte sie unaufhör= lich, unbewußt vor sich hin und barg in den paar Worten ihren ganzen Schmerz.

Die lauteten wohl so:

> Die Seele möchte zum Haus hinaus,
> Ach, macht die Thüre auf!

Als sie wieder in ihr Zimmer getreten war, sah sie das Fenster hell erleuchtet, das sie in der Dunkel= heit so angstvoll gesucht hatte.

Und sie kniete nieder und betete: „Herr Gott, erbarme dich seiner und meiner." Und immer von neuem.

Mit einemmal aber überfiel sie eine große Müdig= keit. Die Lippen konnte sie nicht mehr bewegen; ihr Kopf sank auf die Polster des Sessels nieder, vor dem sie hingesunken war — und die Augen schlossen sich ihr.

Die Zeit ging ein Weilchen über sie hin, ohne daß sie ihrer gewahr wurde. Als sie sich aber er=

mannt hatte und um sich blickte, war die graue Morgendämmerung hereingebrochen.

Langsam wandte Eva die Augen nach dem Fenster, zu sehen, ob das Licht noch brenne.

Da sah sie das Fenster im trüben Morgenschein weit offen. —

Und sie wußte, daß es geschehen war.

Langsam lehnte sie ihren Kopf wieder auf die Kissen zurück und schloß die Augen. Kein Schmerzenston kam über ihre Lippen. Sie lag so ruhig, als hätte sie heilsamer Schlaf eben überkommen.

Der aber, welcher das Fenster drüben geöffnet hatte, war eben arm geworden. Den Freund hatte der Tod ihm genommen, und die er liebte, dachte seiner nicht mehr.

Doch auch der Schmerz, der über die Beiden unversehens hereinbrach, wird von der Zeit gelindert, abgeflacht, verlöscht werden — das wissen wir ja.

Salin Kaliske.

Es war vor langer Zeit, an einem Charfreitag Abend, die Frühlingssonne glänzte röthlich auf den Firsten hoher Häuser, und mancher, der durch die schon dämmrigen, doch belebten Gassen Prags ging, sah wohl auf in das Stück schimmernden Himmel hinein, das zwischen den Dächern auf die Straße herunterleuchtete. Die Glocken klangen hoch über allem Getreibe, die Kirchenthüren waren weit ge= öffnet, und durch die Stadtthore drängten sich die Leute, Männer und Frauen, Buben und Mädchen. Viele von ihnen trugen große Zweige blühender Weide. Sie kamen alle von draußen. Vor dem Thore war der Frühling erwacht, sie hatten sich darob wieder aufs neue gewundert und hatten ihn doch so oft schon kommen sehen.

Mitten durch die heitere Menge ging ein kleiner Bube, unscheinbar und gewöhnlich wie andere auch; nur finster sah er aus, und seine Hände hatte er in die Seitentaschen des Wammses gesteckt.

„Sieh, der macht Fäuste,“ sagte ein Mädchen, das mit einer Gespielin an ihm vorüber schlenderte.

Der Junge aber kam vom Grabe seiner Eltern. Beide waren in Zeit von drei Tagen verstorben an einem bösen Fieber, das sie plötzlich befallen hatte. Sie waren fast die Einzigen gewesen, die davon heimgesucht wurden; darum hatten die Nachbarn die Köpfe geschüttelt, als sie hörten, was dem Michael und der Josepha widerfahren, und hatten so manches gesprochen. Einige unter ihnen gingen, nachdem die Leichen aus dem Hause getragen worden waren, in die Wohnung der Verstorbenen, um zu sehen, ob alles in Ordnung sei. Zum Begräbniß war niemand mitgezogen, sie wußten wohl, warum nicht. Die Kirche hatte die beiden Todten verstoßen, sie waren nicht in geweihter Erde begraben worden.

Ihr Heil aber hatten sie selbst verscherzt und nicht auf den Rath von Freund und Nachbar gehört. Nun war es zu spät.

Man hatte es den Beiden wohl kaum angesehen, daß sie von jedermann gemieden und nicht geachtet wurden. Sie waren stattlich einhergegangen, nur hatte die Frau ein eignes, scheues Wesen gehabt.

Der Michael Kaliske war ein Jude gewesen und von seinen Genossen einst wohl gelitten, Josepha ein schönes Mädchen und eine gute Katholikin. Sie stand ganz allein und hatte nur einen Bruder, der war geistlichen Standes.

Nun begab es sich, daß Michael und Josepha sich begegneten und einander lieb gewannen. Sie liebten sich über alle Maßen, doch ihres verschiedenen Glaubens halber konnten sie sich nicht heirathen.

Endlich beschloß Michael, dem Mädchen zu Liebe sich von seinem Glauben loszusagen und den Josephas anzunehmen.

Aber Josephas Bruder, der über sie zu bestimmen hatte, trat dazwischen und sagte, daß er es nie und nimmermehr zugeben werde, daß seine Schwester den Juden heirathe; auch wenn Michael sich taufen ließe. Michael war vermuthlich nicht so willfährig gewesen, wie es der Geistliche gewünscht hatte.

Der Bruder hatte gar viele hohe Freunde, denn er war ein gewandter Mann: da mochten die beiden nun zusehen, wie sie zu einander gelangen könnten. Sie überzeugten sich bald, daß alles Bemühen nutzlos sein würde, und so beschlossen sie, Josepha schweren Herzens, auf den Segen der Kirche zu verzichten. Michael hatte sich schon von dem Glauben seiner Väter losgesagt und war deshalb von seiner Gemeinde verstoßen worden. So zogen sie zusammen in ein ärmliches Haus an der Stadtmauer und wurden von aller Welt scheel angesehen. Sie liebten sich aber sehr und dienten Gott auf eine demüthige Weise. Es war beiden, da sie

von aller Welt so ganz verlassen waren, als wären
sie ihm näher gerückt. Sie fühlten Gottes Schutz.
Die beiden Leute hatten ihre eigenen Gedanken, die
ihnen die Verhältnisse aufdrängten, in die das Leben
sie gebracht hatte.

Als ihnen später ein Sohn geboren wurde, waren
sie sehr glücklich, und die Frau hätte gern einmal
einer Nachbarin vertraut, wie wohl und gut es ihnen
jetzt ginge. Sie mußte es aber für sich behalten, es
frug sie niemand danach. Das war ihr ein rechter
Kummer.

Sie nannten ihren Sohn Salin, Salin Kaliske;
er wuchs und wurde kräftig, war frisch und wohl=
gebaut und der Vater meinte, er wäre auch ein kluges
Kind. Die Nachbarn sahen Josepha und dem Knaben
oft nach, wenn sie über die Straße gingen.

Michael Kaliskes Haus war an einen alten Thurm
angebaut; es lehnte sich an ihn wie an seinen Halt.
Es war ein gar verwittertes altes Haus. Hinter
demselben, in dem Winkel, den es mit dem Thurme
bildete, lag ein kleiner Garten, der war von Epheu
überwuchert und im Winter wie im Sommer gleich
grün, nur daß zur Sommerzeit ein wilder Rosen=
strauch darin blühte, den Michael von draußen vor
dem Thore mitgebracht hatte. In dem Garten saß
Josepha oft mit dem kleinen Salin, und Michael sah

von seinem Werkstattfenster — er war Holzschnitzer — zu beiden hinunter. Doch hatte Josepha einen stillen Schmerz, der ihr oft in den Augen zu lesen war, wenn sie auf ihren Sohn niederblickte.

Ehe sie es sich versahen, war aus dem kleinen Kinde ein Knabe geworden mit eigenem Willen, und Josepha hatte von seinen ersten Tagen an gedacht: „Ach, daß er der heiligen Taufe nicht theilhaftig werden soll!" Dieser Gedanke quälte sie mehr und mehr, je älter der Junge wurde. Er war auch noch nie in einem Gotteshause gewesen. Gegen ihren Mann ließ sie ihren Kummer nicht laut werden.

Michael hatte einen gar besonnenen Geist, der sich mit dem Leben gut abfand und sich durch nichts leicht aus der Fassung bringen ließ. Er befand sich recht wohl, und die Vereinsamung und Mißachtung, in die sie sich begeben hatten, trübte den Frieden seiner Seele nicht. Er war auch trotzig und dachte: „Gut, wollt ihr mich nicht, ich brauch' euch nicht." So ahnte er nicht, wie sehr seine Frau an den heiligen Gesetzen hing, von denen sie sich losgesagt hatten, und wie tief sie der Verlust derselben im Grund ihres Gemüthes bekümmerte.

Es war der Abend vor Salin Kalistes achtem Geburtstage. Michael war mit seinen Schnitzwaaren ausgegangen, um sie zum Verkauf zu bieten. Josepha ging ruhigen, heitern Gesichtes bald hier, bald dort hin und nahm aus dem Schranke Salins und ihre Feiertagskleider; bei allem was sie that, bewegten sich ihre Lippen zum leisen Gebete. Endlich rief sie Salin, der im Garten spielte, zu sich herauf und trat ihm mit Thränen im Auge entgegen: „Ach, Salin," sagte sie, „mein Kind, Gott wolle dich um deiner Mutter Unrecht nicht strafen." Indem sie das sagte, weinte sie so heftig, daß der Knabe den Arm um ihren Hals schlang und jammernd rief: „Meine gute Mutter."

Da trocknete sie die Thränen und sagte: „Es ist schon spät." Darauf entkleidete sie das Kind, badete es und zog sich und ihm die Feiertagskleider an. Salin verwunderte sich und fragte: „Ei, Mutter, was thust du? Ich denke, ich soll zu Bette, und du fängst wieder von neuem an!"

„Ja mein Kind," erwiderte ihm Josepha, „komm mit mir und folge deiner Mutter; ich kann dir nicht sagen, was wir thun wollen, denn du verstehst mich nicht. Wir gehen jetzt ganz nah zum Herrgott, das ist etwas sehr Heiliges; sei nur gut."

Beide gingen schweigend zum Hause hinaus. Schon schien der Mond, und die kalte Herbstluft

strich durch die Gassen. Die Mutter zog Salin dicht
an sich heran, so daß er ganz geschützt ging. Manch=
mal fühlte er, wie sie seine Hand drückte.

Endlich traten sie durch eine hohe Pforte in eine
dämmrige, wie es ihm schien, unendlich große Kirche
ein. Gewaltig klang die Orgel durch den hohen Raum
und umbrauste die mächtigen Pfeiler.

„Wo sind wir, Mutter, wo sind wir, laß uns
doch fort von hier!" rief der Knabe und klammerte
sich an der Mutter Kleid. „Bei Gott sind wir;"
sagte sie, weinte wieder und zog das Kind an ihre
Seite. Sie zitterte am ganzen Körper und weinte
und weinte, daß die heißen Thränen ihr die Wangen
hinabliefen. Dann stand sie auf und drückte sich mit
dem Knaben an der Hand längs den Pfeilern hin
im tiefsten Schatten. Salins Herz klopfte laut; der
Ort war ihm unheimlich. „Ach, Salin, was dein
Herz klopft," sagte Josepha; sie hatte es gefühlt.
Hin und wieder brannte ein Licht an den Säulen,
wo ein Weihwasserkessel hing, oder ein Gnadenbild
stand; dort sah man Gestalten vorüber gehen, die
sich beugten, wieder erhoben und weiter schritten.

Jetzt blieb Josepha stehen, ängstlich lauschte sie
und blickte scheu um sich; aber nirgends hörte sie
etwas. Die Orgel war verstummt, Josepha betete
ein Paternoster und ein Ave, gebot dem Knaben,
ihr es nach sprechen, aber leise. Darauf tauchte sie

die Hand in ein Weihwasserbecken, vor dem sie stand, hieß Salin die Hände falten und besprengte sein Haar und feuchtete seine Stirn mit dem geweihten Wasser. Dann sprach sie folgende Worte: „In Gottes Namen und in seines Sohnes Namen taufe ich dich. — Die heilige Jungfrau möge dich beschützen. — Deiner armen Mutter möge ihr Unrecht vergeben werden. — Mache ihn glücklich, Herr Gott!"

Alles war still umher, Mutter und Sohn hielten sich fest umschlungen. Josepha freute sich erst jetzt ihres Kindes aus tiefstem Herzen.

„Was willst du hier, Josepha?" sagte jemand langsam und ruhig, der plötzlich vor ihnen stand.

Josepha sprang auf, sie war bei Salin niedergekniet. Ein Schrei entfuhr ihren Lippen. Sie preßte Salin hart an sich und rief mit angstvoller Stimme: „Laß uns, laß uns, thu uns nichts. Ach, warum kamst du?"

„Geh von hier," sagte der Mann, ein Geistlicher, „du gehörst nicht hierher."

„Ich will hier sein," erwiderte Josepha, „und du wirst mich nicht vertreiben, nein, du nicht!"

Da streckte der Mann die Hand nach ihr aus und griff sie am Arm, als wollte er sie mit fortziehen. Salin stand aber mit funkelnden Augen, und als er sah, wie der Fremde gegen seine Mutter Gewalt brauchte, sprang er auf ihn zu, klammerte sich an seinen Arm und rief: „Wenn du ihr etwas thust! Meine Mutter gehört hier her; so gut wie andere, die hier im Dunkeln umherlaufen, wird sie wohl auch sein, du Gräulicher, du —"

Als er sie noch immer nicht los ließ, biß ihn Salin in die Hand, daß der Mann zusammenfuhr und Josepha frei ließ.

„Salin, was thust du, laß den Mann los," hatte die Mutter inzwischen gerufen.

„Ist das dein Sohn?" frug der Geistliche, schüttelte das Kind von sich ab und wandte beiden den Rücken.

Josepha ging mit dem Knaben langsam zur Kirche hinaus. Ach, es war ihr das alles zu tief ins Herz gedrungen, und eine gar lange Zeit hindurch wurde sie nicht wieder froh. Auch Michael, dem sie es erzählte, konnte sie nicht trösten. Es lag so schwer auf ihrem Gemüthe. Ach, es wurde nie wieder ganz frei, denn der Tod kam und nahm beide mit sich, den Michael und die Josepha. Den kleinen Buben Salin Kaliske ließ er allein zurück, und darum ging der so finster auf der Straße — denn er kam vom Grabe seiner Eltern, die einsam vor der Kirchhofsmauer lagen.

Er war nicht mit hinausgegangen, als beide in die Erde gelegt wurden. Eine Nachbarsfrau hatte ihn zurückgehalten. An dem schönen Abend vor

Charfreitag war er zum ersten Male an den Gräbern gewesen. Ein alter Mann, den er kannte, hatte ihm den Rosenstrauch aus dem Garten ausgraben müssen, den hatte er mitgenommen und auf das kahle Grab gepflanzt. Seine Hände waren noch erdig, als er zurückging. Das war ihm unbehaglich. Er kannte das Gefühl, und er hatte sich immer sehr davor gehütet. — Er hatte das von der Mutter, die immer ein Schauer überlief, wenn ihr bei der Arbeit im Gärtchen die Erde an den Fingern trocken wurde. Er ging seines Weges, ohne rechts und links zu sehen, und verbarg sorgfältig seine erdigen Hände, die ihn fast schmerzten. Geraden Wegs wollte er nach Hause gehen, das führte ihn aber an einer Kirche vorüber und er dachte: „Ob es wohl die ist, in der ich mit der Mutter war?" Er trat ein, ging eine Weile darin umher und machte große Augen. Da gewahrte er einen Mann, der vor einem Marienbild kniete und zu dem Bilde sprach, wie das Salin bei der Mutter oft gesehen, die in ihrer Kammer so ein Bildniß stehen hatte, das ihr von Michael kunstreich geschnitzt worden war. Er blieb stehen und schaute den Mann an, trat auch leise immer näher, ob er wohl hören könnte, was der Fremde dem Bilde zu sagen habe; aber er verstand kein Wort, so viel er auch lauschte und so nahe er schlich; es waren ihm fremde Laute, das ärgerte ihn und er wandte sich in

Ungeduld ab. Im Weggehen sagte er: „Ei, das ist ja aber auch gar nichts, was du da sprichst."

Da fuhr der Fremde in die Höhe und sah den kleinen Knaben dicht neben sich stehen. Er schien darüber verwirrt und fuhr das Kind hart an. Salin verstand nun mit einemmal gar wohl, was der Fremde sprach. So sprach er: „Sag mir, Bube, was soll das sein, andächtige Leute zu stören mit Narrens= possen? Du bist ein kleiner Unverschämter."

Salin ward roth und verlegen, wagte nicht da= vonzulaufen und blickte zur Erde. Der Fremde sprach freundlicher: „Sag mir, Kind, wer sind deine Eltern?"

„Todt sind sie," antwortete Salin. „Das könntet ihr auch wissen," und seine Augen füllten sich mit Thränen.

„Du armer Bursche," begann der Mann wieder, nahm aus seinem Wamms ein Silberstück und reichte es Salin. Der streckte aber nicht die Hände danach aus, sondern verbarg sie nach wie vor in seinen Seitentaschen.

„Willst du es nicht? Warum zeigst du deine Hände nicht, hast du vielleicht etwas Schlimmes daran?"

„Ja, sie sind voll Erde."

„Du kleiner Narr," rief der Fremde lachend. „Sag mir, wünschest du etwas, ich will es dir thun."

„Ja", sprach Salin, „hebt mich zu dem Brunnen an der Ecke, ich möchte mir die Hände waschen und reiche nicht hinauf."

Der Mann ging mit ihm und hob den Jungen zu dem fließenden Wasser des Brunnens empor; der wusch sich eifrig seine Hände und der Fremde trocknete sie mit seiner Schärpe ab, die reich gestickt und von gutem Stoffe war, wie seine ganze Kleidung. Dann trennten sich beide und jeder ging seines Weges. Als Salin nach Hause kam, hörte er in seiner Eltern Zimmer heftiges Reden. Er öffnete die Thüre und sah einige Nachbarsleute. Die Männer saßen auf der Bank, die rings um den großen Ofen ging. Die Weiber standen an dem offenen Schrank. Auf der Diele lagen der Mutter Kleider und noch allerlei, was Josepha wohl bewahrt hatte. Als Salin eintrat, frug er: „Was thut ihr da?"

Sie antworteten: „Wir berathen, was mit dir und den Sachen da werden soll."

Er ging aber auf ein junges putzsüchtiges Weib zu, das seiner Mutter goldgewirktes Käppchen und ihre breite silberne Kette angelegt hatte. Das Käppchen hielt sie eben vor sich hin, sie hatte es abgenommen, als das Kind eintrat. Jetzt nahm Salin es ihr aus den Händen.

„Das ist der Mutter und nicht dir," sagte er ruhig und legte es wieder in den Schrank. Da wurde das junge Weib feuerroth und löste auch die Kette vom Halse, die fiel klirrend zu Boden.

„Du Affe," sagte ihr Mann und trat zu ihr heran, „was rührtest du auch daran." Darauf begann sie zu weinen und ging zur Thür hinaus.

Der alte Mann trat hervor, der Salin schon den Rosenstock ausgegraben hatte, und sagte: „Sie haben beschlossen, da sie dich nicht in ihrer Mitte verkommen lassen wollen, daß du jemand übergeben werden sollst mit all dem wenigen, was deine Eltern dir hinterließen, und mich haben sie dazu gewählt, ist dir das recht?"

„Nein", sagte Salin. „Aber hebt mich bis an das Kreuz über der Thür." Der Alte that es, und der Knabe griff an das Holzkreuz, als wollte er es herabnehmen. Da öffnete sich ein Thürchen zu einem kleinen Schranke, der in die Mauer eingelassen war, und Salin nahm einen Brief und ein Beutelchen mit Geld heraus und machte ein gar wichtiges Gesicht, daß eine der Frauen lächelnd auf ihn hinwies.

„Das that der Vater für mich hinein, als er krank wurde."

Ein Mann, der des Lesens kundig war, erbrach den Brief und las den andern vor, daß Michael Kaliske denjenigen, der nach seinem Tode, wenn das Kind einmal allein stehe, den Brief zu Händen bekäme, bäte, doch um Gottes willen seinen Sohn,

Salin Kaliske nach Ostrowo in Polen zu seiner Schwägerin Barbara Kaliske zu senden. Das Geld zur Reise sei in dem Beutelchen gespart.

Allen war das recht, und bei nächster Gelegenheit sollte Salin nach Ostrowo gebracht werden. Bis dahin aber kam er unter die Obhut des alten Mannes, der sich seiner annehmen wollte.

Casimir Jaskulek, der Alte, war Thürmer, und der kleine Salin, den er mit sammt dem geringen Erlös der Habseligkeiten Michaels und Josephas auf=genommen hatte, erstaunte, wie weit und groß die Welt war, als er vom Thurme ausschaute. Casimir Jaskulek winkte nachlässig mit der Hand über das Geländer hinaus nach der großen Moldaubrücke, nach fernen Wäldern, ziehenden Wolken und zeigte Salin die wimmelnden Menschen. Alles, was er sah, er=schien dem Jungen gleich nah und alles war gleich unerreichbar. Das verwirrte ihn.

„Sieh," sagte der Alte einmal schmunzelnd, „das ist alles mein eigen, was da rings zu sehen ist."

„Alles?", frug Salin, „das glaub' ich nicht, vielleicht etwas, ganz wenig?"

„Nein, das glaub nur," betheuerte der Alte und das Kind sah ihn verwundert an.

„Sieh," sagte Casimir nach einer Weile und lehnte sich über des Thurmes Brüstung, „dort das Haus mit dem großen, breiten Schornstein und der Wetterfahne darauf, du wirst es sehen, wenn du nur immer geradeaus blickst." Salin sah nach der Richtung, die ihm der Alte angab, und fand das Haus.

„Ich hab' es," rief er, „hier, siehst du?" „Ja so," sagte Jaskulek und schnalzte mit der Zunge. „Da wohnt die fette Ursula, eine Base von mir, einer Hochwürden Köchin, die baut Kohlköpfe hinter dem Haus im Garten, die außerordentlich saftig sind und so groß, wie die Thurmknöpfe; aber glaubst du, daß sie mir einen davon zukommen ließe?"

Salin schaute erstaunt zu dem glänzenden Thurm= knopf in die Höhe, der noch wohl vierzig Fuß über ihnen leuchtete.

„Jaskulek," sagte er, „ich glaube, du lügst. Warum nimmst du nicht davon, wenn sie so gut sind und so sehr groß. Sie werden doch auch dein sein, wenn dir alles gehört." Jetzt lächelte Salin schlau. „Oder ist nur dein, was du siehst? Den Kohl kannst du nicht sehen, weil er hinter dem Hause ist."

„O du Narr," rief Jaskulek, „glaubst du denn alles? Man vergißt auch immer, wie dumm sie sind, die Kinder. — Verstehst du denn keinen Spaß — der Tausend, bist du ein Kerl!"

Mit diesen Worten stieg er die glattgetretenen Sprossen einer Leiter hinauf, die zum Glockenstuhle führte. Es war gerade die Zeit zum Abendläuten, und so läutete er nach gewohnter Weise.

Salin Kaliske saß noch ein Weilchen nachdenklich auf einem Haufen zerbröckelten Schiefers, den Jaskulek sorgsam zusammengetragen hatte, als die Dachdecker dagewesen waren. Der Alte sammelte alles, was sich sammeln ließ; zum Glück hatte er auf dem Thurme nicht viel Gelegenheit dazu; aber immer brachte er, wenn er von seinen Gängen zurückkehrte, etwas mit heim, was er unterwegs gefunden. Besonders er= freute ihn ein altes Hufeisen, ein Schuhnagel, und alle zwei, drei Jahre trug er einen bestimmten Kasten voll davon zu einem bestimmten Grob= schmied.

Salin saß also nachdenklich auf dem Haufen Schiefers. Es war ihm recht beklommen ums Herz. Denn in dem Stündchen der Dämmerung überkam ihn jedesmal die Sehnsucht nach seiner Mutter. Es wurde ihm immer trauriger und banger zu Muthe. Jaskulek kam die Leiter wieder herab= gestiegen.

„Komm mit, Salin," sagte er und nahm den Jungen an der Hand. Sie gingen in die Thurm= stube. Dort hingen in einer Ecke Bindfäden, kurze und lange, und Jaskulek wählte einige und nahm sein

Messer, auch ein Stück Holz. Mit diesen Geräth=
schaften gingen sie auf den Kirchboden. Der Alte
setzte sich dort an eine Dachluke, durch welche die
Abendsonne breit und flimmernd hereinschien; eifrig
begann er zu schnitzen, die mitgebrachten Fäden zu
drehen und ineinander zu knüpfen. Dann befestigte
er das Geschlinge vor der Dachluke. „So, wir sind
fertig, Salin," sagte er. „Thue nun einmal dein
Fingerchen hier in die weite Schlinge und rühre
ganz leicht an den Faden; du wirst sehen, was da
geschieht."

Zaghaft steckte Salin seine Hand in die Schlinge
und that, wie ihm Jaskulek geheißen hatte. Da sprang
ein Holzpflöckchen ab, welches die Bindfäden straff
gehalten hatte, und Salins Hand war gefangen.
Freilich löste er sich schnell und schnickte mit der be=
freiten Hand in der Luft.

„So leicht wird es denen nicht werden, die morgen
in die Schlinge gerathen," sagte Jaskulek und streute
ein paar Brotkrumen vor die Dachluke. „Das ist
für die Tauben."

„Warum denn das jetzt, wo sie nicht da sind?"

„Nun, du wirst es ja sehen, Salin."

Am andern Morgen, als der Junge in der Thurm=
stube erwachte, suchte er nach Jaskulek und konnte
ihn nicht finden.

„Der wird auf dem Kirchboden sein," dachte er und ging die Stiege herab. Richtig, da war er und machte sich an der Dachluke zu schaffen, in die er am vergangenen Abend die Schlingen gehängt hatte. Salin schlich näher und sah, wie der Alte einer Taube, die zitternd in der Schlinge zuckte, den Faden fester zog, in dem sie das Köpfchen verwickelt hatte, bis ihr der letzte Athem ausging.

„Das ist ja eine von den Tauben, die auf dem Kirchdach sitzen," rief Salin erregt und that den Händen Jaskuleks Einhalt.

„Nun, was schadet das," sagte dieser, „es giebt ihrer genug."

„Sie ist so schön, nun scheint sie todt zu sein. Schau nur, wie ihr das Köpfchen herunterhängt. Warum hast du das gethan?" Salins Stimme zitterte, als er das sagte.

„Ach was," fuhr Jaskulek auf, löste die schöne graublaue Taube aus der Schlinge, nahm sie an den Flügeln und ging mit ihr davon. Der Junge folgte ihm langsam und sah, wie der Alte mit der Taube in das Thurmzimmer ging und die Thüre hinter sich zufallen ließ. Salin blieb draußen und wagte nicht hineinzugehen. Nach und nach aber ging die Thüre von selbst wieder knarrend auf und er sah, wie Jaskulek im Gemach stand, die Taube säuberlich rupfte, sie zubereitete und mit Speck umwickelte, den er aus

dem alten Schranke nahm, wie er das Feuer an=
fachte, den sauberen Braten an den Spieß steckte und
zu drehen begann. Es duftete und brozelte gar lieb=
lich. Gedankenlos lehnte sich Salin an das Thurm=
geländer und hörte, wie Casimir behaglich ein Lied
summte.

„Ei, Salin, so komm doch und hilf mir," rief
plötzlich Jaskulek. „Siehst du nicht, wie ich mich
abmühe?" Salin trat in das Gemach, mit ihm aber
fuhr ein Windstoß herein und zerstreute die Federn,
die auf dem Herde geschichtet lagen. Der Wind trieb
sie in das Feuer, und es roch brenzlich. Da sam=
melte der Junge die schönsten, die auf den Boden
gefallen waren, that sie in sein Wamms und ging
wieder an das Thurmgeländer, von wo aus er sie
mit großem Wohlgefallen, eine nach der andern auf
die Straße niederfliegen ließ. Dann suchte er sich
die beiden Flügel, band sie an ein Fädchen, ließ
sie im Winde flattern und schwenkte sie hin und
her — ließ sie nach einem Weilchen auch vom
Geländer herabfliegen und blickte ihnen nach. Dies
sah ein Nachbar, der lang aufgeschossene Sohn
einer armen Wittwe, der um Tagelohn arbeitete
und ein kümmerliches Leben führte; der hielt sich
zu seiner Freude ein paar Tauben, und wie die
Federn vom Thurme flogen, ging er gerade vor=
über.

6*

„Ei, was der alte Thurm sich mausert," sagte er lachend, zu einem Gesellen, der mit ihm ging. Wie er sich aber bückte und gedankenlos eine der Federn aufhob, war es ihm, als erkenne er die seiner grau= blauen Taube, die sich täglich mit den andern auf dem Kirchdach sonnte.

„Sieh nur," sagte er erregt zu seinem Kameraden und nahm die Flügel auf, „da hat der Thürmer meine Taube gerupft — du kennst ihn nicht, ich sage dir aber, das ist er im Stande, das ist ihm zuzutrauen."

„Das wäre!" rief der andere Geselle; „aber du wirst wohl das Maul nicht aufthun; ich möchte dich hören, wenn du den wohlgenährten Jaskulek zur Rede stellst, du Haselstaube."

„Weiß Gott," rief der lang Aufgeschossene und riß die verbundenen Federn auseinander. „Weiß Gott, er hat sie mir gerupft. Ich gehe hinauf zu ihm, das wirst du sehen."

„Ja geh nur," höhnte ihn der Andere, „geh nur! Hier ist die Thüre, geh doch!"

„Ich gehe, warte unten!" Und der Bursche ging, wendete sich noch einmal zögernd um und stieg dann langsam die Treppe hinauf. Oben angekommen, blieb er zaghaft in der Thüre stehen, die zum Thurm= zimmer führte, und sah, wie Jaskulek mit Eifer die Taube, die im besten Braten war, am Spieße drehte, ohne seiner gewahr zu werden. „Thurmwächter," begann er endlich mit heiserer, gedrückter Stimme: „Ihr macht es Euch recht bequem, armer Leute Tauben zu braten."

„Was ist das, was soll das sein?" ließ ihn Jaskulek hart an, nahm aber, als er ihn erkannte, erschreckt und verwirrt seine Kappe ab und stülpte sie wieder auf.

„Da hat mir der Bursche die Federn herunter gezettelt — Ah, du —." Er trat auf Salin zu, doch vor Aerger blieb ihm, was er sagen wollte, im Halse stecken. Er hob ein Stück Holz, das auf der Erde lag, gegen Salin auf, der sich ängstlich mit vorgestreckten Händen in eine Ecke gedrückt hatte. „Ueber die Schande, über die Schande für mich armen alten Mann!" rief der Thürmer laut, „und das verdank' ich dir, du — du Unglück! Geh, pack dich, — pack dich! geh, oder ich" — und er machte eine drohende Bewegung mit dem Holzscheite, das er immer noch in der Hand schwang — „geh, geh nur, geh nur gleich," rief er wieder erregt und trieb Salin vor sich her bis an die Thüre zur Thurmtreppe. Der Junge sprang wie nicht klug die Stufen hinab, denn der Alte ängstigte ihn nicht wenig. Als er aber tief unten auf der Thurmtreppe stand, das Lärmen aufgehört hatte und nur noch sein Herz von der ausgestandenen Furcht hämmerte, da blickte er nach dem

Glockenstuhl in die Höhe. Er war noch nie bis ganz hinauf gekommen und hatte Jaskulek so oft gebeten, ihm die Leiter anzulegen. Der hatte ihn immer auf kommende Tage vertröstet, und nun ging er und dachte nicht daran zurückzukehren, und unbewußt schlich sich das Gefühl, welches der unaufhaltsame Wechsel der Begebenheiten mit sich bringt, in sein Herz, und er begann zu weinen.

So trennten sich Salin Kaliske und Casimir Jaskulek und sahen sich nicht wieder.

Salin eilte jetzt mit großer Hast durch die Straßen, wohin, wußte er nicht; aber er lief in die Kreuz und Quer, ohne zu ruhen. Als er durch eine Gasse ging, trat aus einem dumpfen Waffenladen der Fremde, der Salin zum Brunnen emporgehoben hatte. Er sah ihn auf sich zukommen, verbarg sich aber hinter einem Eckpfeiler und ließ den Fremden, ohne zu wissen, was er that, an sich vorübergehen. Der bog in eine andere Straße ein. Salin sah ihm sehnsüchtig nach und stand nun ganz allein. Da begann es zu läuten, und er sagte zu sich: „Das wird Jaskulek sein. Es wundert mich nur, daß er in seiner Bosheit nicht vergessen hat zu läuten — es klingt auch danach, wie er darauf loszieht — der."

Nun machte Salin sich wieder ans Laufen; den ganzen Tag fand er keine Ruhe; oft kam er wieder und wieder an den selben Fleck, den er eben verlassen hatte. Ihn hungerte, und er war sehr ermattet. Da kam er Abends spät an seiner Eltern Haus. Er versuchte, ob die Thüre wohl aufging; aber sie war verschlossen, wie auch die Holzläden vor den Fenstern. Es sah gar trübselig aus, da, wo sonst am Abend ein trauliches Licht gebrannt hatte. So ging er in den Garten und schlüpfte durch das mit Epheu über= wachsene Fenster, das keines Ladens bedurfte, und durch das er so oft aus kindlicher Freude am Ab= sonderlichen in das Haus gedrungen war. Auch heute nahm er diesen Weg; aber wie anders betrat er die altbekannten Räume. So müde und hungrig war er, daß ihn keine Trauer überkam. Wie er es sonst gewohnt war, ging er in das Schlafzimmer, da hing noch an einem Nagel seiner Mutter Arbeits= kleid, nach dem niemand Verlangen getragen hatte. Das nahm er herab und breitete es auf den Fleck, wo sonst sein Lager stand, doch wußte er es nicht, daß er also that und sich sein gewohntes Eckchen aufsuchte, denn seine Sinne waren von großer Müdig= keit verwirrt, und er schlief fest und ruhig auf seiner Mutter Kleid.

Als er am andern Morgen erwachte, war es noch sehr früh, der Hunger aber ließ ihn nicht mehr

schlafen. Er stand auf, schlüpfte wieder durchs
Fenster und lief die Straße auf und nieder, denn es
war kalt, und seine Glieder waren halb erstarrt.
Die Läden wurden geöffnet, und die Bäcker legten
ihre duftenden Bröbchen vor die Fenster. Bei diesem
Anblick konnte Salin nicht widerstehen. Er griff zu,
erfaßte eins derselben und lief damit davon, so schnell
er konnte. — Ein gar gelenker Bube war er, und
in seinem Herzen sah es bei diesem Diebstahl ganz
friedlich aus. Er brauchte nothwendig Nahrung und
nahm sie. Sie bot sich ihm dar in verlockender Ge=
stalt, und ihr Anblick erfreute ihn, wie es die Strahlen
der Aprilsonne thaten, die über die Häuser in die
dämmrigen Straßen hinabschienen. Seine Mutter hatte
ihn zwar gelehrt: „Du sollst nicht stehlen," unter einem
Dieb aber stellte er sich etwas ganz anderes vor: einen
bei Nacht und Nebel schleichenden Mann; und wun=
derlicher Weise dachte er sich diesen mit einer hohen,
spitzen Mütze. Gott weiß, wie er zu dieser Vor=
stellung gelangt war. Im Stillen sagte er sich, daß
ihn die Bäcker prügeln würden, wenn sie ihn er=
wischten. Sie erschienen ihm insgesammt als seine
Feinde, und das verstärkte noch sein freudiges Ge=
fühl, sie überlistet zu haben. Er freute sich, indem
er das warme Brot aß, am Vollgefühl seiner Kraft.

Nun trieb er sich den Tag in den Straßen umher,
ging hinaus vor das Thor, denn er hatte Furcht,

Jaskulek oder einem Nachbar zu begegnen, und draußen vergnügte er sich, legte sich ins Gras unter einen Baum und schaute vor sich hin in den schönen prächtigen Frühlingstag hinein, bis er einschlief. Erst am Nachmittag erwachte er.

Da trieb es ihn in die Stadt zurück, und er ging trübselig durch die Gassen und kam sich sehr verlassen vor, so daß ihm das Weinen nahe war. Als er so seines Weges ging und nicht wußte, wo ein und aus, schaute er sich um, zu sehen, wo er eigentlich wäre; da stand er vor dem kleinen Waffenladen, aus dem er gestern den Fremden hatte heraustreten sehen. Traurig setzte er sich nieder auf die Stufen, die zu dem Laden führten, um auszuruhen.

So hatte er eine Zeit lang gesessen, als er wieder den Fremden auf sich zukommen sah; der schritt die Stufen hinan, um zu dem Waffenschmied zu gehen. Da gewahrte er den Knaben und sagte: „Mein Junge, finden wir uns endlich doch wieder! Um deinetwillen allein habe ich hier noch verweilt. Willst du mit mir gehen?"

Salin sah den Fremden verwundert an und sagte leise: „Ja, der alte Jaskulek hat mich davon gejagt; ich weiß nicht, zu wem ich gehen soll."

Da schaute der Fremde lächelnd auf ihn nieder. „Wie heißt du?" frug er.

„Salin Kaliske."

„Salin, Salin Kaliske," wiederholte der Mann, als wollte er den Namen auswendig lernen — „Salin Kaliske."

„Und du?" frug Salin.

Der Fremde lachte und sagte: „Michael Mabry."

„Michael hieß auch mein Vater," erwiderte das Kind schnell, „ich gehe mit dir."

„Gut, so komm mit in den Laden." Beide traten ein und gehörten von jetzt an für eine lange Zeit zu einander. Ein schmächtiges Männlein kam ihnen entgegen und verbeugte sich ehrfurchtsvoll. Der Laden war dumpf und voller Eisen, Waffen aller Art, Stangen und Werkzeugen. Das Licht fiel durch kleine, grünliche Fensterscheiben in den dunklen Raum und gab ihm ein unheimliches Ansehen. Salin wich nicht von der Seite seines Beschützers. Der zog seinen Beutel und zählte dem Männlein eine beträchtliche Summe Geldes auf.

„Hier, Meister," sagte er, „doch müßt ihr mir an der Scheibe noch eine Aenderung machen." Er zog ein Messer mit prächtig gearbeitetem Griff aus seinem Gürtel und wies dem Händler ein Ringlein, das nicht an der rechten Stelle saß. „Heut Abend noch," fügte er hinzu, „müßt ihr mir es schicken, denn morgen mit dem frühesten reise ich."

Jetzt trat er mit Salin wieder zur Thür hinaus, faßte ihn an der Hand und ließ ihn nicht los, als wäre ihm mit dem Jungen eine seltene Gabe zu Theil geworden.

„Du mußt nun auch ein gutes, tüchtiges Kleid haben," sagte Mabry, und sie gingen zusammen in ein hohes Haus. Dort wohnte ein Schneider, der sprang eilfertig von seinem Sitze und zeigte auf Mabrys Begehren allerhand zierliche Wämmslein, die er gefertigt hatte. Keins von allen war dem Fremden recht, obgleich sie Salin sehr behagten. Endlich fand sich eins aus Hirschleder, ein weniges mit rothem Sammet verbrämt. „Das ist das richtige," sagte Mabry, „nehmt es, Meister, und trennt den Sammet ab, dergleichen paßt für uns nicht."

Was Mabry wünschte geschah unter Salins heimlichem Bedauern, und der Schneidermeister zog, als er fertig war, Salin das Wamms gleich über, damit er anständig neben seinem Beschützer einhergehen konnte. So zogen sie wohlversorgt in die Herberge, in welcher Mabry wohnte. Dort wurden eiligst Anstalten zur Abreise getroffen.

Mabry verkehrte mit einem vertrauten Diener in einer Salin unverständlichen Sprache. Bald aber erfuhr Salin, daß sie polnisch redeten, und Mabry sagte, diese schöne Sprache solle ihm vertraut werden. Das begriff Salin nicht recht.

Am frühen Morgen brachen sie auf. Mabry hob den Knaben zu sich auf sein Pferd und hieß

ihn, sich an den Mähnen festhalten, da er Salins
Angst bemerkte.

„Ei, Salin, nur nicht ängstlich. Du mußt die
Pferde lieben lernen, es sind gar kluge Thiere."
Indem er das sagte, bog er sich über Salin hin
und klopfte seinen mächtigen Grauschimmel, der
muthig mit dem Kopfe schüttelte und aus dem Wirths=
hausthore hinaustrabte. Durch die stillen Straßen
ging es; der verschlafene Wirth, der ihnen Hilfe
geleistet hatte, sah ihnen noch eine Weile nach und
ging dann schlurfend in das Haus zurück. So ritten
sie zum Thore hinaus, aus Salins Vaterstadt. —

Die Reiter streiften an Dörfern und Höfen vorbei
und über unwirthliche Heiden hin. Oft ruhten sie
Nachts in elenden Herbergen. In ganz einsamen
Gegenden mußten sie ihren Schutz im Walde suchen.
Es war empfindlich kalt, denn die ersten Tage des
Mai athmeten noch rauh. Salin aber hatte an
allem eine große Lust. Er half das Holz mit
schichten, um im Walde ein Feuer zu nähren, ließ sich
von Madry zum Pferde empor heben und streichelte
dem Thiere die schöne lange Mähne, liebkoste es
dabei mit polnischen Schmeichelnamen, die er sich von
Madry hatte lehren lassen, da dieser ihm befohlen,
nur polnisch mit dem Thiere zu reden. Madry be=
gann auch schon auf dem weiten Ritte, Salin gleich=
sam zum Zeitvertreib Wörter aus seiner Sprache zu

lehren, die Salin ihm wieder und wieder nachsprechen mußte und nach denen er ihn dann frug.

Salin war gut aufgehoben in der Obhut dieses Mannes, und Gott mag wissen, wie es dem durch den Kopf gefahren war, sich des Jungen anzunehmen und seinetwegen länger, als er vorgehabt, in Prag zu bleiben; aber er hatte den kleinen Verlassenen, nachdem er ihn zum erstenmale gesehn, nicht wieder aus den Gedanken los werden können und vergnügte sich jetzt damit, für ihn zu sorgen. Des Nachts sah er nach dem Schlafenden, hüllte ihn fester ein und schien seine Freude an dieser väterlichen Sorge zu finden.

Jeden Abend, ehe er sich niederlegte, mochte es auf freiem Felde oder unter Dach und Fach sein, kniete Michael Mabry nieder und sprach mit dem Knaben ein Paternoster. Nach dem Schlusse des Gebets aber wiederholte er immer dieselben Worte und ließ sie auch Salin nachsprechen.

„Herr Gott," so sprach er, „räche mich an meinen Feinden und laß sie des ungerechten Gutes nicht froh werden!" Der Diener Josky hielt dabei andächtig seine Mütze zwischen den Fingern und sagte mit gedrückter Stimme: „Amen, ja, das möge geschehen!" Salin aber verstand nicht, was es zu bedeuten habe.

Schon waren sie manchen Tag unterwegs, denn langsam kamen sie nur vorwärts, da die Wege immer ungangbarer wurden. Die Reise begann für Salin beschwerlich zu werden und sein Freund hatte gar viel zu thun, ihn zu trösten, was ihm nicht immer gelang, denn die feuchten Wälder und die grauen Frühlingsnebel, die aus den weiten Sümpfen aufstiegen, waren gar trübseliger Natur und auf den öden Steppen, die sie durchritten, hob sich oft vor ihnen ein Krähenschwarm vom Grunde und flog kreischend über sie hin. Krähen aber bringen Unglück, so hatte Salin gehört, darum fürchtete er sich vor ihnen. —

Heut aber achtete Madry nicht auf die Klagen seines Gefährten, nicht auf die Schritte seines Pferdes, nicht auf den Regen, der oft, vom Winde gepeitscht, hinter ihnen herfuhr. Sie waren die Nacht in einer einsamen Herberge untergekommen. Madry hatte sich gar wild auf seinem Lager umhergeworfen. Die Luft in der Wirthsstube war dumpf und heiß gewesen und kein Schlaf wollte ihn zur Ruhe kommen lassen. Von der Unruhe Madrys war auch Salin erwacht und frug: „Was ist dir, Madry?"

„O Salin," hatte der gesagt, „du weißt nicht, was mich plagt. Soll ich vorüberreiten, oder soll ich es thun?" Damit warf sich der Mann wieder hart auf sein Lager zurück.

Salin hörte ihn noch laut stöhnen, beruhigte sich aber und war bald wieder sanft eingeschlafen. Madry aber lag mit offenen Augen die ganze Nacht und mußte wohl Schweres leiden.

Sie konnten erst gegen Mittag aufbrechen, denn es war ein unwirsches Wetter und stürmte gewaltig. In der räucherigen schmutzigen Herberge war es auch unerfreulich. Sie hatten am Kamin gesessen und sich gewärmt für den langen Ritt, der vor ihnen lag; aber der Wind war durch den Schlot gefahren und hatte Ruß und Rauch in das niedere Gemach getrieben. Als endlich Regen und Sturm nachließen, da hatte Josky schon die Pferde gezäumt, und der Ritt war vorsichtig weitergegangen, aber schweigend und trübselig. Salin wagte nicht zu fragen, was Madry so schwer bekümmere, und Madry redete kein Wort. Sie ritten durch Kiefernwald und Heide; alles triefte vor Nässe; die starren Zweige, die Luft, der Boden waren in tropfenden Nebel gehüllt.

Gegen Abend kamen sie aus dem Walde; vor ihnen lag auf freiem Platze ein gewaltiges Herrenhaus, ein viereckiger, massiver Bau, ohne jede Gliederung. Um das Herrenhaus herum lagen die Hütten der Leibeigenen verstreut. Der Sturm fuhr darüber hin, und die Rothtannen schüttelten ihre nassen, wuchtigen Wipfel. Das Haus lag stumm und einsam da, kein Licht schimmerte aus den Fenstern; nur ein kleiner Anbau, der sich an das Hauptgebäude lehnte, war matt erleuchtet.

Madry und Josky hielten ihre Pferde an. Niemand sprach, und Madry schien ganz versunken und erstarrt zu sein. Josky stieg vom Pferde, näherte sich seinem Herrn und küßte ihm tief aufstöhnend den Saum des Wammses.

„O Herr," rief er laut, „o Herr!" und seine Stimme war von Schluchzen und Seufzen ganz erstickt.

„Still!" sagte Madry und bog sich zu Salin nieder. „Das war meine Heimath, Salin; das Schloß war mein," sagte er.

„Wir gehen hinein!" rief er Josky an und sprang aus dem Sattel. Josky hob Salin herab, führte die Pferde tiefer in den Wald zurück, band sie an einen Baum und ging darauf vor Michael und Salin her, dem Hause zu. Alles geschah, ohne daß jemand ein Wort redete.

Das große Thor im Wall, an dem sie hinschlichen, war fest geschlossen. Josky huschte daran vorüber, immer vor ihnen her und blieb endlich vor einem kleinen Pförtchen stehen, drückte auf das Schloß, hob eine Klappe, unter der ein Riegel versteckt war, und die Thüre ging auf. Vorsichtig lugte Josky durch die Spalte, geräuschlos und behutsam traten alle drei über die Schwelle, durchschritten einen dunkeln Gang und waren im Schloßhof. Nur in dem Wächterhaus brannte Licht, und wüster Lärm drang ihnen daraus entgegen.

„Rasch, rasch," flüsterte Mabry.

Sie schlichen an der Mauer des Herrenhauses hin, immer weiter, fast rings um den mächtigen Bau herum. Vor einer kleinen, engen Thüre in einem ganz entlegnen Winkel, der von Strauchwerk halb verdeckt war, machte Mabry halt, nestelte an seinem Wamms und zog ein Lederbeutelchen hervor, welches er an einer Schnur um den Hals trug. Das verbarg einen zierlich gearbeiteten Schlüssel, den hielt er am äußersten Ende vorsichtig mit den Fingerspitzen, als könnte er ihm unter der Hand zerbrechen. Die Wolken zogen über den Mond und ließen ihn wieder frei. Der Lärm der betrunkenen Knechte im Thorwarthaus drang in abgerissenen Lauten zu ihnen herüber.

„Herr," sagte Josky zu Mabry, „die machen sich gute Tage, ehe der neue Schloßherr kommt, und der kommt bald."

„Wer ist der Schloßherr?" fragte Salin leise, aber Mabry schwieg.

„Hier steht der Schloßherr" — und Josky zeigte ehrerbietig auf Mabry — „aber sie haben es meinem Herrn genommen und haben es einem gegeben, der bei Hofe ist. Das ist ein Nimmersatt, der sollte es nicht haben."

„Er soll es auch nicht haben," sagte Mabry, „bei Gott, er soll nicht!"

Er wandte sich zum Pförtchen und tappte mit der Hand am Holzwerk hin und her, bis der Schlüssel saß und faßte. Die Thüre ging auf, und sie traten in tiefe Dunkelheit. Madry verschloß von innen wieder sorgfältig und tastete nach Salin, drückte ihn fest an sich, und nun ging es durch dunkele Gänge, Trepplein auf und nieder; es wollte kein Ende nehmen. An verschiedene verschlossene Thüren kamen sie, die Madry zu öffnen verstand; aber seine Hände zitterten und legten sich starr und kalt um Salins Handgelenk, dem es in der dunkeln fremden Umgebung vor seinem Freunde graute. Endlich schien der schlimme Weg ein Ende zu nehmen. Sie traten in ein hohes Gemach, in das der Mond durch ein einziges hochgelegenes Fenster schien; aber es ließ sich noch nichts unter= scheiden, nur so viel nahm Salin wahr, daß es kein leerer Raum sei, denn verschiedentlich geformte Ge= genstände hoben sich von der Dunkelheit noch dunkler ab. Josty suchte in seinem Wamms, holte daraus Stahl und Stein hervor, schob einen Laden vor das Fenster und zündete die Wachskerzen an, die auf einem mächtigen Leuchter steckten. Da erstaunte Salin über das prächtige Gemach und wußte nicht, wie er sich benehmen sollte. Unschlüssig stand er an einem reich geschnitzten Tisch und fuhr mit dem Finger an dessen Rande hin und her. Madry aber hatte sich auf einen hohen Lehnsessel niedergelassen, der am

Kamin stand, und war mit geschlossenen Augen zurück=
gesunken. Es war Todtenstille im Zimmer, und Salin
stand wie festgebannt.

„Komm her,“ rief Madry, ohne sich umzuwenden.
Salin kam, Madry bog sich zu ihm nieder, hob ihn
auf seine Kniee und drückte Salins Kopf an die
Brust, dann schloß er die Augen wieder.

„Salin,“ sagte Madry mit leiser Stimme, „vor
vielen, vielen Jahren saß mein Vater hier wie ich
in diesem Stuhl und hielt mich, wie ich dich halte.“

„Das ist lange her, Madry?“

„Ja, recht lange, mein Salin, und siehst du,
alles war mein, sie haben mich von hier vertrieben,
— mir schlimm mitgespielt — doch das verstehst du
nicht. Hier bin ich schon so manche Nacht gewesen
und habe gesonnen, wie ich wieder zu meinem
Eigenthum gelangen könnte. — Ach Salin,“ stöhnte
er tief auf, „heut bin ich zum letztenmale hier —
das sollst du sehen.“

„Mein Madry,“ rief Salin laut und bedeckte die
Hände seines Freundes mit Küssen. „Sie werden
dich schon einmal wieder in dein Haus lassen.“

„Mit dem Hause ist es vorbei, Salin,“ sagte
Madry ernst. „Sieh nur die schönen Sachen, der
geschnitzte Stuhl, sieh hier das Wappen daran, den
Löwenkopf mit dem offenen Rachen. Ich habe es
so oft angesehen — ach, so oft, mein Salin, — daß

mir das Herz brechen möchte, wenn ich daran denke; aber so geht es, — da sitzt so eine dumme kleine Vorstellung in unserem Herzen, und da hängt sich unbemerkt etwas Großes daran, etwas so lächerlich Großes — und wenn es Zeit ist, wenn es sein soll, bringt es uns zur Verzweiflung. — Ein Tropfen, und alles quillt über. Sieh hier die Bücher; habe so manchen Abend darüber gesessen! Geh, setz dich dort in die Ecke und nimm das Buch, es sind ganz wunderliche Bilder darin."

Madry warf sich vor dem Lehnstuhl nieder und verbarg sein Gesicht. Kein Ton war im Zimmer zu hören, nur hin und wieder das Umwenden eines Blattes. Josky kam herein geschlichen, setzte sich geräuschlos, bescheiden nächst der Thüre nieder und wandte kein Auge von seinem Herrn.

Was mußte in Madrys Seele vorgehen, daß die Zeit verstrich, ohne daß er sich regte, daß seine Augenlider das Auf= und Zugehen versäumten, und seine Finger sich so eisenfest an den alten Stuhl klammerten!

„Nun sind wir zu Ende," stöhnte er aus tiefgequälter Brust und stand schwerfällig auf.

Salin sah ihn an und schrie laut: „Madry, was willst du thun?"

Madry blickte auf ihn. „Salin, ich thue dir nichts. Komm, du weißt noch nicht, was für schwere Stunden es auf der Welt geben kann. Mein Junge, ich leide jetzt sehr." Er faßte Salins Hand und drückte sie gegen seine Stirn. Seine Züge waren aber ruhig und ernst. Er ging auf und nieder, dann ergriff er einen Tisch und rückte ihn in die Mitte des Zimmers. Josky sprang zu und half. „Herr, was wollt ihr thun?" flüsterte er.

Der aber achtete nicht auf ihn und häufte auf den Tisch, was er irgend Bewegliches im Zimmer fand. Josky und Salin standen ihm bei, sie rissen die schweren Gewebe von der Wand los, und alles wurde übereinander geschichtet und thürmte sich immer höher auf.

„Nun sind wir fertig, geht nach der Thüre!" Madry nahm die Kerze, brachte die Flamme bald hier, bald dort mit den Geweben in Berührung und bald zuckten Flämmchen an allen Enden. Er ging mit dem Leuchter zur Thüre, nahm Salin bei der Hand und sah sich noch einmal um.

„Das brennt, ja, das wird brennen," murmelte Josky, „und kommt es erst an die hölzerne Decke, so ist es auch im Dachraum."

„Josky, führe ihn," sagte Madry und ließ Salins Hand los, ging vor den beiden her und leuchtete durch die Gänge. Wieder ging es Trepplein auf und nieder, in die Kreuz und Quer, bis sie draußen vor dem Pförtchen standen. Madry warf den Leuchter ins Gebüsch.

„So lob' ich mir's," sagte Josky, „so benimmt sich der Herr die Sehnsucht, denn wo bald nichts mehr sein wird, läßt sie von selbst nach, und seinen Feinden versalzt er es gehörig. — Ein Jammer ist es aber um die Pracht."

Sie strichen wieder, wie sie gekommen, am Herrenhause hin. Die Wolken zogen immer noch über den Mond, verdeckten ihn und ließen ihn wieder frei. Nun schlichen sie den Wall entlang. Kein Lärm drang mehr aus der Thorwartswohnung, und sie schlüpften durch das Pförtchen, das Madry hinter sich schloß. Sie eilten vorwärts, es stürmte arg — und bald lag das mächtige dunkle Haus hinter ihnen.

Madry schritt voraus, ohne sich umzuschauen. Salin und Josky bemerkten aber, noch ehe sie den Waldrand erreicht hatten, wie sich ein rother, wogender Dunst auf einem Theile des Daches lagerte.

„Salin," sagte Madry, als sie bei den Pferden standen, die Josky bemüht war loszubinden, „das habe ich gethan." Er wies nach dem feurigen Dunst. Plötzlich zuckte ein Schein auf, daraus hob sich eine Flamme, eine mächtige, auflodernde Flamme. Jetzt bestiegen sie ihre Pferde. Josky nahm Salin vor sich auf das seinige, so ritten sie in die dunkele Wildniß hinein. Der Sturm erhob sich und sauste in den Kronen der Kiefern, daß diese ächzten, und ein Knistern, ein Sausen, ein zuckendes Leuchten und ferner Lärm begleiteten sie eine Strecke weit hinein in das nächtliche Land; aber immer vorwärts ging es, haftig weiter. Als sie aus dem Walde auf freie Heide kamen, war der Himmel über den Kiefern blutroth.

Madry hielt sein Pferd an; „komm zu mir, Salin," rief er. Der sprang von Joskys Thier und ließ sich zu Madry emporheben. Darauf ritten sie weiter. „Siehst du, wie es brennt?" Salin blickte um sich. „Sieh dich nicht um, Salin, das macht toll — komm — komm!" Und im Fluge ging es hin, und fort und fort, Stunden lang. Dem Knaben liefen die Thränen über die Wangen, er biß die Zähne zusammen und konnte sich kaum mehr halten. Der Feuerschein wurde schwächer und schwächer, nur manchmal zuckte er noch matt am Horizonte auf, dann verlosch er ganz. Sie waren weit geritten. Am andern Morgen, nachdem sie während der letzten Nachtstunden in einem einsamen Bauernhof unter= gekommen waren, brachen sie wieder auf.

Am Abend lag vor ihnen ein Heidefleck, rings von Kiefernwald umgeben. Auf dem freien Platze standen Hütten, wie sie Salin auf dem langen Ritt schon häufig gesehen hatte; aus rohen Stämmen waren sie zusammengefügt, mit weit überhängenden Dächern, die einen einzigen Raum zum Unterschlupf für Mensch und Vieh bedeckten. Die Hütten, die jetzt vor ihren

Augen lagen, waren aber nicht einzeln auf dem Grund verstreut, wie sie es oft getroffen hatten, sondern dicht aneinander gedrängt und mit einem Erdwall umgeben. Aus den Schornsteinen stieg Rauch empor. Madry hielt sein Pferd an und sprach: „Hier ist unsere Heimat, Walka-życia, Salin" (das ist zu deutsch: Kampf ums Leben). Madry wußte wohl, warum er seine Heimat so benannt hatte. Oedes unwirthliches Land rings umher und starrer Kiefernwald.

Madry begann wieder: „Josky, halt! Mein Freund, ehe wir einreiten, schwöre, über das, was uns begegnet ist, zu schweigen. — Daß du es mit deinem Leben bezahlst, wenn du schwätzest, das weißt du."

„Herr, ich schweige," erwiderte Josky und legte die Hand aufs Herz.

„Und du, Salin," fuhr Madry fort, „gieb mir die Hand darauf."

„Mein Madry, ich schweige," dabei sah Salin seinen Freund ernst und wichtig an.

Madry gebot Josky abzusteigen und Salin auf das Pferd zu heben, damit der Schützling einen würdigen Einzug halten könne. So ritten sie durch Felder, denen der Wald hatte weichen müssen, doch alles sah öde und noch winterlich aus. Als sie in die Nähe der Häuser kamen, hatte einer den Gebieter von Ferne erkannt, und die Bewohner der Hütten zusammengerufen, den Herrn zu bewillkommnen. Sie waren gerade alle vollzählig beieinander, denn es war Feiertag und niemand zur Arbeit ausgezogen.

In Walka-życia wurde Holzhandel getrieben. Die Leute schafften das gefällte Holz im Winter an die Weichsel, auf der die Stämme zu Flößen verbunden, und auf Flöße geladen im Frühjahr nach Danzig geschifft wurden.

Männer und Frauen, Alt und Jung brachten Madry bis an seine Behausung. Das war ein Gebäude ganz wie die übrigen, nur höher und größer, mit roher Schnitzerei auf der fast ungehobelten, mit rother Erde bestrichenen Thüre versehen.

Jetzt trat Madry mit Salin in einen großen Raum, der vom Rauche, welcher einem mächtigen Herde entstieg, geschwärzt war. Als einziger Reichthum in der düstern Halle erschienen die prächtigen Bären- und Wisentfelle, die rings auf den Bänken und auf dem Erdboden lagen. Dies alles machte Salin einen gar wunderlichen Eindruck.

Eine alte stattliche Frau kam hinter dem Herde vor. Sie schien sehr erregt über die plötzliche Ankunft des Herren. In aller Eile hatte sie das Feuer hoch aufgeschürt, damit es gastlich leuchtete. Jetzt begrüßte sie Madry mit Thränen im Auge und küßte den Saum seines Wammses.

„Hier, Anna,“ sagte Michael Madry, „bringe
ich dir einen Buben, nimm ihn in deine Obhut und
meine es gut mit ihm, so gut wie du es mit mir
meintest. Ich war auch solch ein Bürschchen, wie der,
als ich unter deine Pflege kam.“ „O, kleiner, Herr,
viel kleiner,“ fiel die Alte ihm ins Wort. „Und Ihr
wißt doch noch, wie ich gleich am zweiten Tag, den
ich bei der gnädigsten Frau Mutter im Dienst stand,
den Krug des seligen Herrn zerbrach in tausend
Stücke. Es war ein prächtiger Krug, junger Herr,
wie man so leicht keinen wieder zu sehen bekommt“ —
das sagte sie zu Salin gewandt. „Die Scherben
klirren mir noch jetzt manchmal im Traum, und habe
ich das gehört, dann giebt's allemal einen bösen Tag.
Gott behüt' einen! Wie die Zeit vergeht! — Wie
man alt wird und so viel vergangene Dinge in seinem
alten Kopfe mit sich herumträgt!“ Und sie beugte sich
nieder und küßte aufs neue Madrys Kleidersaum.
„Schaff uns zu essen,“ unterbrach sie der. Die Alte
ging, und bald drehte sie den Spieß, an dem ein
Stück Wildbraten schmorte, das ein Knecht ihr zum
Fenster herein gereicht hatte; denn das Haus war
durch die lange Abwesenheit des Herrn arm an Vor=
räthen geworden. Eine Kanne braunes Bier setzte
sie auf den Tisch, das war von den Flößern aus
Danzig mit heimgebracht worden. Beide thaten sich
gütlich an dem heimatlichen Mahle. Als Salin sich

ermüdet in einem Winkel der Halle zu Ruhe legte, da war ihm das Herz schwer. Eine große Sehnsucht nach seiner Mutter überkam ihn, und er weinte sich in den Schlaf.

❦

Madry begann seinen Schützling zuerst in der Landessprache zu unterrichten; er sprach mit ihm wenn sie miteinander hinaus in den Wald gingen, um nach den Arbeitern zu sehn, bei den Mahlzeiten, überall, wo ihnen das Leben auffällig entgegentrat.

„Wie nennst du das Feuer, Madry?" frug der Junge einmal, als sie Abends zusammen am Herde saßen, und er zum Zeitvertreib, wie er es von daheim gewöhnt war, an einem Holzpflöckchen schnitzte.

„Warum frägst du danach," sagte Madry und sah den Knaben scharf an. „Denkst du noch an dein Versprechen?"

„Ich schweige schon," erwiderte Salin; „aber wie lange es wohl gebrannt haben mag — weißt du das?"

„Still, Salin," fuhr Madry auf — „kein Wort!" und er ging erregt auf und nieder. „Wenn du so unbesonnen redest, kann es mich ums Leben bringen. O die verfluchten Schwätzer, der Josky und du."

„Mein Madry, ich schweige," rief der Knabe und drückte seine Lippen auf dessen Hand.

„Und schwätzest jetzt, wo hinter der Thüre, hinter

dem Herde, in jeder Ecke einer stehen könnte und hören, was du sprichst!" Dabei sah Mabry unruhig umher.

„Ich schweige, sage ich dir, und wenn ich das sage, mußt du mir glauben."

Inzwischen war eine zahme Krähe, die in der Hütte ihr Wesen trieb, auf Salins Schulter geflogen und drückte schmeichelnd ihren dicken Kopf an seine weiche Wange. Salin sah wohlgefällig auf das Thier und freute sich, wie es ihn am Ohrläppchen zupfte. „Ei ei, altes Muckerchen, was sagst du mir ins Ohr?"

Mabry schaute dem Knaben zu.

„Bin ich dir lieb, frug er, kannst du mir etwas zu Liebe thun?"

„Das glaub' ich wohl," erwiderte der, schielte aber nach der Krähe, und um seine Mundwickel zuckte es, denn sie kitzelte ihn am Ohre.

„Könntest du mich je verrathen? mich verlassen?"

„O, was sprichst du, Michael Mabry." Nie könnte ich dich verlassen!" Indem er das sagte, hatte er die Krähe herabgenommen und hielt sie mit beiden Händen an seine Wange.

„Du Plappermaul," fuhr Mabry fort.

„Ich plappere nicht," rief Salin.

„Ist das wahr, dann nimm deine Krähe und reiße ihr den Kopf ab!" — Das sagte Mabry ruhig und erhob sich. — „Ich bin mein Lebtag belogen worden."

„Madry," schrie Salin laut. „Madry!" der blickte unverwandt auf ihn hin.

Der Knabe sah ihn an, drückte die Krähe mit einer Hand fest an sein Knie und mit der andern riß er ihr am Kopfe. Sie sträubte sich und zerkratzte ihm die Finger; aber er ruhte nicht, bis sie ganz todt war, und mit wunderlichem Eifer war er bei der Sache. Als er sie schlaff und leblos in den Händen hielt, schien es ihm, als lebe sie noch, und er trennte ihr mit seinem Messer den Kopf vom Rumpfe. „Sie ist todt, Madry." Er legte sie vor ihn hin auf den Herd.

„Du hattest das Muckerchen lieb," rief dieser und drückte ihn hastig an sich. — „Ich glaube dir, mein Salin, was du auch sagen wirst."

Der suchte, ohne ein Wort zu reden, sein Lager auf. Madry hörte ihn dort noch lange sich bewegen, und er selbst ging nicht eher zur Ruhe, bis das Kind fest schlief. Als er zum letztenmal zu ihm trat, hatte Salin ein friedliches Gesicht gehabt; die Seele war ihm vom Schlaf beruhigt worden.

Nachdem er aber für seinen Freund ein Opfer gebracht, schien die Liebe zu ihm gewachsen zu sein.

Er duldete nicht mehr, daß Josky ihm irgend eine Handreichung that. Kam Madry von der Jagd oder einem weiten Ritt zurück, so wartete Salin, und war es bis spät in die Nacht hinein, bei der alten Anna

am Herde, bis sein Herr zurückkehrte, um ihm die
schweren Reiterstiefel auszuziehen und ihm bei dem
Abendmahl zu Diensten zu sein. Wenn er so des
Abends bei der Alten saß, schnitzelte er, und es er=
regte die Bewunderung der Frau, wenn unter seinen
Händen etwas entstand, das annähernd einem Vogel
glich, oder irgend einem Gethier. Aufmerksam hörte
Salin ihr zu, wenn sie von früheren, besseren Zeiten
redete. — Das that sie von Herzen gerne und wenn
sie davon sprechen wollte, fachte sie ihre Lampe
an, indem sie mit einem Häkchen den Docht höher
zog. Es war, als müßte die Flamme dann auch
heller brennen, wenn ihr die alten Augen leuchteten
von der Erinnerung an vergangenes Wohlleben. So
hörte Salin manches über Michael Mabry, was die
Alte erfahren und sich erlauscht hatte: wie er fälsch=
lich wegen Verraths angeklagt sei, wie seine Güter
eingezogen worden seien und er sich mit genauer
Noth das ärmliche Gut hier erhalten habe, das ein
mißachtetes Stück Land sei, auf welches niemand
Werth lege. Der selige Herr sei auch nur ein paar=
mal in seinem langen Leben zur Jagd hierher ge=
kommen. — An diese immer wiederholten Hauptthat=
sachen schloß die Alte unendliche Erlebnisse und Be=
trachtungen an; Salin bekam viel Neues zu hören.

Die Jahre vergingen, ein Tag wie der andere. In Walka=życia zogen sie am frühen Morgen hinaus in den Wald; oder sie streiften unter der Obhut Joskys in der Nachbarschaft umher, sahen zu, wo ein günstiger Handel zu schließen sei, und ließen sich oft Wochen lang nicht blicken. Die Zurückbleibenden hatten reichlich mit der Feldarbeit zu thun, die aber nur einen spärlichen Ertrag lieferte; denn der Heide= boden war karg, und sie hatten viel vergebliche Mühe. So verging die Zeit in größter Einförmigkeit. Salin wurde ein schlankes Bürschchen; doch ist er nie so recht bei Lust gewesen, wie es seine Jahre wohl mit sich bringen sollten, hatte keine besondere Freude an der Jagd, lebte ruhig vor sich hin und blieb ein Träumer.

Seinem Freund Madry war er ganz ergeben, und lernte durch diesen das Leid kennen, ja, den bitteren Kummer; denn Michael Madry zeigte gar oft, daß ihm das zaghafte Wesen Salins zuwider sei. Die Leute in Walka=życia nannten ihn „das Jüdchen" und achteten seiner nicht groß, nur Josky hatte eine Liebe zu ihm gefaßt, verschaffte ihm manch= mal gutes tabelloses Holz zum Schnitzen und be= wunderte Salins Kunstfertigkeit, der unermüdlich Dinge, die ihn umgaben, nachzubilden versuchte. Salin hatte einst ein muthig springendes Rößlein mit erhobenem Halse zu Stande gebracht. Das hatte

Joskys Bewunderung in so hohem Grade erregt, daß er den Knaben von da an fast wie ein höheres Wesen verehrte. Das Rößlein aber hatte er von Salin geschenkt bekommen. — Was Salin besonders bekümmerte, war, daß er gar wohl fühlte, wie Mabry des Lebens in Walka-życia mit der Zeit müde geworden war. Oft saß er in sich versunken am Herde, starrte vor sich hin, stöhnte und seufzte. Der gute Bursche verließ ihn nie in solchen bösen Stunden, trotzdem Mabry nicht nach ihm verlangte und ihn kaum beachtete.

„Mabry,“ sagte Salin einst, erhob sich und trat zu ihm — „Mabry, was kann ich für dich thun?“

„Du,“ erwiderte Michael und sah ihn lächelnd von oben bis unten an, „was willst du thun? so ein zaghaftes Bürschchen.“

Da blickte ihn dieser traurig an. „Was würde es dir helfen, wenn ich Kräfte hätte wie ein Riese und den höchsten Muth; was kann dir ein Einziger sein, gegen viele Mächtige? Aber, Mabry, deine Sehnsucht nach deinem mir fremden Leben ist so groß, ich fühle es, sie muß sehr groß sein! Das nimmt mir alle Freude, wenn ich sehe, wie du dich quälst. — Siehst du, Mabry, ich habe Gott um etwas gebeten: ich habe gebeten, er möchte es mir gewähren, daß ich dir mein Glück schenken darf; ich muß ja meinen

Theil mitbekommen haben, wie alle andern auch, und ich brauche es nicht, mein Madry, nein, bei Gott, ich brauche es nicht. Mein Glücksstheil wird dir zugelegt werden, daran zweifle ich nicht — du sollst es sehen. Mir ist, als wäre es schon von mir genommen, denn ich fühle so großen Schmerz um dich, daß mir die ganze Welt verändert scheint."

Madry sah ihn erstaunt an. „Salin, träumst du? Du redest wie ein Kind — Gott erbarme sich deiner, wo bist du hingerathen! Ja, ja, du hast ganz recht, mich frißt die Sehnsucht, und ich möchte Tag und Nacht das öde Nest verfluchen." Er seufzte tief auf. „Ich fühle Kraft in mir, sitze hier und — ach, Salin, das verstehst du nicht."

„Madry," fuhr Salin erregt fort, „Josky klagt sehr darüber, daß du damals deiner Väter Haus niedergebrannt hast. Er läßt es sich nicht ausreden, daß bald bessere Zeiten für dich kommen werden. Er weiß es, denn er sieht und hört viel" —

Salin wollte fortfahren, aber Madry war aufgesprungen und schrie ihn an: „Kann man euch beiden denn nicht die verfluchte Geschichte aus dem Hirn treiben? was habt ihr euch damit zu plagen! Du sollst sehen, Josky, der Schwätzer, wird mich noch verrathen, wenn alles auf dem besten Wege ist."

„Du irrst dich, Madry; Josky ist dir sehr ergeben und trauert mit dir."

„Was hilft mir das?“ Damit stand Mabry auf und ging zur Thüre hinaus.

Es war Salin schon längst aufgefallen, daß Mabry seine Leute weit mehr gewähren ließ als sonst, daß er auf ihr Thun und Treiben wenig Acht hatte und daß in Walka=Życia ein unordentliches Wesen recht offenkundig sich breit machte.

Es lebte ein Mann da, den sie Prilisewsky nannten, der war einmal aus Danzig wieder heimgekommen und hatte für seinen Haushalt einige Fäßlein Brannt= wein erhandelt, den verschänkte er so unter der Hand in seinem Hause. Er und sein Weib schienen son= derlich gastfreundlich geworden zu sein, ihre Stube war immer bis spät in die Nacht hinein besetzt. Früher hatte Mabry es durchaus nicht geduldet, daß ein Branntweinausschank in Walka=Życia errichtet wurde, und die Leute konnten sich daher nur eine Güte thun, so oft sie in das nächste Dorf kamen, in dem sich eine Schenke befand.

Jetzt aber that er, als bemerke er nichts; er war von einem großen Trübsinn befangen, dachte und sah im Geiste andere Dinge, als die um ihn her vorgingen. So begab es sich, daß Prilisewsky ganz offen seinem Handel oblag, und wenn ein Wanderer spät in der Nacht an dem Erdwall von Walka=Życia vorüberging, was wohl selten genug geschah, denn es lag von dem Verkehr abseits und rings umher war nichts als Sand und Sumpf und Kiefern, da hörte er wilden Lärm, wo sonst um die Nachtstunde lautlose Stille geherrscht hatte.

Noch ein anderes war Salin aufgefallen. Er bemerkte einst, wie zwei leicht ausritten und als sie wieder heim kamen, hing dem einen ein fetter Hammel über dem Sattel und der zweite, der ihm folgte, hatte ein gar wohlgefülltes Felleisen auf sein Thier geschnallt, aus dem ein hübsches End= lein schönen rothen Stoffes hervorsah. Salin stand damals in der Nähe, als beide abstiegen, und frug sie: „Ihr scheint Geld zu haben?“ Da hatten ihn die beiden Gesellen über die Achsel angesehen und gelacht. Salin war das sehr wunderlich vor= gekommen; er bat Madry, doch Josth den Schlüssel zum Thore zu geben, der erhielt ihn aber nicht. Madry schenkte der Erzählung Salins keine weitere Beachtung und sagte gähnend darauf: „Ei, laß sie doch, Salin, es ist unverbesserliches Volk; — wir wollen zufrieden sein, wenn sie ihre Arbeit thun.“

Von da an aber sah Salin Kaliske, wie es durch das Thor, das sonst wohl verschlossen gehalten worden war, ohne Weiteres aus= und einzog. Zuerst huschten sie vorsichtig durch und scheu wieder herein; doch bald ritt man ganz offenkundig in dunkler Abendstunde ab und kehrte erst nach Tagen wieder mit allerlei beladen heim, und der Schlüssel wurde auf= und zugedreht mit. so viel Geräusch, als schlösse ein prahlerischer Reicher seine Geldkiste. Madry aber wollte nichts bemerken, er wurde immer gleichgültiger.

Josky war schon seit Monaten von Walka=Życia entfernt gewesen. Er zog mit einigen Gesellen im Lande umher und kaufte Holz auf. An der Weichsel hielten sie ein großes Lager und sammelten Vorräthe, denn Madry hatte den Befehl gegeben, daß im Frühjahr eine größere Ladung als sonst den Fluß hinabgehen sollte. Als die Zeit kam, daß die Flöße gebaut werden sollten, machte er sich selbst auf, um nachzusehen. Salin blieb allein in Walka=Życia zurück und mußte viel Hohn und Spott ausstehen. In seiner Einfalt hatte er geglaubt, die Leute wieder auf ruhigere Wege führen zu können, und versucht, einigen von ihnen ins Gewissen zu reden. Das war ihm aber übel bekommen, und er hatte sich still in seinen Winkel am Herde zurückgezogen und Alles bei seiner Schnitzarbeit auch bald vergessen und verziehen, was ihm die Leute von Walka=Życia zugefügt. Doch als Madry zurückkam, war Salin voller Freude. Er erschien ihm heiterer, und sie saßen des Abends beisammen. Madry erzählte, wie geschäftig es an der Weichsel zugehe, und daß es eine Freude sei, wie sich alles rege.

„Verfluchte Kerle, die Flößer, glücklich und zu=
frieden ist so einer bei seiner schweren Arbeit, ver=
gnügt sich in jedem freien Augenblick, und nichts auf
der Welt fehlt ihm, wenn er am Feuer sein Abend=
essen bereitet hat und sich in einem Schuppen zur
Ruhe legt, gleichmüthig einschläft, dem nächsten ar=
beitsvollen Tag ruhig entgegen sieht und sich über
Zeit und Stunde keine Sorgen macht. Da kommt
sich einer recht erbärmlich vor, der in Unlust und
Unthätigkeit zu Hause sitzt — aber was hilft's!"

So sprach Mabry, stützte seinen Kopf in die
Hände und starrte vor sich hin. Salin nahm seine
Arbeit zur Hand und schnitzelte und schabte gedankenlos
daran herum. Es war eine Art Wappen mit einem
recht schön ausgeführten Löwenkopf, der als ein solcher
auf den ersten Blick zu erkennen war, und ähnelte dem
Wappen, welches Mabry ihm vor Jahren in dem
geheimnißvollen Zimmer jenes einsamen Herrenhauses
gezeigt hatte. Es mußte sich ihm wunderlich ein=
geprägt haben, daß er nach so vielen Jahren etwas
Aehnliches zu Stande bringen konnte. Oft hatte er
damit begonnen und in seiner Einsamkeit geschnitzelt,
bis er es endlich zu etwas brachte, das einigermaßen
an das Vorbild erinnerte.

„Sieh, Mabry," sagte er, stand auf und hielt es
ihm entgegen, daß das Licht des Herdfeuers röthlich
darauf glänzte.

Mabry bemerkte nichts. Geduldig hielt es der
Bursche noch eine Weile und begann endlich zaghaft:
„Mabry, ob es dem alten wohl gleicht?“

„Was, welchem alten?“ frug Mabry und sah auf das
Schnitzwerk. Da fuhr es über das Gesicht des Mannes.
Mit einem Griff riß er die Schnitzerei Salin aus der
Hand und schleuderte sie in das Herdfeuer, das knisterte
und stiebte. Salin war sehr betroffen. „Du sollst
mich nicht daran erinnern,“ rief Mabry erregt, stöhnte
auf und ging zur Thüre hinaus. Salin aber blickte
in das Feuer und sah, wie hin und wieder ein spitzes
Flämmchen an dem Wappen in die Höhe zuckte.

Es war Sommer, die Luft um Walka=Życia war
schwer vom Kieferndufte, den die glühende Sonne aus
dem Walde sog. Die braune Heide brannte, und der
Wind fuhr über die blühenden Gräser. Vor dem
Erdwall von Walka=Życia war munteres Leben. Sie
brannten Holzkohlen; zwei mächtige Meiler dampften
und rußige Gestalten gingen durch das Thor aus
und ein. Prilisewsky war mit seinem Branntwein=
fäßchen bei der Hand; so ging es laut und lustig zu.
Mabry kam hin und wieder und sah nach, wie es
die Leute trieben, ließ diesen und jenen hart an und
gab Befehle, denen man es anhörte, daß sie aus

einem zerstreuten, unachtsamen Geiste kamen. Die
Leute fühlten das, waren lässig in ihrer Arbeit und
brannten ihre Kohlen nach eigenem Gutdünken und
Madry ließ sie gewähren.

Vom Walde her sahen sie in früher Abendstunde
Josky mit seinen Gesellen heimkommen. Er kam
wieder einmal nach langer Abwesenheit von Danzig.
Etliche machten sich auf, ihm entgegen zu gehen und
den wohlbepackten Wagen in Augenschein zu nehmen.
Es war große Freude; jeder versprach sich einen
lustigen Abend. Was die Gemüther, zumeist die der
Weiber sehr bewegte, war, daß Josky sich eine Frau
mitgebracht hatte, die zog an seiner Seite durch das
Thor ein und ging mit ihm sogleich zu Madrys
Haus. Vor der Thüre blieb sie stehen, während Josky
bei seinem Herrn eintrat, um sich zu melden und
von allem zu berichten.

Die Leute von Walka-Życia waren Beiden von
Ferne gefolgt und standen jetzt neugierig und verwandten kein Auge von der jungen Gestalt, die
wartend an dem Pfosten gelehnt stand und gelassen
um sich schaute. Sie war eine feine, zierliche Person,
hatte um ihr schwarzes, dichtes Haar das rothe Tuch
auf eine eigenthümliche Weise geschlungen, anders
als die Frauen am Orte zu thun pflegten. Sie
hatte mandelförmig geschnittene Augen und eine
braune Gesichtsfarbe. „Ei, wie das lange währt,“

sagte sie zu einem jungen Burschen, der ihr am nächsten stand, und grüßte ihn freundlich mit einem leichten Kopfnicken, der wußte aber nicht, was er beginnen sollte, ob mit ihr reden oder nicht. Er wurde verlegen und schaute sich nach den anderen um, die alle auf ihn sahen. In dem Augenblick trat Josky aus der Thür. Sie lachte hell auf, als sie ihn gewahr wurde, und sagte vernehmlich, immer noch lachend: „Du, das sind wunderliche Leute hier. Ich habe einen angeredet, aber er konnte nichts erwidern. Sie schauen einen auch so dumm an."

Beide gingen an den Häusern hin, gefolgt von den andern.

Josky hatte bis jetzt seine Wohnstätte immer in der Nähe seines Herrn gehabt, des Nachts hatte er hinter dem Herd, auf der Thürschwelle gelegen, wo ihn der Schlaf gerade überkam; doch besaß er eine eigene Hütte, und nach dieser führte er sein junges Weib.

Vor der Hütte stand eine herrliche, alte Kiefer, die jetzt von der untergehenden Sonne beleuchtet war. Beide wollten eintreten. Josky rüttelte an der Thüre, konnte sie aber nicht öffnen. Er rüttelte und zerrte, fuhr sich über seinen schwarzen Haarschopf und wischte sich den Schweiß von der Stirne. Aller Augen richteten sich auf ihn, und die Weiber machten bedenkliche Gesichter. Es war kein gutes Zeichen für das junge Paar, daß der Eingang ihnen verwehrt wurde. Josky schaute ärgerlich um sich und begann von neuem an der Thüre zu rütteln, so kräftig, daß sie aufsprang und mit Gepolter aus den Angeln fiel. Da bückte er sich fluchend und hob sie wieder in die Höhe. Doch keiner von denen, die um ihn her standen, gaffend und neugierig, bewegte sich, ihm zu helfen. Das war ihre Art so; sie dachten gar nicht daran, sondern schienen zu glauben, man gäbe ihnen ein Schauspiel. Einer hatte Anfangs vor, ihm beizuspringen, er trat wenigstens aus der Reihe der Zuschauer und ging auf den Arbeitenden zu, blieb aber halbwegs stehen und folgte neugierig und an= gelegentlichst Joskys Bewegungen, wie er die Thüre wieder einzurichten bestrebt war. Das war nicht leicht: war sie oben im Haken, so war sie es unten nicht, und so umgekehrt. — Die zierliche Frau war mit einem Kasten, der mit allerlei Geräth und Ge= päck vor Joskys Hütte abgeladen worden war, an ihrem Manne vorbei ins Haus geschlüpft. Während er sich mit der Thüre abplagte, wirthschaftete sie eifrig und hantirte in dem dämmerigen Raum. Sie hatte ihr rothes Tuch abgelegt. Das Haar fiel ihr in einem langen Zopf über die Schulter. Mit einem bunten Stück Zeug in der Hand trat sie an das Fenster, schüttelte den Lappen in sehr auffälliger Weise, fuhr mit der Hand darüber, und es schimmerte

wie Sammet und war reich mit Goldfäden durch=
zogen. „Wo mag sie das herhaben?" sagten die
Weiber und schüttelten die Köpfe. Doch wie sie noch
redeten, fuhr es plötzlich allen, die neugierig umher=
standen, durch die Glieder, und man sah sich ver=
wundert an. Dem Josky glitt die Thüre aus den
Händen, gerade in die Angel hinein, und er stand
und blickte scheu um sich. — Aus seiner Hütte klang
helle Musik, so lieblich drang sie in aller Herzen
und doch 'erschreckend fast, so neu, so unvermuthet,
so wundersam.

Da trat Joskys Frau auf die Schwelle, spielte
auf einer Geige und führte den Bogen mit Kraft
und Lust. Er legte ihr die Hand auf die Schulter
und sagte: „Horpyna, wozu das?"

Sie aber ging an ihm vorüber, sah ihn lachend
an mit blitzenden Augen und ging weiter, immer
geigend, trat unter den alten Kiefernbaum über den
die letzten Sonnenstrahlen glitten, geigte und schien
keine Menschenseele zu sehn. Es ging ihr aber ganz
wunderlich von den Händen, und die Weisen klangen
bald traurig, bald fröhlich, daß es denen, die rings
im Kreise umherstanden, zu Muthe wurde, als müßten
sie lachen und weinen, wie die Fremde es wollte.

Jetzt ließ sie die Hand mit dem Bogen sinken
und schaute um sich, und niemand wagte zu sprechen
und seine Meinung zu sagen.

„Ist das dein Herr?" frug Horpyna und blickte auf Madry, der schon die ganze Zeit über mit Salin abseits von den andern gestanden hatte, — „dein trübseliger Herr, Josky?"

„Ja, Horpyna, aber komm!"

„Es ging ein Gemurmel durch die Zuhörer, und wer ihr nahe stand, trat noch einen Schritt näher, und alle wollten noch hören. Da begann sie zu singen wie ein Vogel und dazwischen fuhr sie hin und wieder leise über die Geige wie im Traum. Denen von Walka-Zycia wurde es wunderlich ums Herz. Josky aber stand in Horpynas Nähe und verfolgte sie unruhig mit den Augen, trat ein paar mal hart auf, murmelte unwillig vor sich hin und schien sehr ungeduldig.

„Nun ist's genug," rief er endlich, „dumme Singerei das!"

„Nun ist's genug!" rief er noch einmal heftig; als sie aber immer weiter sang, legte er ihr die Hand auf den Mund, daß ihr die Töne erstickt wurden. Sie aber blickte ihn bös an und suchte mit aller Kraft von ihm loszukommen.

„Hört nicht auf sie," schrie er laut, „sie verdreht euch die Köpfe, hört nicht auf sie!" und er umfaßte sie, zog sie in seine Hütte und schloß die Thüre.

Da lachten sie hinter ihm her. Noch lange blieben sie stehen und schwatzten und lauschten, ob noch etwas zu hören sei. Nach und nach wurde es still. Die Nacht sank herab und die starre, schwarze Krone der Kiefer zeichnete sich scharf am klaren Sternenhimmel ab.

Am andern Morgen kam Josky niedergeschlagen zu Mabry, um mit ihm abzurechnen.

„Ei, Josky," sagte sein Herr, „wen hast du mit= gebracht?"

„Ach," begann schluchzend Horpynas Gatte, „sie ist sehr zornig und will auf und davon und redet kein Wort."

„Sieh, Josky, wie du grob warst," erwiderte Mabry.

„Da seh ein anderer zu," fuhr Josky auf. „Mir fährt's wie Schwindel durch den Kopf, wenn sie es mit dem verfluchten Singen dahin bringt, daß ihr jeder Narr nachläuft. Sonst ist sie gut; aber manch= mal glaub' ich, daß sie eine Hexe ist — helf' mir Gott. — Herr, befehlt ihr, daß sie bleibt," bat der Mann demüthig und küßte Mabrys Kleidersaum.

„Sie bleibt, beruhige dich," lächelte Mabry, dann setzte er sich. Josky stand mit der Mütze in der Hand vor ihm. Sie rechneten miteinander, und Mabry trug die Zahlen in sein Buch ein.

Josky hatte vielerlei zu berichten, er schlug seine alte Ledertasche, in der er Quittungen, Kaufverträge und was er sonst des Aufhebens werth befand, ver=

wahrte, oftmals zu und in einem Weilchen, wenn ihm noch etwas einfiel, wieder auf.

Er war lange auswärts gewesen. „Ich habe so manches gehört und gesehen," sagte er flüsternd, als Madry sein Buch zugeklappt hatte. „Mich will's bedünken, als könnte bald einmal alles auf dem Kopfe stehn. Sie legen es von oben her geradezu darauf an, so viel so ein armer Kerl, wie ich, davon verstehen kann. Wollte Gott, ein Herrenhaus stände noch," sagte er seufzend — „jetzt kommt die Zeit. — O Herr, wenn ich achtzig Jahre alt würde, in Euere Seele hinein reute es mich bis an den letzten Tag."

„Schwatz nicht," sagte Madry ruhig; „aber recht wäre mir es schon, du wärest achtzig Jahre, und die Zeit hätte dir das, was geschehen ist, endlich aus dem Kopfe getrieben. Jetzt bist du ein verliebter Narr, plauderst wohl gar in einer guten Stunde deinem Weibe davon."

„Herr," sagte Josky, „vertraut mir doch! Aber mit meinem Weibe ist das ein böser Handel!" Er stöhnte tief auf. „Wie die liebe Sonne war sie mit mir und sah nach keinen andern; — jetzt ist's aus. Sie spricht nicht mit mir, seit gestern Abend kein Mal. — Ein dummes Wort so aufzunehmen! — Ach, Herr, es ist eine Noth, und die Heiligen mögen einen davor bewahren."

„Geh, Josky, geh," sagte Madry und lachte.

„Herr, mir ist das Leben ganz verbittert. Was aus der Erde für Kummer aufsteigt! Man kann sich dessen nicht versehen."

Josky ging langsam, trübselig zur Thüre hinaus.

„Seh einer den Josky an," sagte Madry, und Salin erschien es, als habe er seinen Freund lange nicht bei so gutem Humor gesehen.

Später am Tage gingen Madry und Salin an Joskys Hütte vorüber, um nach den Meilern zu sehen, da kam ihnen Horpyna entgegen. Sie sah sehr schön und fröhlich aus, und ihre mandelförmigen Augen blitzten, als sie beide anschaute. Madry trat auf sie zu, da grüßte sie ehrfürchtig und blieb stehen.

„Horpyna," sagte Madry, „deinen Gesang und dein Spiel habe ich gehört, du verstehst deine Sache."

„Es ist meine Freude, Herr," sagte sie, „und wollten die Heiligen, daß es Euch behagte, es wäre mein Glück."

„Ei, Horpyna," erwiderte Madry lächelnd, „du verstehst dich aufs Reden — hast du Josky verziehen?"

„Nein, Herr," und sie schüttelte den Kopf. „Horpyna verzeiht so leicht nicht," dabei leuchteten ihr die Augen auf.

„Was du für wunderliche Augen hast, Horpyna?"

„Das sind die Augen meines Volkes, Herr, keine absonderlichen Augen."

„Welches Volkes?"

„Ei, Herr, des Volkes, das solche Augen hat, ich sagte es ja schon."

„Wann wirst du wieder singen?"

„Wenn Ihr es befehlt, Herr," und sie beugte sich zu Mabrys Hand und küßte sie.

„Daß Ihr traurig seid, bekümmert mich. Ich sah Euch gestern stehen mit diesem da," und sie wies auf Salin. „Ich sah es Euerm Wesen an, daß es Euch nicht wohl ist."

„Horpyna," sagte Mabry, „wann wirst du singen?"

„Sobald Ihr wollt, Herr." Sie blickte wieder mit seltsamem Ausdrucke zu ihm auf.

Mabry grüßte und ging mit Salin weiter.

„Was für ein wunderliches Weib das ist," begann Salin. „Wie eine Fackel ist sie, die hell aufflammt und raucht und zuckt und schneller brennen möchte. Sie hat doch nur weniges geredet, aber mir ist's, als hätte sie wer weiß wie viel gesagt. Es ist wahr, sie hat eigene Augen, du sagtest es."

„Ja, ja, Salin," erwiderte Mabry nach einer Weile, und sie gingen dem Thore zu.

Josky stand bei den Meilern, zankte mit den Leuten und war sehr erbost über einen jungen Burschen, der irgend etwas versehen hatte.

Am Abend saßen Mabry und Salin in der dämmrigen Halle. Die Oellampe hing über Salins Arbeitstisch und leuchtete ihm beim Schnitzen. Er war gar eifrig, denn er hatte den Vorsatz gefaßt, im Laufe des Sommers und künftigen Winters einen gehörigen Vorrath zu fertigen, dann mit seinen Arbeiten die nächste Weichselfahrt mitzumachen und sie in Danzig zu verkaufen. Diese Aussicht regte ihn sehr an.

Wie sie so beisammen saßen — Mabry schlug in seinem Rechnungsbuch nach — that sich die Thüre langsam auf, die Mondstrahlen flossen über das Estrich hin, und der Nachtwind ließ die Thüre leise knarren. Der warme Kiefernduft strömte mit dem Luftzug herein.

Beide blickten auf. — Horpyna trat herein mit der Geige, schloß die Thür hinter sich und blieb auf der Schwelle stehen.

Ohne ein Wort zu reden nahm sie den Bogen zur Hand, fuhr über die Saiten und begann leise. „Ein trauriges Lied, Herr," sagte sie und spielte, ohne aufzublicken. Es klang klagend, und wer es hörte, dem wurde aller Schmerz im Herzen lebendig.

Mabry stand auf, trat zu ihr und sagte: „Du hast selbst noch keinen Schmerz gefühlt, sonst müßtest du dich hüten, in anderer Herzen die Erinnerung daran zu wecken."

„Doch, Herr," sagte Horpyna ruhig, „alle sind mir gestorben, und ich bin in der Fremde, — glaubt nicht, daß ich Josky verziehen habe."

Salin hatte, während sie geigte, seinen Kopf in die Hände gestützt. Er spürte eine große Sehnsucht, wußte aber nicht wonach. Da gedachte er seiner Vaterstadt Prag, sah das alte Häuschen an der Stadtmauer und hörte seiner Eltern Stimmen.

„Sing ein Lied, Horpyna!" bat Mabry.

„Wollt Ihr nicht lieber eine närrische Geschichte hören, die sie sich bei uns erzählen?"

„Nur zu, Horpyna."

„Sie hat einen wunderlichen Namen, »die boshafte Dirne« ist sie benannt worden." — Horpyna ging auf den Herd zu und setzte sich auf den Rand. Neugierig sah sie in der dämmerigen Halle umher, athmete tief auf und blickte durchdringend auf Mabry, der sich ihr gegenüber niedergelassen hatte, dann begann sie in erzählendem Tone:

„In einem einsamen Dörfchen, da wohnte im letzten Hause ein Mütterchen mit ihrem Enkelkind, das war eine hübsche Dirne, klein und fein, aber so boshaft, daß sie keiner Menschenseele gut war und zu niemandem sagte: grüß Gott, oder: vergelt's Gott.

Sonntags, wenn die Leute ihren Kirchgang hielten, setzte sie sich hinter die Hecke am Weg und wünschte jedem aus Herzensgrunde etwas Böses an den Hals, doch war es ihr selbst nicht wohl dabei. Da begab es sich einmal, daß ein Fremder vorüberkam, der schaute sie an, reichte ihr die Hand und sagte: »Grüß Gott, Maiken,« und ging vorüber. Da erschrak sie sehr und vergaß, ihm etwas Böses zu wünschen, und als sie es doch noch thun wollte, konnte sie es nicht mehr. Das ging ihr so zu Herzen, daß sie nicht aufhörte, sich darüber zu kränken, und legte sich hin und starb."

„Nun weiter?" frug Madry.

„Weiter nichts, das ist zu Ende Herr," sagte Horpyna und erhob sich. Sie schüttelte den Kopf und flocht den Zopf, der sich ein wenig gelöst hatte, wieder zusammen. „So gleich zu sterben, das verstehen die meisten nicht."

„Sag mir, Horpyna," frug Madry und faßte sie bei der Hand — „was soll es mit der Geschichte?" Er blickte ihr fest in die Augen.

„Was weiß ich's, Herr? Wollt Ihr noch das Lied hören?"

Sie hub mit ihrer Vogelstimme an:

> „Durch das Birkenwäldchen,
> Durch das Kiefernwäldchen
> Kam die junge Maid geschlichen,
> Durch das Birkenwäldchen,
> Durch das Kiefernwäldchen
> Bis zum grünen Thor von Mattwais Hofe."

Plötzlich brach sie ab. „Ich muß gehen, Herr," sagte sie leise, nahm ihre Geige und schlüpfte durch die Thüre. Die ließ sie offen stehen und die Mond= strahlen flossen wieder über das Estrich hin. Der Nachtwind ließ die Thüre knarren, und der warme Kiefernduft strömte herein. Mabry trat auf die Schwelle und blickte Horpyna nach, wie sie die Häuser entlang eilte.

„Verdammte Hexe!" sagte er, setzte sich an den Tisch nieder und schaute vor sich hin, wie ein Träumer.

„Mabry," begann Salin, „laß sie nicht wieder herein; es ist nicht gut. Ich wollte, sie wäre nie gekommen."

Mabry sah ihn erstaunt an. „Warum nicht, Salin, ist das Leben hier nicht öde genug?"

„Mabry, wie kannst du wieder mit Josky reden, ist er dir nicht von jeher treu gewesen. Er liebt sein Weib und ist bekümmert ihretwegen; du bist ihr lieb geworden, dennoch bitte ich dich, laß sie — mir liegt es schwer auf dem Herzen."

„Ja, dann muß ich sie wohl lassen, denn du kennst das Leben und hast deine Erfahrungen," sagte Mabry lachend — „o, Salin, du Narr."

Mabry erhob sich und ging zur Thür hinaus.

Als Josky am andern Morgen zu seinem Herrn kam und von ihm Befehl ertheilt haben wollte, wo die Kohlen unterzubringen seien, die heute fertig ge=

worden, ging Salin hinaus, denn es kränkte ihn in tiefster Seele, daß sein Herr ruhig und ganz wie sonst mit Josky sprach und ihn nach seinem Weibe frug, als wisse er nichts von ihr. Er konnte sich nicht entschließen, mit Madry zu reden, und vermied ihn, wo es nur ging.

Als die Sonne noch hoch am Himmel stand, wandelte Salin zum Thore hinaus, dem Walde zu. Die Welt erschien ihm nicht so klar und verständlich wie sonst. Er dachte über seinen Freund Madry nach, und es war ihm, als wäre der ihm fremd geworden. — Es wollte ihn bedünken, als hätten sie noch nichts mit einander erlebt, als wären die Tage in Walka=Życia wie im Traum dahingeschwunden. Was sollte er von Madry denken?

Bisher aber hatte er so wenig über ihn nach=gedacht, wie über die Luft, die er einathmete. Jetzt wollte Salin das Bild seines Freundes in dem eigenen Innern gestalten, und konnte es nicht. So viel er dachte und dachte, er wurde immer verwirrter, und die ganze Welt lag geheimnißvoll und beängstigend um ihn her. Er setzte sich unter eine Kiefer am Waldrande und schien sich zum erstenmal bewußt zu sein, daß er lebe. Das hatte er bis jetzt so hinge=nommen. Beklommen blickte er auf das einsame Walka=Życia und auf das Dach des Hauses, in dem er so still gelebt. Wieder dachte er an Madry, da wurde ihm das Herz schwer. Er wußte auch nicht mehr, ob er ihn liebe. In dieser Stunde that sich vor ihm die Welt auf, bisher ihm unbekannt, jetzt undeutlich auf und nieder wogend. Er starrte vor sich hin, warf sich auf den Boden, preßte die Hände vor die Augen und stöhnte laut. So lag er lange, richtete sich wieder auf und ging langsam am Wald=rande hin. Die Sonne sank, und er blickte ihr nach, bis sie hinter den Bäumen verschwunden war, dann sah er die Dämmerung kommen, sah die Umgebung, den Wald, die Heide, das Dorf immer unbestimmter werden, sah, wie alles in einander verschwamm, und es war ihm als hätte er es noch nie in dieser Stim=mung gesehen. Als es schon spät und längst dunkel war, schritt er langsam nach Walka=Życia zurück. Josky war noch draußen vor dem Erdwall beschäftigt; die letzten Kohlen sollten hereingeschafft werden. Salin aber ging an ihm vorüber, ohne mit ihm zu reden.

Als er bei Madry eintrat, war Horpyna wieder da. Madry saß auf seinem Platz am Herd; sie hatte das Köpfchen auf die hohe Lehne seines Stuhles gelegt und hielt die Geige nachlässig in der Hand.

Sie achteten beide nicht darauf, daß Salin ein=trat. Der ging ruhig an seinen Arbeitstisch, zog die brennende Lampe nieder, nahm den Haken, um den Docht höher zu ziehen, damit das Flämmchen heller leuchtete, setzte sich nieder und begann zu schnitzen.

Mabry und Horpyna redeten leise mit einander. Salin mußte unverwandt zu ihnen hinblicken. Horpyna war vor Mabry hingekniet. Sie fuhr mit ihrer kleinen braunen Hand über die Saiten hin, daß sie leise klangen.

„Mir ist das Herz so schwer," sagte sie, und blickte mit von Thränen schimmernden Augen zu ihm auf. „Ich möchte Euch noch einmal spielen können — zuerst so laut und voller Lust und schnell und schwirrend, dann immer leiser, ein wenig traurig — immer leiser, daß Ihr es kaum hören würdet — und dann wäre es aus — zu Ende."

Jetzt rannen ihr die Thränen über die Wangen herab, Mabry nahm ihr Köpfchen zwischen die Hände und küßte sie.

„Herr, ich werde Euch verlassen müssen," sagte sie. „Daß ich euch vom ersten Augenblick so gut war!" — und sie schlang ihren Arm um seinen Hals. „Glaubt nicht, daß ich Josky je verzeihe." Da bog sich Mabry zu ihr nieder und küßte sie wieder.

Es war still in dem dämmerigen Raume, die Ampel brannte wieder trübe, da mit einemmal entglitt Mabry die Geige, die er Horpyna aus der Hand genommen, und fiel dröhnend und klirrend zu Boden. In demselben Augenblick that sich die Thüre auf und Josky trat ein. Er blieb festgebannt stehen, das Thürschloß in der Hand. „O Herr!“ sagte er ruhig. Salin aber ging der Blick, mit dem er auf Mabry sah, durch und durch. Nur einen Augenblick währte es, da war Josky wieder hinaus= gegangen und hatte die Thüre leise hinter sich ge= schlossen.

Horpyna sprang auf und eilte ihm nach.

„Was will die mit ihm?“ frug Salin.

„Gott weiß,“ erwiderte Mabry, „es wird ihr schon gelingen, was sie will.“

„Sie wird ihn belügen,“ sagte Salin, „und er wird ihr alles glauben.“

Mabry saß den ganzen Abend bis spät in die Nacht hinein wie im Traum versunken oder ging hastig auf und nieder. Salin hatte sich hingelegt, schloß aber kein Auge und sah, wie sein Herr unstät sich umhertrieb, wie er die halbvollendete Schnitzerei angelegentlich betrachtete und sie wieder achtlos bei Seite legte, wie er den Docht der Ampel öfter, als es nöthig war, höher zog, wie er sich dann wieder in den hohen Lehnstuhl am Herde warf, mit der Hand durch die Haare fuhr und vor sich hinstarrte. Als er endlich gegen Morgen sein Lager aufsuchte und an Salin vorüberschritt, richtete sich dieser in die Höhe.

„Weiß der Teufel, Salin,“ sagte Mabry, „Josky hat mich gut in den Händen.“

„Du meinst, er werde nun nicht mehr schweigen und bei der nächsten Gelegenheit verrathen, wer vor Jahren den Brand gelegt hat? Ist es das, was dich plagt?"

„Ja, was sonst? was frägst du? das liegt, dächt' ich, klar genug!" erwiderte Mabry unwirsch.

„Vielleicht wird er es nicht thun, wer kann es wissen. Mich bedünkt, er wird es nicht thun. Du hast ihn schwer gekränkt, aber er verräth dich nicht; nein, wenn du dich über weiter nichts — darüber sei ruhig. Ich kenne Josky."

„So sinnlos zu reden," fuhr Mabry heftig auf und schüttelte den Kopf; „so kindisch." Dann warf er sich auf sein Lager und schwieg.

Am andern Morgen um die gewohnte Stunde trat Josky ein, blieb, die Mütze in der Hand, wie immer an der Thüre stehen und erwartete die Befehle seines Herrn; der sagte: „Sattle die Pferde, wir reiten in einer halben Stunde. — Geh, Salin, und hilf."

Salin ging mit Josky hinaus, und während sie mit einander die Pferde aus dem Stalle führten, sie striegelten und aufzäumten, redete keiner von ihnen ein Wort.

Endlich sah Salin zu Josky auf und legte ihm die Hand auf die Schulter.

„Herr, ich bin ein armer Kerl,“ sagte dieser und seufzte tief. — „Es läßt sich gar nichts darüber sagen, ich bin auch nur ein dummer Bauer.“ Er preßte das Gesicht in die Mähne seines Pferdes und schlug mit der flachen Hand auf den glänzenden Rücken des Thieres.

*

Der Morgen war hell und frisch heraufgezogen. Madry, Salin und Josky ritten dem Walde zu. Es hieß, daß sie mehrere Tage auswärts bleiben würden. Madry sprach von einem weiten Ritt nach einem entfernten Dorfe, in dem man Holzhandel trieb. Jeder von den drei Reitern hatte einen Querjack hinter sich an den Sattel geschnallt und war auch sonst wohl ausgerüstet. Jeder trug einen weiten mit Pelz verbrämten Kaftan, die hohe Mütze, den breiten Gürtel aus Ziegenleder und tüchtige Reiterstiefel; in dem Gürtel hatten sie ihre Pistolen stecken. So trabten sie in den frischen Morgen hinein, daß ihnen die Haarschöpfe im Winde flogen. Eine geraume Zeit ging es schweigend durch den noch dämmerigen Wald. Dann glänzte der volle Tag über den Kiefern. Zitternde Lichter schimmerten auf dem Waldboden. Salins Herz aber wurde leichter, als er sein Pferd, dem der Weg leicht unter den Füßen dahin wich, so behaglich unter sich traben fühlte. Der Tag war sommerlich und die Luft wie vom zartesten Golde durchdrungen.

Als endlich der Wald sich allmählich lichtete, dann ein Ende nahm, lag die Heide in glühender Mittags= hitze vor ihnen. Sie sahen die zitternde Luft auf der unendlichen wogenden Grasfläche liegen, die sich in sonniger Ferne verlor, und den Himmel sich blau darüber wölben. Kein Laut war zu hören als das Knistern der harten Halme unter den Pferde= hufen und das Rascheln der Grasblüthen, die an den Knieen und Leibern der Pferde hinstrichen. Die Luft war von dem scharfen Gezirpe der Grillen erfüllt.

Salin fühlte sich von der Tagesmitte, die Kraft und Leben ausströmt, wunderlich berührt. Es wollte ihm der gestrige Abend wie Traum und Einbildung erscheinen. Was sich ihm im Herzen verworren geregt hatte, wagte nicht wieder lebendig zu werden.

Madry und Josky ritten schweigend neben ein= ander her.

Die Hitze wurde immer größer und Salin, der des langen Reitens nicht gewohnt war, begann zu ermatten, auch Josky blickte ungeduldig umher, hieb mit der Peitsche heftig in das hohe Gras, strich seinem Thiere über den feuchten Hals und sagte mürrisch zu Salin: „Die Thiere werden zu Grunde gehen, es ist eine verdammte Gluth," und fuhr sich über die heiße Stirn.

Madry hielt sein Pferd an, hob sich in den Steigbügeln und schaute um sich. Josty, der jeder Bewegung Madrys mit den Augen folgte, wollte absteigen.

„Bleib," rief Madry scharf.

„Allmächtiger Gott!" stieß Salin hervor, als sein Blick auf seinen Freund fiel.

Madrys Hand suchte hastig im Gürtel; so standen sich die drei Reiter in heißester Mittagsgluth, auf weiter Ebene, schweigend gegenüber.

Da richtete Madry den Blick scharf auf Josty und begann:

„Du wirst mich verrathen, Bursche!"

„Nein, Herr, das werd' ich nicht!"

„Du wirst es, so wahr, als wir uns jetzt gegenüber stehen," sagte Madry ruhig, zog aus dem Gürtel die Pistole und richtete sie auf den armen Josty; der wurde aschfahl, zuckte zurück, reckte die Arme vor und schrie auf.

„Ich kann dir nicht helfen, Josty," sagte Madry dumpf und drückte los. Der Schuß drang durch die heiße Luft, und Josty stürzte lautlos von seinem Pferde, das sich aufbäumte und in die Ebene hinausjagte.

Salin bedeckte sein Gesicht mit beiden Händen.

„Komm zu dir, Salin!" rief Madry, der vom Pferde gesprungen war, und schüttelte ihn am Arm.

„Ja," sagte Kaliske, rührte sich aber nicht und blickte starr vor sich hin. Dann sprach er: „Mir rinnt es so vor den Augen" — doch wußte er nicht, was er sprach.

„Das ist der Schreck und die brennende Sonne, Junge, was wird es sonst sein. Reib dir die Augen."

Der arme Josky lag im hohen Gras, der Tod hatte das Gesicht des Burschen wunderlich verzerrt, es sah fast aus, als versuche er zu pfeifen.

Salin beugte sich zu Josky nieder.

„Schrecklich, wie das über ihn gekommen ist." Er zog den Kaftan des Todten zurecht und deckte die Mütze über das jämmerlich verzogene Gesicht.

„Eil dich, Salin," sagte Madry, „wir dürfen keine Zeit verlieren." Salin aber starrte ihn an, fuhr sich durch das Haar und stöhnte laut auf.

Madry hatte von Salins und seinem Quersack zwei kurze Beile abgeschnallt, ohne die sie nie über Land ritten. Das eine gab er Salin in die Hände und sagte: „Hilf mir."

„Was soll ich helfen?" frug der Bursche verwirrt.

Madry antwortete nicht, nahm das Beil, begann eine harte Erdscholle loszuschlagen und warf sie dann hinter sich.

Salin sah dem Thun zu — fuhr sich über die

Stirn, faßte sein Beil wieder, das ihm aus der
Hand geglitten war, und schlug mit Mabry zu=
sammen die Schollen los. Das ging schnell genug
und sie hatten bald ein längliches, von Gras be=
freites Stück Erde vor sich, lang genug für Joßky.
Nun begann aber die schwere Arbeit, eine Grube aus=
zuhöhlen. Die Sonne brannte ihnen sengend auf die
Scheitel herab; aber unermüdlich schlugen beide die
harten Knollen los, und Salin scharrte mit den
Händen nach und schichtete die Erde am Rande zu
Hauf. Der Schweiß rann ihm von der Stirn; aber
er ruhte nicht, sah nicht einmal auf Mabry und
wagte nicht nach der Stelle hinzublicken, wo der
Todte lag. Die Höhlung wurde immer tiefer.

„Es ist genug,“ sagte Mabry.

Salin war aber dunkelroth und er wankte. Sein
ganzer Körper zitterte von der Anstrengung.

„Was soll das sein, Bursche?“ stieß Mabry her=
vor, war mit einem Sprung bei ihm und rüttelte
ihn an der Schulter.

„Es ist nichts,“ doch fuhr Salin zusammen, als
Mabry ihn berührte, und sagte:

„Nur rasch, daß die Sache ein Ende hat!“

Sie wandten sich zu dem Todten, hoben ihn und
legten ihn in die Grube. Salin drehte dabei seinen
Kopf zur Seite, er wollte des Todten verzerrtes
Gesicht nicht sehn.

Als sie die Erdschollen über den armen Josky geworfen hatten, fielen Salin die Arme schlaff herab.

„Mabry," hub er an und schaute finster auf ihn hin, „das Herz im Leibe möchte sich einem umwenden. Was hast du gethan!" Er trat auf ihn zu, legte seine beiden Arme auf Mabrys Schulter und blickte ihn wieder verwirrt an. „Durch dich kam das über ihn, und du stehst vor mir, hier in der Sonne!"

„Komm, komm, Salin," sagte Mabry ruhig, „es ist geschehen und mußte geschehen." — Er schwang sich auf sein Pferd. „Hier liegt deine Feldflasche, nimm einen Schluck, der wird dir wohlthun." Salin bückte sich und hob sie auf.

„Sie ist ausgelaufen."

„Nimm einen Schluck aus meiner, es ist nicht viel mehr darin," damit reichte er ihm die Flasche.

„Ich brauche nichts, laß es gut sein." Salin bestieg sein Pferd ohne einen Blick auf seinen Begleiter zu werfen, und wieder ging es im Galopp über die Ebene. —

Josky lag einsam unter seiner Erddecke, und Jahre mochten vergehen, ehe ein menschlicher Fuß über sein Grab dahin schritt. Er konnte lange Ruhe und Frieden haben. —

Salin fühlte sich schwer krank an Leib und Seele, willenlos hing er auf seinem Thiere, verworrene

Bilder zogen ihm durch das Hirn. — Er ritt hinter Mabry her und empfand ein Grauen vor diesem Menschen und vor der ganzen Welt. Da Mabrys Bild in seiner Seele so völlig zerstört war, daß er es nicht wieder erkannte, war ihm auch alles übrige unverständlich geworden, und dunkle Gefühle, die über ihn hereinbrachen, peinigten ihn sehr. Ein Unbehagen lief durch seinen Körper, ein wunderliches, von den Händen ausgehendes Ziehen und Spannen. Er kannte das. — Er erinnerte sich, wie Mabry ihn einst zum Brunnen gehoben und wie das Wasser ihn von dem peinigenden Gefühle befreit hatte — dann sah er seine Mutter vor sich, wie sie im Gärtchen ar=beitete und plötzlich mit den Zähnen klappte, als überliefe sie eine Schauer; das war es: beim Graben war ihr die Erde an den Fingern trocken geworden und er sah, wie sie zum Wasserkübel eilte und sich mit großem Eifer abwusch.

Das Ziehen und Spannen in den Fingern wurde ihm schier unerträglich, und es überkam ihn ein mächtiges Verlangen, seine Hände abzuspülen; auch war es ihm, als müsse alles Entsetzliche verschwinden, alles Verworrene sich lösen, sobald er den ziehenden quälenden Schmerz stillen könnte. Das Verlangen wurde immer brennender, nahm ihm jeden anderen Gedanken und trieb ihm stürmend das Blut durch die Adern. Jetzt sah er, wie Mabry seine Brannt=

weinflasche an den Mund führte. Im Augenblick
war er neben ihm, griff wild danach, entriß sie ihm
und schüttete den Inhalt sich auf die Hände. Das
peinigende Gefühl, das ihn fast sinnlos gemacht hatte,
ließ nach, und er athmete auf.

Mabry sah ihn erstaunt an. „Was soll das be=
deuten, Salin? Ich bin am Verdursten, und du?" —

Mabry aber konnte nicht ausreden. Salin achtete
nicht auf ihn und gab seinem Pferde die Sporen,
daß es wie toll dahinflog, und jetzt erst, nach der
Befriedigung des peinigenden Verlangens, empfand
seine Seele ganz klar und erschreckend eine tiefe Scheu
vor Mabry und einen großen Jammer. Jetzt erst
gestaltete sich das eben Erlebte zum wirklichen Er=
eigniß. Es wurde ihm, als erweiterte sich sein Geist
auf eine nie geahnte Weise. Er begriff das Furcht=
bare. Die ganze Gewalt der Sünde lag auf ihm
und schien ihm zu groß für diese Welt zu sein. Er
dachte an Horpyna, daß ihretwegen Josky hatte sterben
müssen. Er sah, wie erbärmlich Mabry sich selbst
zu betrügen getrachtet und Josky im Tode noch lüg=
nerisch beschuldigt hatte. Das empörte ihn mehr
als das Verbrechen selbst. Er fühlte etwas, als
wäre ihm das Herz verwundet, als erkenne er die
eigene Seele nicht mehr, so schien diese ihm von
dem großen Jammer fremd geworden zu sein. Mabry
war ihm sehr lieb gewesen, sein Ein und Alles. —

Immer weiter ging es durch das hohe, versengte Gras, und Salin blickte nicht einmal hinter sich. Der Eindruck, den Joskys Tod auf ihn gemacht, bewegte sich verwirrend und stürmend durch des Armen Kopf und Herzen. Das Geschehene trennte sich von der ganzen übrigen Welt und stand allein und ohne Verbindung mit allem Erlebten ihm vor Augen. Es wuchs zusehends an Furchtbarkeit und wurde eine eigene Welt, voller Schrecken und Elend. Und der, der das Unerhörte hervorgerufen, ritt ruhig seines Weges und es geschah ihm nichts. — Die Sonnenstrahlen, die ihn trafen, wurden nicht zu Flammen; die Erde trug ihn, und sein Roß ließ sich ruhig von ihm leiten, sprengte nicht wild in die Weite hinein, um ihn in rasendem Laufe abzuschleudern.

Nachdem sie gegen zwei Stunden geritten, sahen sie einige zerstreute Häuser liegen. Ein hoher, breit= ästiger Laubbaum beschattete eins derselben. Das war eine große Seltenheit in der Gegend. Als sie sich dem Hause näherten, klangen ihnen wirrer Gesang und schrille Geigentöne entgegen. Rings standen breit= räderige Wagen und Karren. Die Pferde waren theils unter dem weitvorspringenden Dache an eine Raufe gebunden, theils im Schatten der breiten Linde unter= gebracht. Ueber den ganzen Platz war Stroh und Heu verstreut. Die Wagendeichseln versperrten hier und dort den Weg.

„Heda!" rief Madry einem Manne zu, der eben in der Thüre sichtbar wurde und jetzt heraustrat. Es war der Wirth, ein hagerer Jude in schmierigem Kaftan, der gar flink und höflich wurde, sobald er die Reiter mit schlauem Blick gemustert hatte.

Beide stiegen ab und übergaben einem jungen Burschen, den der Jude mittlerweile herbeigewinkt hatte, ihre Thiere. Dann gingen sie dem Hause zu. Der Wirth war ihnen vorausgeeilt und empfing sie in der Thüre mit zwei Gläsern Branntwein, über=reichte diese mit devotester Verbeugung und süßem Lächeln. Madry stürzte das seine in einem Zug hinunter.

„Ja, ja, Euer Gnaden, so alt die Welt ist, solch einen Branntwein gab es noch nicht. Wohl bekomm' es Euer Gnaden!"

„Was ist denn bei Euch los, hier geht's ja hoch her?" frug Madry.

„Das hat sich zusammengefunden, Euer Gnaden," erwiderte der Jude und klappte zusammen wie ein Taschenmesser. „Es war Jahrmarkt im Städtchen, da ist es Brauch, so lange die Welt steht, daß die Leute, die der Weg bei uns vorbeiführt, einkehren und sich lustig machen."

„So, so," unterbrach ihn Madry. „Bring uns, was du Genießbares im Hause hast." — Jetzt traten beide in den Raum ein, in dem die Leute sich in ihrer Weise vergnügten. Als sie die Thüre öffneten, quoll ihnen dichter Staub entgegen. Alles war in Bewegung, nichts schien festzustehen. Durch die kleinen, trüben Fenster warf die tiefstehende Sonne zwei breite flimmernde Strahlen in den dämmerigen Raum. Und aus dem Dunkel tauchten in das Lichte hinein immer neue Gestalten; rothe Kopftücher glühten feuerfarben, wilde Haarschöpfe, braune Gesichter, Arme in faltig weißen Aermeln huschten aufleuchtend durcheinander.

„Verflucht," brummte Mabry vor sich hin, „dergleichen hat man lange nicht gesehen."

Bald saßen sie in einer Ecke am wackligen Tisch, und trotzdem es Salin fast die Kehle zuschnürte, aß und trank er und begriff nicht, daß er es mit Lust und Eifer thun konnte; aber er sprach kein Wort.

„Wir müssen miteinander über die Sache reden, du wirst bald anders darüber denken," sagte Mabry ruhig, stand aber auf und verschwand in dem Getreibe.

Salin Kaliske blieb sitzen, stemmte die Arme auf den Tisch und schloß die Augen. Das Getümmel um ihn her beunruhigte ihn, es erschien ihm leblos, trotz allen Bewegens und Lärmens. Sein Kopf war sehr verworren. Sein ganzes Empfinden war dumpf und betäubt. — Das Elend der Welt lag über ihm.

Als er die Augen wieder öffnete, sah er vor sich auf dem Stuhle, den Mabry eben verlassen hatte, zwei Mädchen mit glühenden Gesichtern sitzen, die hielten sich umschlungen und flüsterten und kicherten miteinander.

„So sieht der also aus," sagte die eine, als er aufblickte, stemmte den vollen Arm in die Seite und bog sich weit über zu Salin, daß der ihr gerade in die lachenden Augen sehen mußte.

Salin war ganz verblüfft und konnte nicht zu Worte kommen. Endlich sagte er, und sah die lachenden Dirnen dabei groß an: „Bei euch geht es wild zu, dächte ich."

Da kicherte eine: „Der ist nicht von hier, das ist doch klar! nicht, Masche? Ei über so einen trübseligen Gesellen! Komm, tanz mit uns."

„Das versteh' ich nicht, sucht euch einen andern. Bei uns tanzt man nicht. Die Frauen bei uns sind fast alle alt, nur Horpyna —"

„Das muß hübsch sein; wer ist Horpyna?" frugen die Mädchen wie aus einem Munde, „dein Schatz wohl? die erfährt's nicht," und sie lachten wieder.

„Nein, nein, nein!" rief Salin laut.

Die Mädchen sahen sich erstaunt an. „Der will wohl ein Junker sein? Wo ist deine Horpyna? Die sieht's ja nicht."

„Horpyna, Horpyna?" fuhr er auf. „Laßt mich in Frieden, verdammtes Volk." —

„Nur nicht so grob, tanz mit uns, wir wollen dich's lehren."

„So laßt ihn doch," sagte eine dritte, die dazugekommen war und den andern über die Schulter sah.

„Nein, seht nur die an," fuhr die eine der beiden Mädchen auf, „weil die ein seidenes Kopftüchlein hat und ein goldnes Kettchen zweimal um den Hals, dünkt sie sich was. Nun, mag sie's haben, wir streiten uns nicht mit ihr um den Gesellen, da giebt es bessere in jeder Ecke, komm, Masche!" Damit gingen die beiden, schlangen die Arme einander um die Schultern und waren im Gedränge verschwunden. Die neu dazugekommene blieb stehen mit untergeschlagenen Armen. Salin sah sie verwundert an.

„Was sind das für Mädchen?" frug er.

„Was weiß ich's." Sie zuckte die Achseln.

„Komm, setz dich!"

Das Mädchen setzte sich und blickte in das Gedränge. Salin Kaliske aber sah sie immer noch an.

„Du hast ein gar hübsches Gesicht," begann er nach einer Weile.

Das Mädchen schaute sich um und lächelte.

„So, du kannst schmeicheln?"

Salin sprach weiter: „Es ist etwas Herrliches, will mich bedünken, um so ein Gesicht."

Da sah sie ihn wieder an und schüttelte den Kopf.

„Du bist ein wunderlicher Gesell." Sie stand langsam auf.

„Du gehst?" frug Salin.

„Ja, ich muß nach den Gästen sehen." Sie ging. Es wurde dunkel. Sie brachten Lichter, Kienfackeln wurden an den Ofen gesteckt. Das Toben und Lärmen wurde toller und wüster. Die Geigen schwirrten, die Tanzenden flogen auf und nieder. Die Männer schlugen auf den Tischen den Takt zur Musik. Ein Huhn war unter die Tänzer gerathen. Irgend ein trunkener Bursch hatte wohl das Seinige dazu gethan und sich großen Spaß davon versprochen. Das arme Thier flog wie geblendet über Tisch und Bänke, auf die Köpfe schreiender Dirnen und Burschen. Sie hieben mit Schemeln, warfen mit Gläsern. Salin aber war es zu Muthe, als sollte ihm der Kopf springen. — Er sah Madry am Ofen stehen, wie er dem Gewirre zuschaute und ein Glas Branntwein an die Lippen setzte. Er schwatzte mit einem Bauern und lachte laut. Salin aber rann ein Schauer durch und durch. Er ging zur Thüre hinaus, ohne einen Blick weiter auf Madry zu werfen.

Draußen auf dem Hof stand die Wirthstochter und sprach mit einem alten Bauer, der eben seine Pferde anschirrte. Salin blieb an der Hausthüre stehen. Wie sie an ihm vorüberschritt, rührte er sie leise an die Schulter.

„Ihr seid es," sagte das Mädchen.

„Sag mir," frug Salin, „wo hinaus führt der Weg zum Städtchen, dem nächsten, meine ich."

„Wollt Ihr dahin?" frug sie. „Der Mann dort," sie zeigte auf den, mit welchem sie eben gesprochen hatte, „fährt ein gutes Stück denselben Weg, geht dem nur nach; aber wie ist mir denn, Ihr kamt ja mit einem andern und zu Pferde, nicht?"

„Ich geh' allein weiter," erwiderte Salin. „Du irrst dich, ich kenne keinen Menschen weit und breit, weiß nicht ein noch aus. Fragt einer nach mir, so sag ihm nicht, daß du mich gehen sahst. Wüßtest du, wie mir's um das Herz ist!" und er faßte ihre beiden Hände.

„Gott mag Euch helfen, wenn es Euch schlecht gegangen ist. — Geht nur, von mir erfährt es niemand. — Lebt wohl!"

Salin schnallte eilig den Quersack von seinem Pferde, warf ihn über die Schulter und ging dem Wagen nach. Bald hatte er den Mann eingeholt und schritt neben den sich mühselig drehenden Rädern einher. Weg und Welt lagen tief in Finsterniß um ihn her, und ihm war zu Muthe, als führte ihn die fremde Straße geradeaus in den Tod, denn der schien ihm jetzt das einzige Sichere und Glaubhafte, was er im Leben vor sich sah.

Wie er nun eine gute Weile neben dem Wagen einhergegangen war, rief ihn der Bauer an, der oben auf saß: „He, junger Bursch, fahr mit!“

Er hielt die Pferde an und Salin schwang sich neben den Alten, der auf einem der Getreidesäcke saß, mit denen der Wagen beladen war.

„Nun, wo hinaus?“ frug der Mann unsern Freund.

„Ich denke heute noch nach dem Städtchen zu kommen,“ erwiderte Salin.

„Heut wohl nicht mehr,“ sagte der Mann lachend. — „Noch volle sechs Meilen dahin, das will etwas heißen, und Ihr seht mir nicht danach aus; — ich sah Euch nebenher schlendern, so kommt man nicht weit. Fahrt mit mir und seht morgen zu, wie Ihr weiter kommt.“

Salin bedankte sich, nahm seinen Quersack ab, stützte den Kopf in die Hände und schwere Müdigkeit rann ihm durch die Glieder.

„Geht, legt Euch, Bursche,“ begann der Alte wieder nach einiger Zeit, „Ihr scheint mir Schlaf vonnöthen zu haben.“

Salin streckte sich aus. Wie er auf den Säcken lag und hinauf in den Himmel schaute, kam ihm der so wunderherrlich vor, wie noch nie; er war aber todmüde und schlief fest ein.

Als er wieder erwachte, war es heller Morgen. Die Sonne leuchtete schon in vollster Pracht. Er lag auf den Getreidesäcken, auf die er in der Nacht hingesunken war; aber der Wagen stand still, die Pferde waren ausgespannt, und über sich sah er das breite, vorspringende Dach eines geräumigen Hauses. Er schaute sich um, da war ein großer schöner Apfelbaum, der seine Zweige über das Dach breitete, und den Stamm konnte er fast mit den Händen greifen. Der Morgenwind fuhr durch die Blätter, und zwei reife Aepfel fielen herab und kollerten leise über den Erdboden hin. Weiter sah er grüne, wohlbewässerte Wiesen und gelbe Kornfelder. Das alles erstaunte ihn und erschien ihm sehr schön, er war von dem neuen Eindrucke ganz befangen. — Da mit einemmal ging es ihm wie ein Erstarren durch die Glieder. Er sah vor sich hin und ließ den Jammer über die letzten Erlebnisse über sich kommen, ohne sich zu sträuben.

Endlich erhob er sich langsam, stieg vom Wagen und stand unschlüssig, was er beginnen sollte.

Da trat der Hofbesitzer aus dem Haus, der Mann, der ihn gestern hatte aufsteigen lassen.

„He, junger Bursche," rief er Salin zu. „Ihr habt einen gesunden Schlaf, wirklich, einen sehr gesunden Schlaf, das muß ich sagen. — He, Piotruska, Julian, Marek, da ist er!" Hinter dem Hause kamen drei hervor. Zwei junge Burschen und eine behäbige Bäuerin.

Der Bauer ging auf Salin zu, und die drei andern standen von Ferne. Die Bäuerin stemmte den Arm in die Seite, die Burschen streckten die Köpfe vor.

„Tretet ein," sagte der Mann und führte Salin in das Haus, nöthigte ihn, am Ofen niederzusitzen, und die Bäuerin brachte ihm eine große Schüssel Sauermilch mit einer dicken gelben Rahmhaut, stellte sie vor ihn hin und forderte ihn auf, zu essen.

„Nun, wie steht es," fragte der Alte, „treibt Ihr einen Handel, wollt Ihr in Geschäften in das Städtchen?"

„Das nicht, Pan." Salin blickte verwirrt und scheu auf den Mann.

„Bonkiewicz," sagte dieser, „heiße ich."

„Das nicht, Pan Bonkiewicz," begann Salin wieder, wie in Gedanken versunken.

„Nun, was wollt Ihr dort?"

„Ich?" frug Salin, „das mögen die Heiligen wissen." — Er stützte den Kopf in die Hände und schwieg. Der Alte ließ sich neben ihm auf der Ofen= bank nieder, die Bäuerin brachte Gläser und Brannt= wein, stellte alles auf den Tisch und schaute sich nach den Söhnen um; die hockten auf der Bank unter dem Fenster und starrten mit weitoffenen Augen auf Salin.

„Fort, ihr Schlingel!" rief die Frau, „nur zu, was faullenzt ihr, immer los, glaubt ihr, das Heu wende sich von selbst?" — Die Beiden schoben sich zur Thür hinaus und stießen einander, daß der eine mit dem Kopf an den Thürpfosten krachte, im Augenblick hatte dieser den Bruder schon am Schopf und rüttelte ihn aus Leibeskräften.

„Ihr Tölpel," fuhr die Mutter dazwischen, und schob sie vollends zur Thür hinaus. Dann setzte sie sich zu ihrem Mann und schlug die Arme übereinander.

„Pan Bonkiewicz," begann Salin, „ich verstehe das Holzschnitzen und suche einen Mann, der dergleichen gebrauchen kann. Vielleicht träfe es sich, daß ich im Städtchen einen solchen fände? —

„Ei ja doch," rief die Bäuerin Piotruska — — „das trifft sich. — Der Bruder!" Sie wies auf ihren Mann. „Nicht? der Bruder könnte ihn schon gebrauchen." —

„Vielleicht," erwiderte Bonkiewicz, „warum nicht, wenn er seine Sache versteht. Ihr müßt es versuchen, ob Ihr bei ihm ankommt. Er wohnt dort unten im Städtchen, Ihr werdet ihn schon erfragen. Sie nennen ihn Andruska Bonkiewicz, denn er ist von Gestalt klein und schmächtig, nennt ihn aber Andrei, Pan Andrei, das ist ihm lieber."

„Er ist ein sehr geschickter Mann, der Bruder," begann Piotruska wieder. „Ueber fünf Jahre war er in Warschau und hat dort für einen großen Herrn gearbeitet. — Nun, Ihr werdet es ja sehn."

„Ich will zu ihm," sagte Salin, „denn ich weiß auf der Welt nicht, wohin. Ich dank' Euch für die Auskunft."

Er erhob sich, um zu gehen und nahm seinen Querſack über die Schulter, dann wandte er sich zur Bäuerin.

„Ich hätte eine Bitte," sagte er und blickte scheu zu der stattlichen Frau auf. „Hier der Pelzrock paßt nicht recht zur Wanderung und nicht, wenn ich euern Bruder Bonkiewicz um Arbeit bitten will. — Der stammt aus anderer Zeit. Ich hatte einen Herrn, mit dem ich ausritt. — Gebt mir einen leinenen Kittel, wie ihn die Söhne trugen, ich lasse Euch den Pelz dafür, der ist noch gut und tüchtig."

Piotruſka ging auf den Handel ein, und Salin zog den Leinwandkittel von Marek über und verabſchiedete sich von den freundlichen Wirthen.

Wie er hinter dem Hauſe hinging, um auf die Straße, die nach dem Städtchen führte, zu gelangen, kam er an einer Wieſe vorüber, auf der die Söhne Julian und Marek arbeiteten; da ging es hoch her, die Burschen warfen sich mit Heu, vergnügten sich außerordentlich, schrien und lachten.

Wie die Beiden Kaliſkes ansichtig wurden, brachen sie in ein schallendes Gelächter aus.

„Schau nur hier," rief Julian, „was der Murr=kopf davonträgt, Mareks Sonntagskittel. — Ei, daß dich!" und sie gingen auf Salin los. „Wie kamst du zu dem Kittel?"

„Euere Mutter weiß Bescheid darüber," antwortete Salin mit großer Ruhe — „fragt sie."

Die Burschen schwiegen und sahen einander an.

„Daß Ihr so vergnügt und heiter sein könnt, verstehe ich nicht," sagte Salin. „Es geschehen so erschreckliche Dinge auf der Welt — man sollte sein Lebtag nicht lachen — glaubt mir. Ihr thut mir leid, denn ihr werdet auch bald aufhören müssen zu lachen."

„Der ist im Kopfe nicht recht," sagte Marek, sah seinen Bruder an und sperrte das Maul auf.

Salin seufzte. „Werdet es noch erfahren," sagte er gemessen, wie es seine Art war, wandte den beiden den Rücken und ging seines Weges.

Gegen Abend kam er in die Nähe des Städt=chens. Er war den Tag über in schweren Gedanken versunken vorwärts gegangen und hatte nicht rechts noch links geschaut.

Jetzt sah er in der Ferne auf der weiten Ebene ein paar Thürme aufsteigen, dann ein Häuflein Häuser, und hier und da schimmerte in der Abendsonne ein Giebel. Er kam seinem Ziele näher, doch schlug ihm das Herz nicht vor Erwartung, noch auch vor Sorge, wie es ihm ergehen könnte; denn das künftige Leben lag so fremd vor ihm, daß er sich kein Bild davon machen konnte. Jetzt sah er das offene Thor, ein spitzes Thürmchen über dem Bogen.

Die Sonne sank, und brauner Dunst lag auf der Ebene. Die Thürme ragten gewaltig in den Abend= himmel hinein, die grauen Mauern stiegen fest und sicher vom Grunde auf. Die hohen dunkeln Häuser schauten eng aneinandergedrängt darüber hin in die Heide hinaus. Salin blieb stehen, sah auf das düstere Städtchen, das ihm so fremd erschien, scheute sich weiter zu gehen, ließ sich ermüdet auf einen Erd= haufen nieder und sah vor sich hin.

Wie er so dasaß, trafen aus der Ferne ver= worrene Laute sein Ohr. Auf der dämmerigen Land= straße wurde es allmählich lebendig, und immer näher und immer deutlicher vernahm er das Murmeln und Lärmen eines heranziehenden Schwarmes. Jetzt kamen die ersten an ihm vorüber, eifrig schwatzend; andre folgten und wieder andere, Männer, Weiber, Kinder, alles bunt durcheinander, schreiend, lärmend, alle er= regt und vergnügt wie es schien.

Wie sie so an Salin vorüberschritten, ganz unbekümmert um ihn, und wie auch nicht einer der muntern Leute ihn zu bemerken schien, da wurde es ihm doppelt schwer ums Herz. Er fühlte, wie alle diese Menschen zu einander gehörten, und wie sie miteinander ausgezogen waren, gemeinschaftlich Vergnügliches erlebt hatten und nun befriedigt jeder seinem sicheren Heim zuzog, und nur er war allein!

Sollte er sich zwischen jene drängen? Wen sollte er anreden? Wo fände er wohl Entgegen= kommen? Wer würde ihn recht verstehen und wer Theil an ihm nehmen? Wahrhaftig, er kam sich sehr verlassen vor und wie ausgestoßen aus jeder Gemeinschaft. Die letzten aus dem Haufen waren längst vorüber. Er wagte nicht nachzugehen, saß und sagte zu sich: „Kein Mensch auf Erden weiß von dir. Lebst du oder lebst du nicht?" Es war ihm zu Muthe, als müsse er sterben, als käme der Tod auf ihn zugeschritten. Er saß da und starrte in die Dunkelheit, den Tod zu erwarten.

Der Mond stieg am Horizonte empor und wie Salin aufblickte, sah er aus der Dämmerung ein Weib, gebückt und alt, geradeswegs auf sich zukommen, langsam und schlürfend. Dicht vor Salin blieb sie stehen und stöhnte tief auf, dann setzte sie sich und stützte den Kopf auf beide Arme. So saßen die Beiden eine gute Weile einträchtiglich beisammen. Das behagte Salin wenig, er wußte nicht recht, was er thun sollte, und machte Miene zu gehen.

„Bleibt nur," sagte die Alte, ohne aufzusehen. „Bleibt nur," und dann: „was sitzt Ihr denn hier?

Ihr waret doch eben recht lustig, dächt' ich — wie geht's Euch?"

„Schlecht, Mütterchen," erwiderte Salin.

„Glaub's schon," sagte die Alte wieder, „glaub's schon. Habt Ihr es auch mit angesehen?"

„Was denn, Mütterchen?"

Aber die Alte schwieg.

„Sie haben mir den Sohn hinausgeführt und draußen gehenkt. Mich wundert, daß Ihr es nicht mit angesehen habt. Es sind doch alle mitgegangen." Das sagte sie nach einer Weile langsam und tonlos. — „Ihr seid wohl fremd?"

„Die Leute gingen hier an mir vorüber," sagte Salin.

„Ja, ja, da kamen sie her," und sie nickte mit dem Kopfe. „Euch würde es schlecht zu Muthe sein, wenn Ihr an meiner Stelle wäret," fuhr sie fort und lachte kurz auf. „Den Sohn haben sie mir gehenkt. Es war der einzige Sohn. — Gestohlen hat er. — Ich hab' mein Lebtag Kummer um ihn gehabt — zuletzt keinen frohen Tag mehr. Aber im Grunde war er doch gut — ach, du lieber Gott!" Sie nickte leise vor sich hin. — „Vielleicht besser als die Andern, die ihn gehenkt haben." —

Wer so hineingesehn hat, wie ein bös Ding aus dem andern kommt, ohne daß man Einhalt thun kann — dem will sich oft vor Angst der Hals zu=

schnüren. — Das ist sein Hund," und sie strich dem Thiere, das neben ihr lag und leise winselte, über den breiten Kopf.

Dabei schluchzte sie laut auf und konnte nicht recht zu Worte kommen. „Nicht wahr, du hast ihn lieb?" Sie fuhr ihm wieder sanft über den Kopf, „und da mein' ich, so ganz schlecht ist er doch nicht, sonst wäre ihm das Vieh nicht so zugethan gewesen, das ist mein Glaube — du bist mein Trost, daß ich ihn wiedersehe."

„Nun hängt er da oben zwischen Himmel und Erde —. Ach du! ach du!" schrie das Weib auf, daß es Salin durch und durch ging.

„So ein Jammer!" begann sie wieder, „ich war nicht dabei — ich hätte wohl dabei sein sollen; aber ich brachte es nicht über mich, da ist er allein gestorben. — Ach du Herr Gott!" und sie faßte Salins Hand und drückte sie heftig: „Sagt mir, die Kranken und Schwachen sollte man glücklich preisen. Ich bin mein Lebtag gesund und stark gewesen, nur darum, um das Elend auf mich nehmen zu können. — Was ist Euch denn geschehen, Ihr seid noch so jung?"

„Ach Mütterchen," sagte Salin, „mir scheint die Welt voll Sünde und Jammer zu sein. Mich bedünkt, die ruhigen Tage sind nur die Boten, welche die bösen uns anmelden. — Ich bin auch nicht so jung, wie Ihr es meint, ich habe schon viel erlebt."

„So, so," erwiderte die Alte in Gedanken versunken. — „Ich hab' auch mancherlei erlebt. — Ich hab' ihn gewärmt und gepflegt und war besorgt um ihn; so lange er lebte, hab' ich jede Stunde an ihn gedacht. Nun ist er doch trotz aller Noth für Erde und Himmel verdorben, und wie ich alles ruhig mit ansehen mußte — wie sie ihn zu guter letzt dahin geführt haben!"

Sie wies mit dem Arm gerade aus.

„Da hat man etwas erlebt und möchte dem Tod auf Schritt und Tritt nachgehen. — Mir wär's auch gleich, wenn er nur nicht in der Nacht und im Winde hängen müßte! Ich seh' ihn immer vor Augen und werde wohl darüber keine Ruh' mehr finden." —

Salin erhob sich: „Mütterchen," sagte er, „man muß schweigen; ich glaube nicht, daß man über so etwas reden darf. Wir müssen jede Stunde gewärtig sein, daß das Herz uns zertreten und zerrissen wird. Kommt Ihr mit nach der Stadt?"

„Nicht doch, ich bleibe hier, ich kann ihn doch nicht ganz verlassen, was denkst du denn?" Und die Alte rückte sich auf dem Erdhaufen zurecht.

„Soll ich bei Euch bleiben?" frug Salin.

„Nein," erwiderte sie, „geht, mir ist es gleich, ob Ihr geht, oder bleibt."

„Morgen frag' ich nach Euch, Mütterchen."

„Morgen geh' ich von hier, bemüht Euch nicht, bin morgen nicht mehr hier. Lebt wohl."

„Lebt wohl," sagte Salin seufzend, warf seinen Quersack über die Schulter und ging dem Thore zu.

Wie er in das Städtchen kam, waren die Straßen schon leer, und aus den kleinen Fenstern schimmerte hier und da Licht. An dem Brunnen traf er schwatzende Mägde und frug diese nach dem Holzschnitzer Bonkiewicz.

„Ach, Andruska meint Ihr," und sie wiesen ihn nach dessen Wohnung.

Vor einem Häuschen mit spitzem Giebel blieb er stehn. „Das wird es sein," sagte er und lehnte sich ein Weilchen an den Thürpfosten, öffnete dann und rief in dem dunkeln, engen Flur den Namen des Holzschnitzers. Eine schmale Thür ging auf, und ein Lichtschimmer drang heraus.

„Wer da?" frug eine eigenthümliche sanfte Stimme.

„Ein Holzschnitzer, Pan Andrei Bonkiewicz," erwiderte Salin und trat vor.

„Ei, das wäre!" rief der Mann, „nur herein." Salin stand vor dem kleinen Meister.

„Also ein Holzschnitzer?" sagte dieser noch einmal und sah zu Salin auf. Dann trat er an seinen Arbeitstisch und rückte die Lampe so, daß er das Gesicht des Ankömmlings besser erkennen konnte.

11*

„Setzt Euch." Er wies auf die Bank am Ofen. Salin legte seinen Quersack ab. „Wo standet Ihr bis jetzt in Arbeit?" begann der Meister.

„Ich?" frug Salin. „Bei niemand noch, Andrei Bonkiewicz. Ich habe geschnitzt, wie es mir in die Hände kam, versucht es doch, ob Ihr mich brauchen könnt, mancherlei hab' ich schon fertig gebracht."

„Wollen sehen, wie heißt Ihr?"

„Salin Kaliske."

„So, so, — Ihr werdet hungrig sein." Der Alte ging an einen Schrank, holte Brot, Branntwein und einen Teller mit Speck, setzte alles vor Salin hin und forderte ihn auf, zu essen. Der langte zu und sagte dabei:

„Ich komme von Bonkiewicz, dem Hofbesitzer, Eurem Bruder, der läßt Euch grüßen. Sie haben mich dort freundlich aufgenommen und hierher ge= wiesen."

„Von dem Bruder?" wiederholte Meister Andrei, „von Piotruska — und den Söhnen? Ei, — wie sich das alles trifft!" und er schüttelte freundlich und verwundert mit dem Kopfe. „Nun, bleibt nur heut Nacht bei mir — morgen wollen wir weiter sehn; geht, legt Euch jetzt zur Ruhe, ich weck' Euch morgen bei Zeiten. Salin erhob sich, Andruska Bonkiewicz nahm eine Laterne von der Wand, zündete sie an und leuchtete seinem Gaste. Eine kleine wackelige Treppe stiegen sie hinauf und traten in ein Kämmerchen, da lag allerlei Holz aufgeschichtet, und in einer Ecke war eine Streu bereitet. An der Wand hing an einem Nagel eine grobe wollene Decke, die nahm Bonkiewicz herab und breitete sie über das Stroh hin. Salin hatte währenddem ein armlanges, sauber geschältes Stück Lindenholz vom Boden aufgenommen und betrachtete es angelegentlich.

„Meister," sagte er, „so ein Holz! Das muß eine Freude sein, daraus zu schnitzen, so gutes hab' ich mein Lebtag noch nicht in den Händen gehabt."

„Seht," fuhr der Holzschnitzer erregt auf — „da habt Ihr gleich mein bestes Stück erwischt, — das muß ich sagen: das ist ein Holz; meine liebe Noth habe ich gehabt, ehe ich es bekam." Er fuhr liebkosend über den glatten, weißen Stamm. „Ein prächtiges Stück Birnbaum hab' ich noch."

Er hob den Kasten in die Höhe, unter dem es lag, und sie betasteten es beide. Der Alte konnte nicht aufhören, es zu preisen, darauf bedeckte er es wieder behutsam.

„Wollen sehen, was sich daraus machen läßt. Ein wahrer Schatz ist es, und ich gedenke die Füllung an der Vorderseite der Truhe, Ihr werdet sie morgen sehen, davon zu machen. — Schlaft wohl. Ich wecke bei Zeiten." Damit ging der Alte zur Thüre hinaus.

Salin legte sich nieder und löschte die Laterne; aber er fand keine Ruhe, unaufhörlich mußte er an das alte Weib vor dem Thore denken.

Er sah sie sitzen, vor Schmerz und Jammer in sich zusammen gekrochen, und was über sie gekommen war, erschien ihm unglaublich.

Jetzt sitzt sie draußen in Nacht und Einsamkeit und starrt unverwandt in die Dunkelheit hinein, dahinaus, wo sie ihren Sohn, den einzigen, am Galgen hängend weiß.

Solche Vorstellungen gingen durch Salins Seele. Er fühlte das, was er dachte, übermächtig; er sah, wie das Weib mit ihrem Kinde spielte und lachte und sah sie in demselben Augenblick draußen vor dem Thore sitzen, um ihren jämmerlich gestorbenen Sohn nicht zu verlassen. — Da empörte sich ihm sein innerstes Wesen. — Glück, Behagen und unfaßliches Elend sah er grausam gegen einander gestellt. Das, was ihm selbst widerfahren, reihte sich ihm natürlich in die Ereignisse ein und er empfand nicht mehr den eigenen Schmerz, sondern die ungezählten Schmerzen, die über der Welt liegen und über Tausende herfallen. Alles wankte und wogte um ihn her. — Leicht beweglich erschien ihm Glück und Frieden; aber gewaltig, zerschmetternd, übermächtig das hereinbrechende Unglück.

Die Dunkelheit lag schwer auf ihm, und er er=

sehnte den Morgen. — Ermattet und abgehetzt schlief er endlich ein. Mit dem Frühsten weckte ihn Andruska Bonkiewicz. Die helle Sonne schien durch das grünliche, bleigefaßte Fensterchen in die Kammer, und Salin athmete auf nach der bänglichen Nacht.

Wie er mit dem alten Holzschnitzer unten in der engen Werkstatt saß, ein gutes Messer in der Hand hatte und ein Stück feinfaseriges Holz, und die Probe seiner Kunst ablegen sollte — da wurde ihm das Herz leichter. Er sah und dachte nichts anderes, als daß er den guten Bonkiewicz in Erstaunen setzen wolle. Ihm war die Aufgabe geworden, ein feines, zierlich geformtes Knäuslein, das zu einem Schranke gehörte, auf das genaueste nachzubilden. Das that er mit dem größten Eifer, kaum daß er bei der Arbeit ein Wort sprach; doch dachte er, wenn ihm ein Schnitt wohl gut gelungen und er ein Stücklein vorwärts gekommen war: „Wollten die Heiligen, daß ich hier bleiben könnte, mein Lebtag ruhig schnitzen, hübsche Dinge erfinden dürfte und mich um nichts weiter auf der Welt zu kümmern brauchte. Da müßte es sich doch leben lassen!“

Weil er mit Lust arbeitete, ging es ihm gut von der Hand. Der Meister war zufrieden, lobte das Knäuslein, stellte es neben das seinige und klopfte Salin auf die Schulter. „Bleibt hier, Salin Kaliske,“

sagte er, „wir werden mit einander auskommen.“ —
So blieb er. — Die beiden saßen Tag für Tag
mit einander in der Werkstatt. Bonkiewicz gab
Salin Arbeiten zum Schnitzen und lehrte ihn eine
Frucht, eine Blume oder ein Thier der Natur nach=
zuzeichnen.

Andruska hatte seine Freude an dem Burschen,
und wenn sie so still beieinander saßen und munter
arbeiteten, da stand der kleine Meister wohl auf,
dehnte sich und ging ein paar mal in dem engen
Raum auf und nieder.

„Wenn das nicht eine wahre Lust ist, wie man
so sieht, daß man vorwärts kommt,“ sagte er dann
wohl. „Ich könnte mir nichts Besseres wünschen. —
Seht, Salin Kaliske, Ihr könnt von Glück sagen;
wenn anderen vom Leben übel mitgespielt wird und
sie nichts weiter thun können als grübeln, der Sache
aber doch nicht auf den Grund kommen, dann setzt
Ihr Euch hin und schnitzt, nehmt ein Stück Holz
zur Hand und findet Ruh und Frieden, wenn Ihr
daraus ein Säulchen mit sinnreichem Blätterschmuck,
an der Krönung vielleicht mit vier kleinen Thier=
köpfen, zu Stande bringt und es da einfügt, wohin
es so recht paßt. — Vielleicht, daß es den Pfosten
eines Schränkleins bildet — oder was Ihr sonst
wollt. Wenn Ihr dabei seid, es zu vollenden, oder
erst in Kopf und Gemüth es Euch bedenkt, dann

mag auch geschehen sein was da will — Ihr vergeßt
die ganze Welt."

Salin hörte dem guten Andruska Bonkiewicz an=
dächtig zu und sagte darauf: „Meister, Ihr habt
recht, ich meine jetzt fast, außer uns beiden giebt es
gar niemanden mehr auf der Welt."

„Du vergißt die Bäckerin. — Ich bitte mir's
aus," erwiderte der Holzschnitzer.

„Ja, die Bäckerin, das will ich meinen, die ge=
hört zu uns."

Die Bäckerin, von der die beiden sprachen, wohnte
Bonkiewicz schräg gegenüber, sie war eine prächtige
alte Frau und seit langen Jahren Bonkiewiczs gute
Freundin. Sie kam täglich, sah nach, was im Hause
gebraucht wurde und sorgte für den Haushalt des
kleinen Meisters. Er gab ihr sein Geld in Ver=
wahrung und glaubte fest, daß er ohne sie verhungern
und verkommen würde.

Jeden Sonntag nach der letzten Messe, in die
Salin den Meister begleitete, gingen sie miteinander
zur Bäckerin, die kochte ihnen das Abendessen: Buch=
weizengrütze und Speck. — Der kleine Brotladen
war dann geschlossen, und die dreie saßen behaglich
am warmen Backofen beieinander und besprachen
allerlei. Sie erkundigte sich oft nach den Arbeiten
der beiden und bekam dann von Bonkiewicz die
ausführlichsten Beschreibungen: — wie diese Leiste

aus Ahorn und jene aus Eiche gewählt wäre — und warum. Besonders aber lag ihm in letzter Zeit ein Crucifix am Herzen, an dem er mit wahrer Inbrunst arbeitete. Es war klein, die Figur des Heilands kaum drei Zoll hoch. Der Alte schnitzte es sich selbst zur eigenen Freude und Erbauung, wie er sagte, und sprach gern davon. Schon viele Christus= bilder hatte er an Kirchen und Klöster verkauft, große und kleine, nun hatte er das Bedürfniß, eins für sich zu besitzen, und zwar ein gutes, wohl aus= gearbeitetes.

Die Bäckerin hatte Wohlgefallen an Salin; und da sie nur Lob über ihn zu hören bekam, wurde er ihr immer lieber.

„Sagt mir doch einmal, Salin," frug sie eines Abends, als er allein bei ihr war, „Ihr seid doch ein junger Gesell; aber Ihr lebt wie ein Alter, guckt nie aus der Werkstatt heraus, seid mit Bonkiewicz kaum zweimal vor das Thor gegangen, was soll mir das heißen? Zum Tanz ins Wirthshaus geht Ihr auch nicht, da möchte man fast glauben, daß es Euch übel ergangen ist. Ich möchte wetten, irgend eine Dirne hat Euch ein Herzeleid angethan, und Ihr seid Narr genug, darüber zu simuliren; — glaubt mir, sie war es nicht werth, daß Ihr Euch so lange um sie kümmert."

„Nicht doch, Bäckerin," erwiderte Salin, „das

ist's nicht, was mir das Leben verleidet hat." Er stand auf, lehnte sich an den Backofen und sah vor sich hin. „Aber mir ist es nicht gut ergangen, und es wird so sein, daß ich nur von außen jung bin."

„Ach, was wird es gewesen sein, wenn Euch nicht die Liebe den Kopf verdreht hat. In Euern Jahren, meine ich, geht nichts anderes so tief. — Nicht? Gesteht es nur."

„Nein, Bäckerin," sagte Salin, sah sie ernst an und begann zögernd: „Seht, ich habe meinen Freund auf eine schreckliche Weise verloren. Alles, was ich bis jetzt erlebt habe, hat mir gezeigt, daß es auf der Welt so viel Jammer und Noth giebt, daß mir Angst geworden ist und ich Gott danke, bei Bonkie= wicz zu sein; ich will nichts weiter und habe an nichts anderem meine Freude. Dem Meister geht es gerade so, und den schätzt Ihr doch sehr."

„Das wäre mir, jetzt in Euern Jahren, wie ein alter Pater zu sprechen — geht — das gefällt mir nicht. Ich bin eine alte Frau, mir ist der Mann gestorben, als seine Zeit gekommen war. Die Tochter auch, als ich eben dachte, mich recht an ihr zu freuen. Da stand ich einsam. Wohin ich sah, schien mir die Welt voller Schmerzen. Das Gefühl verging, ich trieb mein Geschäft weiter und hatte zum erstenmale wieder eine rechte Herzens= freude, wie ich zufällig zu einer Sorte Mehl kam, die mir noch nicht vorgekommen war, und durch die der Teig mit einemmal ein ganz anderes Ansehen bekam — ganz anders sag' ich Euch. — Ich hab' es dem Bonkiewicz oft erzählt, wie stolz ich war, wenn sich die Leute über die hübschen glänzenden Brote verwunderten."

„Von da an war es mir, als wäre ich nach langer Blindheit wieder sehend geworden; ich freute mich wieder an so mancherlei, hielt mein Häuschen in Ordnung, hatte mein Vergnügen an den Nachbarskindern — dann lernte ich den guten Bonkiewicz kennen. Seht, so bin ich wieder ganz munter geworden, was ich doch eine Zeit lang gar nicht für möglich gehalten hätte."

„Mit dem Gemüthe ist es wie mit den Jahreszeiten, es muß ein Wechsel sein, das hat der Herrgott so eingerichtet; geht das nicht vor sich, wie es soll, so giebt's Mißwachs, Krankheit und ein böses Jahr — merkt Euch das, Salin Kaliske, Ihr seid mir nicht auf dem rechten Wege."

Ein Jahr war vergangen; der Meister und sein Geselle arbeiteten schon seit sechs Monaten an einem großen, geschnitzten Schrank und thaten das, so drückte sich die Bäckerin aus, wie die Verrückten. Sie ärgerte sich, daß die beiden sich so ganz eingesponnen hatten. Der Schrank war aber ein wahres Wunderwerk: Thüren und Thürchen, Schubfächer

aller Art und alles überreich verziert mit Figuren=
werk und Blätterschmuck. Er war für einen Han=
delsherrn in Warschau bestimmt, für den Bonkiewicz
schon viel gearbeitet und der sich des Holzschnitzers
angenommen, als dieser sich, wie wir schon wissen,
fünf Jahre lang in jener Stadt aufgehalten hatte.

Salin hatte es in seiner Kunst in kurzer Zeit
weit gebracht, denn seine Begabung war groß.
Bonkiewicz war sehr stolz und wollte etwas Außer=
ordentliches aus ihm machen.

Darüber sprach er einmal mit der Bäckerin und
lobte seinen Gesellen über die Maßen. Dem guten
Alten traten dabei die Thränen in die Augen. „Ach,
Ihr wißt es nicht, was er für ein lieber Bursch ist,
so still und ernst, man glaubt mit seines Gleichen
zusammen zu sein. Immer wieder bin ich erstaunt,
wenn ich von der Arbeit aufschaue und sehe, was
für ein junges Blut er ist."

„Das muß wahr sein," fuhr die Bäckerin auf,
„schickt ihn in die Welt, hier wird nichts aus ihm,
das bringt keine Kräfte, wenn ein Zwanzigjähriger
ernst ist wie ein Alter."

„Ach, Ihr meint," begann Bonkiewicz zaghaft,
„daß ich mich von meinem Gesellen trennen soll?
— Daraus wird nichts!"

„Ja, Meister, das mein' ich, der Kaliske ist zu
wunderlich, hat kein Fünkchen Leben in sich. — Was

ihm begegnet ist, weiß ich nicht, er rückt nicht damit heraus. Er mag ja allerlei erfahren haben; aber das hat ihn so in die Enge getrieben, wie es ein gesunder Mensch nicht leiden soll; schickt ihn hinaus, er ist klug und geschickt und wird sein Glück machen."

„Bäckerin," sagte der gute Andruska seufzend, „das muß man sich überlegen. Ihr könnt Recht haben; aber so geht es: Kaum daß man sich mit solch einem Burschen eingelassen und ihn lieb gewonnen hat, muß er auch wieder auf und davon. — Man bleibt da einsam und verlassen sitzen — und hat das Nachsehen. — Ja, Bäckerin, ich will es mir überlegen." Der kleine Meister stand auf und ging langsam zur Thüre hinaus.

Die Bäckerin behielt Recht. Eines Tages zog Salin Kaliske mit seinem Meister Andruska Bonkiewicz wieder dem Thore des Städtchens zu. Man sah es beiden an, daß ihnen das Herz schwer war. Salin hatte wieder den Quersack über dem Rücken und die Leute sahen ihnen nach, und zwei Mägde sagten zu einander:

„Seht, da bringt Andruska seinen Gesellen hinaus, den hat man doch kaum zu sehen bekommen. — Wie lange mag es denn her sein, daß er kam — ein Jahr etwa?"

Wie sie draußen vor dem Städchen waren, da legte Andruska die Hand auf des Gesellen Schulter, sah ihn schmerzlich an und sagte: „Was hülfe es mir, wenn ich dich noch ein paar Schritte weiter brächte; der Abschied ist gekommen, mögen dich die Heiligen behüten!" Die Stimme zitterte ihm, und er fuhr sich hart über die Augen: „Nun, in Krakau wirst du ja Arbeit und gute Aufnahme finden; aber bis dahin, — was kann nicht alles über einen Menschen kommen. Mir will es immer noch nicht zu Kopfe, daß ich meinen lieben Gefährten verlieren soll." Der gute Alte faßte Salins beide Hände und drückte sie. „Und die Bäckerin, die Bäckerin!"

Salin standen die Thränen im Auge. Er küßte die Hände seines guten Meisters. „Ach, Andruska Bonkiewicz," rief er schluchzend. „Ach, Andruska Bonkiewicz!"

„Nun geh, geh nur." Der Holzschnitzer schob ihn fast von sich fort. Salin ging und der kleine Alte blieb stehen und sah ihm nach.

Als Salin aber zwanzig Schritt gegangen war, wandte er wieder um, lief auf den Zurückgebliebenen zu und sagte, indem er des Meisters Hand an die Lippen preßte: „Seht, mein Friede ist schon dahin, die Angst vor dem Leben packt mich wieder; ach, könnt' ich bei Euch bleiben!"

„Du, o du," erwiderte das Meisterlein — „willst

du mir denn das Herz brechen — ach, du weißt ja nicht, wie lieb du mir bist."

Er machte sich von dem Burschen los und ging stracks dem Thore zu. Salin sah ihn hineingehen, sah, wie er sich noch ein einzig mal umwandte, dann verschwand er in der Straße und Salin war wieder einsam in der Welt. Er blieb noch eine Weile stehen und sah vor sich hin, dann kniete er nieder, nahm den Quersack ab, legte ihn auf den Boden und suchte und tastete darin nach etwas. Jetzt hatte er es. Eine kleine Ledertasche zog er daraus hervor, band sie auf und hielt das Bild des Gekreuzigten in den Händen, dasselbe, das der Meister geschnitzt hatte sich selbst zur Freude und Erbauung; das hatte er am letzten Abend seinem Gesellen gegeben, damit dieser es mit auf die Wanderung nehmen möchte. — Der sah es jetzt lange an, fuhr mit der Hand darüber hin, legte es wieder sorgfältig in die Ledertasche, verbarg diese zu unterst in dem Quersack, warf ihn wieder über die Schulter und ging seines Weges.

In Krakau finden wir unsern Kaliske wieder. Bei einem Meister ist er dort untergekommen, der wohnt in einer schmutzigen, finstern Gasse.

Er hat nach langer mühseliger Wanderung nicht gefunden, was er suchte. Sein neuer Herr hat nicht jene Liebe zur Arbeit, die den guten Bonkiewicz ganz belebte. Er ist auch emsig, thut aber, was er thut, des Gewinnes wegen, und Salin mußte erfahren, daß auch die geliebte Holzschnitzkunst nicht unbedingt Glück und Frieden mit sich bringe, denn in der Werkstatt war Tag für Tag mürrisches Wesen bei dem Herrn und den Gesellen zu Hause, so daß Salin sich nicht wohl fühlte und ihm das Schnitzen nicht recht von der Hand ging. Es war ihm, als wäre er um seinen still gehüteten Schatz gekommen, wie er sah, daß das, was mitten in den beängstigenden Erfahrungen des Lebens ihn beglückt und erheitert hatte, bei andern seine Kraft verlor. So kam es, daß Salin mißtrauisch sein Messer ans Holz setzte und schnitzte; ihm war, als könne auch die Freude an seiner Kunst ihm unversehens entwischen. Da wurde es ihm angst und bange und er grübelte, wurde trübselig und krank an Leib und Seele. Dazu kam, daß er sich mit niemand über den Abschied von seinem Herrn aussprechen konnte. Der Mord des armen Josky aber und alles, was damit zusammenhing, ließ ihm immer von Neuem das Leben wie mit Grauen und Sünde überdeckt er=
scheinen. — Er hatte auch nichts Absonderliches wieder erlebt, seitdem er das arme Weib vor dem

Thore des Städtchens getroffen. Durch den Ab=
schied vom guten Bonkiewicz aber war ihm das Herz
auf eine neue Art schmerzlich berührt worden und
er ahnte die Fülle der Leiden, die über ein Geschöpf
kommen kann.

In der Krakauer Werkstatt stand ein deutscher
Gesell in Arbeit, der war gleich von vorn herein
unserem Helden widerwärtig: ein grober Mensch,
dem nichts recht war. Er sprach geläufig polnisch,
aber hart und auf eine Salin ärgerliche Weise.
Mit diesem schlief er in einer elenden Kammer, die
hoch unter dem Dache lag. Täglich, gleich nach
Feierabend, machte sich der Geselle auf, ging zum
Hause hinaus und kam spät in der Nacht, oder bei
Anbruch der Morgendämmerung heim, polterte die
Treppe hinauf und warf sich auf sein Lager. Wider=
willig weckte des Morgens auf des Meisters Befehl
Salin den verschlafenen Kameraden zur Arbeitszeit
und mußte dafür alle die Grobheiten über sich er=
gehen lassen, die dem Burschen zu jeder Zeit zu
Gebote standen. Salin aber ließ sich nicht mit
ihm ein, trotzdem sie stündlich bei einander sein muß=
ten. Die Scherze und Neckereien, die der Deutsche
in der Werkstatt mit ihm trieb, nahm er gelassen
auf, aber sie glitten nicht an ihm ab, sondern ließen
einen innern Groll gegen den Gesellen in Salins
Herzen wachsen. Dieser Mensch trug dazu bei, daß

Salin nach kurzer Zeit sich entschloß, Krakau wieder zu verlassen und weiter zu wandern. Allmählich war ihm ein Gedanke aufgestiegen, der ihm zum erstenmale nach langer Zeit wieder etwas als wünschenswerth erscheinen ließ.

Er wollte zurück in seine Heimath nach Prag, und so beschwerlich und lang man ihm die Reise schilderte, um so mächtiger wurde in ihm der Wunsch, dahin zu gelangen. Das Haus seiner Eltern stand ihm vor der Seele, als hätte er es eben erst verlassen, und eine große Sehnsucht ergriff ihn, es wieder zu sehen. Er malte sich aus, wie er vielleicht darin wohnen und auf eigene Hand schnitzen könne. Das verlockte ihn sehr; kaum konnte er den Tag erwarten, an dem er Krakau und seinen Meister zu verlassen gedachte.

Die letzte Nacht, die er unter dem unfreundlichen Dache zubringen wollte, war da. Seinen Abschied hatte er schon genommen, der Quersack hing wohlgepackt neben ihm, und er selbst war bereit, am Morgen mit der Sonne aufzubrechen.

Ruhig lag er auf seinem Lager mit geschlossenen Augen, ohne zu schlafen.

Da that sich die Thür auf, er sah seinen Schlaf-

12*

kameraden eintreten und hörte, wie dieser sich auf das Bett warf, daß es krachte.

Der Mond schien hell in das kleine Fensterchen; aber Salin konnte nicht schlafen. Er träumte wachend, wie er in Prag arbeiten und sparen wollte, bis er das Haus seiner Eltern kaufen könnte, um als Meister darin zu schalten und zu walten.

Da hörte er, wie der Geselle sich erhob und leise herangeschlichen kam. Salin blinzte mit den Augen und sah, daß der Schleichende sich über ihn herbog mit angehaltenem Athem, dann den Quersack in die Höhe nahm und darin wühlte.

Als Salin den Burschen eine Weile beobachtet hatte und sich bewußt wurde, was er beabsichtigte, regte sich in ihm Widerwille und Wuth. Er sprang auf, packte den Dieb an den Schultern und rüttelte ihn.

„Ei, du Spitzbube, du!" rief er. Der Geselle aber war nicht faul, fuhr über Salin her, wie das Wetter, warf ihn zurück auf das Lager und würgte ihn an der Gurgel, daß ihm die Luft ausging. Mit raschem Griff faßte Salin nach dem Gürtel, zog sein Messer und stieß es dem Gegner in die Brust; der schrie wild auf und fiel taumelnd gegen den Bettpfosten.

Salin erfaßte ein Grauen. Er beugte sich über den Burschen her, der lag aber unbeweglich ausgestreckt. Unverwandt starrte Salin auf ihn hin, schüttelte düster den Kopf, nahm seinen Querſack in die Höh', warf ſich dieſen über die Schultern und ging ſachte und langſam die Treppe hinab.

Es war ſtill im Haus geblieben, denn die Kam= mer lag einſam. Salin kam unbemerkt aus der Thüre und trat in die finſtere enge Gaſſe; aber auf dem Herzen lag es ihm ſo ſchwer, daß er kaum athmen konnte.

Die Stadtthore waren noch geſchloſſen; er trieb ſich verworrenen Sinnes und voll dumpfer Angſt umher. Die Gewalt des Schickſals lag wieder auf ihm und die ganze Welt ſchien ihm von verderben= bringenden Mächten erfüllt zu ſein und Friede und Ruhe waren ihm von neuem entflohen.

In einem dunkeln Winkel, auf der Thürſchwelle eines Hauſes, das an die Stadtmauer angebaut war, nahe dem Thore, ſetzte er ſich nieder, nahm aus ſei= nem Querſack das kleine Chriſtusbild des Meiſters Bonkiewicz, wickelte es ſorgfältig aus dem ſchützen= ben Ledertäſchchen und hielt es nachdenklich in den Häuden.

Der Morgen dämmerte, die Zeit mußte bald kommen, in der das Thor geöffnet wurde. Sorge, daß man entdecken könnte, was er gethan, fühlte er nicht.

Er ſaß verſunken in den Anblick des Gekreuzig= ten. Die Thore wurden geöffnet. Er bemerkte das erst, als er immer mehr Leute an sich vorübergehen sah. Da packte er eilig seines Meisters Geschenk wieder in den Quersack —, machte sich rasch auf und dankte den Heiligen, als er im Freien war; aber es wurde ihm darum nicht leichter ums Herz; er trat seine Wanderung ganz ohne Hoffnung an. Das Ziel lockte ihn kaum mehr. Die Mühen der Wanderung schienen ihm zu groß gegen das, was er zu erreichen hoffte. Der Wind, der ihm entgegen wehte, schien nur Widerwärtiges und Elend und Qual über die Erde zu treiben.

Salin kam unangefochten nach Prag. Er hatte Zeit und Weg und Beschwerden überwunden. An einem Herbstabend zog er ein. Es wurde gerade das Ave geläutet, und er dachte: „Ob das wohl Jaskulek noch sein könnte, der da läutet?“

Er trat in ein Wirthshaus und verlangte Abendessen und Nachtlager. Auf dem Wege durch Böhmen hatte er mit Behagen seine Muttersprache wieder gehört und sie gesprochen. Er hatte sie nie verlernt, da Mabry sie gewandt und gern sprach.

Aber hier in der Heimath stimmte der Klang der altvertrauten Laute ihn wehmüthig und ernst.

Am andern Morgen ging er durch die Gassen und Straßen, neugierig den Leuten ins Gesicht schauend, ob nicht Einer ihm bekannt erscheinen wollte. Da war aber niemand, der anders als gleichgültig und fremd an ihm vorüber gegangen wäre.

Die Stadt, die Häuser, die Brunnen, das alles war ihm noch wohlbekannt. Jetzt stand er vor Jaskuleks Thurm und sah hinauf. Eine Alte ging vorüber. „Sagt, Mütterchen," frug er, „wohnt da oben noch der alte Casimir Jaskulek?"

„Gestorben," sagte die Alte, „vier Jahre sind es her, am St. Martinstag."

Er ging weiter und kam an seiner Eltern Haus. Das stand noch, wie er es verlassen hatte. Ihm war es, als müßte er auf der Schwelle hinsinken und weinen. Seine Mutter und seinen Vater sah er vor sich, und es erfaßte ihn eine große Sehnsucht nach den beiden. Er lehnte sich an die Thür, um seiner Heimath recht nahe zu sein. Da kam es ihm wieder in den Sinn, in dem Häuschen nachzufragen, ob nicht etwa eine Kammer für ihn zu haben sei. — Er trat ein.

Eine ältliche Frau mit frischem Gesicht stand in dem Vorhaus am Herd und scheuerte einen Holz= kübel. Salin grüßte sie und frug, in der offenen Thür stehend: „Sagt mir, könnte ich hier eine

Kammer miethen — vielleicht, daß Ihr eine zu ver=
geben habt?"

Die Frau sah ihn von oben bis unten an, trock=
nete die Hände an der Schürze und sagte: „Ja, das
ginge wohl, vor kurzem hat ein Bäckergeselle hier
gewohnt. — Was treibt Ihr?"

„Ich bin Holzschnitzer," erwiderte Salin.

„So, so, nun, kommt mit." Sie ging vor ihm
her und führte ihn in die frühere Werkstatt seines
Vaters Michael. „Seht, ob es Euch gefällt."

„Mir ist's recht," sagte Salin. „Ich will meine
Sachen aus dem Wirthshaus holen." Im Hinaus=
gehen sprachen sie noch über den Preis und wurden
leicht Handels einig.

Am Abend desselben Tages zog Salin mit seinem
Quersack in das Vaterhaus ein. Er hatte sich den
Tag über bemüht, einen Kunstschnitzer zu finden, der
seine Dienste brauchen konnte, und es war ihm ge=
lungen. Dann ging er wohlgemuth die altbekannte
Gasse an der Stadtmauer hin und noch ein Weilchen vor
seiner wiedererrungenen Heimath auf und nieder. Wie
vor Jahren war auch jetzt das schmale Fensterchen über
der Thür erhellt und er träumte, daß seine Mutter am
Herde säße beim Scheine der trüben Oellampe, die von
der Decke niederhing, daß sie ihm sein Abendessen
vorsetzen und mit ihm plaudern werde, und er hörte
ihre Stimme und sah sie leibhaftig vor sich.

Mit einemmal besann er sich und merkte, daß er einer Schildwache gleich vor dem Häuschen auf und nieder ging. Er fuhr sich über die Stirn, schritt die drei ausgetretenen Stufen, die zur Hausthüre führten, hinan und öffnete. Da saß, statt seiner Mutter, die behäbige Wirthin in dem dämmerigen Vorhaus am Herde. Sie spann.

„Kommt Ihr endlich?" sagte sie. „Ich glaubte schon, Ihr hättet Euch anders besonnen. Es ist alles bereit für Euch. Dem Bäckergesellen hat es hier wohl behagt. Er war ein recht pünktlicher Mensch und hat sich mit uns gut vertragen."

„Frau Wirthin, damit soll es auch bei mir keine Noth haben," sagte Salin bescheiden.

„Hier ist ein Lämpchen." Sie erhob sich, nahm vom Herdrand eine kleine zinnerne Lampe, zog den Docht zurecht und zündete sie an.

„Löscht sie bald. — Ich sehe es dort an dem Fensterchen in Eurer Thür, wenn es bei Euch zu lange hell ist — das lieb' ich nicht.

„Ach ja," sagte Salin, „das Fensterchen."

„Man kann mit dem Feuer nicht vorsichtig genug sein," fuhr die Frau fort. „Bei mir werdet ihr heut noch lange Licht sehen, das ist ausnahms= weise; die Tochter ist zu einer großen Hochzeit ge= laden mit der Muhme — da heißt es warten. Schlaft wohl."

„Gute Nacht," erwiderte Salin, nahm das Lämp=
chen und ging mit dem Quersack auf der Schulter
in seine Kammer; da war ihm das Lager zurecht
gemacht. Er setzte sich auf die Ofenbank, kramte
seinen Sack aus, nahm das Christusbild und lehnte
es auf den Sims. Dann löschte er das Lämpchen
und legte sich nieder. Durch das runde Fensterchen,
das in der Thüre eingelassen war, schimmerte das
Licht von der Oellampe über dem Herde und warf
einen runden Schein auf die gegenüberliegende Mauer,
der wie ein Mond in der Dunkelheit glänzte. Salin
hörte das Schnurren des Spinnrades, denn die
Glasscheibe war halb aus der Oeffnung gebrochen;
das war sie schon zu seiner Kinderzeit gewesen und
er dachte daran, wie er sich einst auf einen Stuhl
gestellt hatte, um durch das Thürfensterchen die
Mutter zu sehen, wenn sie spann oder am Herde
zu thun hatte.

Das kam ihn so lebendig in Erinnerung, daß er
sich erhob, zur Thüre schlich und seiner Frau Wirthin
zusah, wie dieselbe behaglich ihr Rädchen drehte, sich
manchmal auf dem Stuhl zurechtrückte, wie sie nach
einer Weile mit Spinnen innehielt, sich zurücklehnte
und die Augen schloß. Der Kopf sank ihr auf die
Brust herab, und Salin hörte sie laut athmen. Die
Lampe brannte trüber und qualmte. Auf dem Herde
knisterte halb verkohltes Holz, das langsam schwelte.

In dem alten Gebälk klopfte der Holzwurm, hielt plötzlich inne und begann wieder.

An Salin zog das Leben vorüber und hing sich ihm schwer an das Herz. Alles Denken beängstigte ihn, und indem er es wieder in sich aufleben ließ, blickte er unverwandt auf die friedlich schlafende Frau.

Jetzt klopfte es an der Hausthür. Die Frau fuhr auf und dehnte sich.

„Gleich, gleich," rief sie, zog den Docht der Lampe höher und schob den großen Holzriegel an der Thüre auf. Salin sah zwei Frauen eintreten. Es war dämmerig an der Thüre, und er konnte nichts recht erkennen.

„Hier bring' ich sie Euch," sagte die eine, die hatte eine helle Stimme. „Ihr hättet alles mit ansehen müssen, es war eine Pracht; die Leute über=treiben es, sie haben es sich wieder etwas kosten lassen. — Laßt es Euch nur von Wlasta erzählen. — Morgen komme ich wieder, ich wollte nur ein Wörtchen zu Euch sagen, denn mein Mann wartet draußen." Damit war sie rasch zur Thür hinaus, die hinter ihr hart in das Schloß fiel. Die Wirthin schob den Riegel wieder vor.

Mittlerweile war die andere an den Herd ge=treten und hatte sich auf die Armlehne des hohen Stuhles niedergesetzt und blickte wie träumend in das verglimmende Feuer.

Salin beobachtete das alles. Als sie den Mantel abgethan, der sie ganz verhüllte, hatte ihn ihre schöne Gestalt wie Zauber und Wunder berührt.

„Nun," sagte die Mutter und klopfte dem Mädchen auf die Schulter, „wir sind wohl noch mitten darin?"

„Ach," erwiderte die Gefragte und schlang den Arm lebhaft um ihre Mutter. „Es war schön! Mein Leben könnte ich um so einen lustigen Abend hingeben."

„Nicht so schwatzen," sagte die Frau.

„Ach Mutter, wenn man doch immer jung blei= ben könnte, es ist doch herrlich!"

„Ja, ja," murmelte die Alte und strich der Tochter über das braunröthliche Haar, das im Lichte wie Purpur schimmerte. „Sag einmal, wie war es denn mit dem Kleid, Wlasta, haben sie die seidenen Schnüre auch bemerkt. — Ich wette, sie haben sie gar nicht gesehn, und du hast dich umsonst abgemüht, du eitle Dirne."

„Mutter," sagte erregt das schöne Mädchen, was denkt Ihr denn, sie haben es wohl bemerkt — aber was hilft's, es ist doch alles nur Armseligkeit. — Hättest du die andern gesehen. Reich zu sein," — seufzte sie.

„Such' dir einen reichen Mann," erwiderte lachend die Behäbige.

Salin sah, wie die Tochter vor sich hinlächelte.

„Das wäre — der Vetter sagte mir dasselbe heute; aber das hat gute Weile."

Nachdenklich stand das Mädchen am Herde und flocht sich das Haar auf, und wie sie an dem Zopf wie an einer röthlich schimmernden Schlange mit den feinen Händen hinunterglitt und die Augen sich zur Erde senkten — da erschien sie Salin so schön, wie der Reichthum selbst, nach dem ihr Herz so gro= ßes Verlangen trug.

„Wir haben einen Neuen im Haus," sagte die Mutter, die von einem Schranke den Schlüssel abzog, und sie deutete nach Salins Kammer, der vom Fenster wegfuhr.

„Wie ist das gekommen?" frug das Mädchen.

Salin wagte aber nicht weiter zu lauschen. Der Lichtschein, der auf die Wand fiel, erlosch. Er hörte eine Thür gehen, und dann wurde alles still und dunkel.

Aber was war mit ihm vorgegangen? Ohne daß er es gewahrte, sank alles Grauen und alle Verwirrung, die über ihn gekommen waren, in nichts zusammen. Sein Herz wurde ihm so leicht, als wäre er neu geboren und er lag friedlich auf seinem Lager, schlief sanft ein, und im Uebergang vom Wachen zum Schlafe bewegte sich die junge Gestalt am Herde anmuthig vor seiner Seele. Er sah das

lange Haar röthlich schimmern, sah die Händchen an
dem festen Zopfe auf= und niederfahren und es be=
hagte ihm, bei dem lieblichen Spiele, das sich um ihn
her regte, sich unmerklich in Bewußtlosigkeit gleiten
zu lassen.

✢

Seit Tagen schon schneite es unaufhörlich, als sollte
die Welt in Schnee begraben werden. Salin saß in sei=
ner Kammer, hatte seinen Arbeitstisch an das Fenster
gerückt, hielt aber das Schnitzmesser achtlos in der
Hand und sah gerade aus in das dichte Flocken=
gewirbel hinein. „Schneie nur, schneie nur," mur=
melte er vor sich hin.

Da ging die Thüre auf, die schöne Wlasta brachte
ihm das Oellämpchen, hielt die Hand schützend um
das Flämmchen und ging behutsam, damit es nicht
verlösche — „Ach Wlasta!" sagte Salin und stand
rasch auf. „Ich bringe das Licht, Salin Kaliske,"
und sie setzte es auf den Tisch. Die Mutter ist
zur Muhme gegangen. Angst und bange könnt' es
einem werden bei dem Schneien! Vielleicht hört es
gar nicht wieder auf."

„Wer weiß, Wlasta, mir wäre es recht. Mein
Lebtag ist mir nichts so schön erschienen, wie der
diesjährige Schnee. Sieh, die ganze Welt wird
begraben, was brauchen wir sie denn?"

Er faßte ihr Händchen.

„Du Guter," sagte das Mädchen. „Wohl brau=
chen wir die Welt, meinst du, ich möchte glücklich
sein, ohn daß die Freundschaft es weiß."

„Ich aber brauche keine Menschenseele, als dich,
einzig und allein dich!" rief Salin. „Fällt es mir
doch wie ein Stein vom Herzen, wenn die Mutter
zum Hause hinaus ist und ich an meiner Schnitz=
bank arbeitend denke, du sitzest am Herde und nie=
mand ist außer uns im ganzen Haus — ach, es ist
närrisch, daß du nicht so fühlst."

„Du bist ein Träumer, Salin, und wenn du
mir nicht so lieb wärest, ich glaube, ich lachte über
dich."

Er nahm ihr Köpfchen zwischen beide Hände und
sah sie lächelnd an.

„Sieh, was ich für dich habe, mein Herz." Von
seinem Arbeitstische hob er ein Tuch, darunter stand
ein feingeschnitztes Kästchen und lag ein Crucifix,
vielleicht drei Schuh lang, das er nach dem Vor=
bilde arbeitete, welches er von Bonkiewicz erhalten.
Es war noch nicht vollendet. Salin aber nahm das
Kästchen sorglich in die Hand. „Das ist für dich,"
sagte er, und gab es ihr.

Sie nahm es zaghaft in die Höhe.

„Ach, Salin," begann sie erstaunt, wie das kunst=

voll ist und so reich und prächtig, viel zu schön für mich.“

„Kennst du die Art Blätter, Wlasta, die über das Ganze hinranken?“ frug er.

„Nein, hast du sie ausgesonnen?“

„Mistelzweige sind es,“ sagte Salin und fuhr mit der Hand über den Deckel, um ein Stäubchen fortzuwischen. „Das sind Zauberblätter. Ja ja — dir schnitz’ ich lauter zauberhafte Dinge. „Ach sieh, die Vögel, die durch das Geranke schlüpfen, tragen Krönlein,“ rief das Mädchen mit heller, erregter Stimme. „Und oben als Knauf sitzt ein Frosch und spielt die Geige. Nein, Salin, wie geschickt du bist! Die Mutter wird sich freuen. Die meint, du könntest noch einmal ein berühmter Meister werden.“

„So, hat sie das gesagt?“ erwiderte er. „Sie kann Recht haben, ich glaub’ es selbst. Ich glaube alles, sage ich dir, seit ich weiß, daß du mich liebst. Wie einen Narren kannst du mich belügen. Aber“ — und er faßte heftig ihre beiden Arme, daß das Kästchen ihr fast entglitten wäre, sah sie starr an, und sagte dumpf — „wenn du es thätest — wenn du es thätest!“ „So schweig doch, Salin!“ Sie machte sich von ihm los, „gar nicht leiden kann ich es, wenn du so redest.“

„Es ist wahr, du hast Recht; aber sieh, ich bin

Einer, der erstaunt ist, daß es auf der Welt Glück
giebt, und solches Glück! Erst hatte ich dir das
Christusbild schenken wollen," begann er, indem er
das Tuch wieder über das Crucifix breitete. „Aber
es ging nicht, — jedesmal, wenn ich mich in die
böse Welt, für die der Heiland gestorben ist, ver-
senken wollte, da dachte ich an dich und fühlte nichts
als Seligkeit. Sieh nur, wie du mir meine Kunst
verdirbst!"

Sie lachte hell auf. Ein Windstoß fuhr gegen
das Fenster und trieb den Schnee sprühend über die
Scheiben hin. Jetzt ging die Thür, die Mutter
kam zurück.

„Ei du mein Gott, über den Schnee," rief sie
noch ganz außer Athem, als ihr Wlasta mit dem
Kästchen in der Hand entgegensprang.

„Da, sieh doch," und sie hielt es der durchkälteten,
weißverschneiten Frau hin.

„Erst den Mantel, nur Geduld," rief diese.
Wlasta nahm ihr den Mantel von den Schultern.

„So, nun sieh. Das hat mir Salin Kaliske
geschnitzt."

„Das läßt sich sehen, der Tausend — das hat
er dir geschenkt?"

„Ja, Mutter, drinnen ist er," und sie wies nach
Salins Thür. „Sieh nur den Frosch mit der Geige,
und wie die Vögel mit den Krönlein durch das Laub

schlüpfen. — Das ist ein' Wunderwerk." Heftig fiel sie der Mutter um den Hals, daß diese sich kaum ihrer erwehren konnte.

„Ach Mutter, Mutter!" flüsterte sie leise und bewegt.

„Ja, es ist ein guter, geschickter Bursch, der Salin. — Geh' aber jetzt und besorg das Abendbrot."

Da war es einmal, vielleicht am andern Tag, daß Salin am Feierabend aus seines Meisters Werkstatt trat. Der Schnee fiel wieder vom Himmel, die Luft war still, die Gassen leer, und die wenigen, die kamen und gingen, huschten unhörbar vorüber und wurden von dem wogenden Gewebe, das sich in dem Luftraum bewegte, verhüllt, daß Freund und Feind an einander vorüber gehen konnten, ohne sich gewahr zu werden.

Heilig und frisch lag die Welt, schneeweiß bedeckt, vor Salins Augen, als er aus der Werkstatt trat. Er breitete die Arme aus und sog wie verdurstet die erfrischende Schneeluft ein. Er dachte: „Jetzt sitzt sie zu Hause und wartet auf dich." Er glaubte sie aufblicken zu sehen, so wie sie immer that, wenn er eintrat, und es rann ihm wie Feuer durch die Glieder. Er erschrak, eilte durch das Schneegewirbel, lief und sah und hörte nichts; sie

war neben ihm, in ihm, über ihm, er hätte die ganze
Nacht nur so fort rennen können. Schwer athmend
stand er endlich auf einem kleinen Platz vor einer
Kirche stille.

Es schneite noch immer, und die erleuchteten Fen=
ster der Häuser ringsumher schimmerten durch den
Flockentanz. Das war Jaskuleks Thurm, vor dem
er stand, er lehnte sich an die Mauer und sah vor
sich hin und fuhr sich über die Stirn: „Das ist Glück,‟
murmelte er, — „das ist Seligkeit — das ist gött=
liches Erbarmen — das ist — das ist‟ — und
wieder fuhr er sich über die Stirn. Da kam es ihm
in den Sinn, wie hoch und gewaltig der Thurm in
den wogenden Schnee hineinrage, und wie einsam es
da oben sei, über den Häusern, mitten im Himmel.
— Hinauf mußte er, so war es ihm. Er stand nahe
an der ihm bekannten Thür. Wie trunken schlüpfte
er hinein, tastete sich die dunkele Stiege hinauf,
immer höher.

Jetzt trat er auf den Gang, der rings um den
Thurm führte; scharf fuhr ihm die Luft in das
Gesicht, und um ihn her wirbelte unabsehbar der
Schnee. Die ganze Luft bewegte sich und lebte. —
Er empfand die Einsamkeit, in die er sich begeben
hatte, kräftig, als wäre er in eine andere Welt ge=
rathen, sah auf das Treiben unter sich herab und
dachte: „da oben über euch allen, steht einer, der

sich vor Glück nicht zu lassen weiß. Ueber euch
allen, über euren Häusern, über der Erbe, der gan=
zen Erbe steht das Glück. Seht nur hinauf, wie
eine Sonne leuchtet es hier vom Thurme herab,
durch den Schnee, über die Stadt — ihr könnt es
nicht sehen. — So geht es. — Mir ging es auch
so, ich ahnte nicht, daß es solches Glück gäbe. —
O mein Gott, mein Gott." Er stand und hielt die
Hände vor das Gesicht.

„Wer hier oben jetzt wohl Thurmwächter ist?"
Er tappte vorsichtig durch den Schnee, bis an eins
der erleuchteten Thurmfensterchen und schaute hinein.
Die kleine Oellampe hing wie zu Jaskulels Zeiten
von der Decke herab, flackerte und qualmte. Auf der
Ofenbank lag im Schafspelz der Wächter.

„Schlaf du," sagte Salin hastig, schüttelte sich
den Schnee von den Schultern, tappte wieder zurück,
die düstere Treppe hinab und war, wie von einem
Traum erwacht, wieder auf der Straße, ging seines
Weges mit klopfendem Herzen und eilte, denn es
ging heim zu ihr.

Als er eintrat ins alte Häuschen, saß sie allein
am Herd und hob das Köpfchen. Die Augen leuch=
teten ihr auf. Da stürzte er auf sie zu, schloß sie
in seine Arme und küßte ihr Mund und Stirn und

Wangen und das schöne glänzende Haar. „Wlasta!" rief er laut. „Ich bin durch die Straßen wie toll gerannt und war auf Jaskuleks Thurm. Alles ängstigt und verwirrt: der Schmerz, das Elend und über alles das Glück, von dem wir nicht wissen, woher es kommt und wohin es fährt, — so hör doch." Er faßte sie hart am Arm. — „Angst und bange müßte es dir werden, hörst du, — so geliebt zu sein — so geliebt," flüsterte er.

„Du, Salin," sagte sie, lächelte scheu und faßte seine beiden Hände. „Sag es doch meiner Mutter, daß du mich liebst, warum willst du das nicht? Thue es, ich bitte dich."

„Um mich her ist alles versunken. — Deiner Mutter soll ich es sagen? Jetzt? — Das kann ich nicht — nein, das nicht."

„Gut," fuhr er auf, „ich will es ihr sagen. — — Doch sag du es ihr lieber, dann weiß es die Muhme, dann wissen sie es alle — sag es ihr." Er erhob sich von den Knien und lehnte sich finster an den Herd.

„Aber Salin, das muß so sein," begann das Mädchen, ihm die Hand auf die Schulter legend, „und sie wird es wohl auch schon wissen. Sag es ihr. Ich finde keine Ruh, wenn du es nicht thust. Sieh doch, du bist ihr so lieb — es wird ihr schon recht sein."

„Herr Gott, wie klingt das alles," rief Salin und lachte auf. „Ich mag und will und kann nicht reden. Warum liegen uns so unerhörte Dinge im Herzen, die es gar nicht vertragen, daß man von ihnen spricht wie über Alltägliches. — Nein, ich rede nicht mit ihr, mag daraus werden, was da will."

„Salin, wie meinst du das?" sagte Wlasta lachend.

„Ich?" frug Salin heftig. „Daß du es dir nicht einfallen läßt, zu sagen, es wäre eine gang und gäbe Sache, daß zwei sich lieben." Er nahm ihr Köpfchen zwischen seine Hände und sah ihr in die Augen. „Wenn du aber behauptest, daß es nicht neu ist, nicht ganz unerhört, daß die Leute sich erzählen, es wäre schon dagewesen, einmal, zweimal, tausendmal, bring ich dich um — ich — du, glaub es nur, ich ertrage das nicht."

„Rede nicht so närrisch, Salin," rief sie verwirrt und fiel ihm um den Hals. „Denke doch an deine Mutter, die hat auch nach der ganzen Welt nichts gefragt und ist von den Leuten mißachtet worden und war unglücklich ihr Lebtag."

„Unglücklich," rief Salin laut. „Bist du von Sinnen, die war nicht unglücklich, ganz glückselig war sie. — Daß ich dir das alles erst sagen muß," rief er erregt.

Draußen stampfte sich jemand den Schnee von

ben Füßen. Die Thür ging auf, und die Mutter trat ein.

„Da kommst du endlich," rief Wlasta und lachte.

„Morgen halte dich nur bereit," begann eifrig die Frau und schüttelte den Mantel am Herde. „Morgen gehen wir zum Vetter, dort haben sie vornehmen Besuch bekommen, du weißt ja wen," und sie klopfte die Tochter leicht auf die Schulter. „Der Vetter läßt dich ganz besonders bitten, zu kommen. Ein ganz prächtiger Mensch, wie der sich heraus gemacht hat, kaum, daß man ihn wiedererkennt. Der Tausend, du wirst Augen machen."

„Wer denn, wer ist das denn?" frug Salin.

„Der Freund vom Vetter ist es, der nach Wien ging," erwiderte die Frau, und ohne ihn anzusehen legte sie ein Scheit Holz auf das niedergebrannte Feuer. „Nicht wahr, wir kennen ihn," sagte sie und nickte der Tochter verständnißvoll lächelnd zu.

„Du kennst ihn?" flüsterte Salin.

„Ich war noch ein Kind, als er aus Prag ging."

„Nun, was will er denn hier, was sollst du bei den Verwandten? Bleib doch zu Hause; was hast du davon?" sagte Salin.

„Nein, laß nur, ich gehe," flüsterte sie und faßte heimlich schmeichelnd seine Hand. „Siehst du, den ganzen Winter habe ich keine Menschenseele zu sehen bekommen, und es wird morgen sicher lustig werden.

Er weiß tausend Geschichten, und ich will dir dann auch wiedererzählen — das wird hübsch — übermorgen Abend."

„Geh nur," erwiderte Salin. — „Ja, warum solltest du auch nicht gehen!"

„Was habt ihr?" frug die Wirthin, die schon eine Weile nach den beiden gesehen hatte.

„Nichts, Mutter; Salin Kaliske frug, ob ich den schon kenne — den Nicolaus."

„Nun, das hatte er ja schon gehört," und die Alte blickte Salin fremd an, daß dieser nicht wußte, was er davon halten sollte, denn sie war bisher immer freundlich gegen ihn gewesen.

Schwer aber lag es ihm auf der Seele, daß seine liebe Wlasta gar nicht zu wissen schien, wie glückselig die Liebe macht; wie die Welt mit all ihrem Elend versinkt, wenn Liebe über das Herz kommt. Die Kraft, die ihn durch die dämmerigen Straßen, durch den Schnee auf Jaskuleks Thurm getrieben, die da oben sein Herz bewegt hatte, wie kein Unglück, kein Jammer es bis jetzt vermochte, und durch die er das Leben in einem anderen Lichte sah, als bisher; die ihm die ganze Welt heiligte, die seinem Geiste unendliche Räume öffnete, in denen er sich in nicht geahnter Seligkeit bewegte, dieselbe Kraft riß ein anderes Herz nicht aus den alltäglichen, engen Schranken.

Es war schon spät in der Nacht, die Frauen waren noch nicht zurück. — Salin saß am Herde und wartete. Seine Gedanken waren ganz bei Wlasta. Immer von neuem sah er, wie sie ihm noch einmal zunickte, als sie mit der Mutter zur Thüre hinausging. Die Zeit verging, tief erregt war sein Geist von dem wunderlichen Beginnen, unaufhörlich, ganz willenlos die Einsamkeit und Stille im alten Häuschen mit der geliebten Gestalt und ihrer lustigen Stimme zu beleben; aber sehn=süchtsvoll starrte er nach der Thür und fuhr auf, wenn er Schritte zu hören glaubte.

„Wir werden es ja erleben, daß sie kommt," murmelte er vor sich hin und lächelte über sich selbst.

„O, Herr Gott," rief er, „solch Glück, wohin soll das führen? Führt es, wie alles andere, in das Elend, das wäre so grausam, daß du Gott, nicht ruhen könntest, so laut würde das Jammern werden; käme es nur, um wieder zu gehen, dann schwände die Sonne und jede Freude mit ihm; käme es aber, um zu bleiben, wer wollte das ertragen, so brennen=des Feuer ein Leben lang?"

Salin sprang wieder auf, stellte sich an den Herd und schaute in die Flammen. „Es wird betrüglich sein," murmelte er. „Am Ende ist es nichts — gar nichts, — wer weiß das — ja, wer weiß das — dem ist nichts auf Erden zu vergleichen. Und höher,

höher, höher steigt es nicht. Da erbarme sich einer!"
Jetzt fuhr er zusammen, er hörte Schritte. Sie
waren es, Wlasta und die Mutter.

Er stürzte auf die Thür zu und öffnete. Die
Wirthin ging an Salin vorbei, ohne ihn weiter zu
beachten, nahm die Haube mit dem goldgewirkten
Einsatz ab, die schöne Feiertagshaube, und verschloß
sie in den Schrank. „Ihr seid noch auf?" sagte sie.
Wlasta stand am Herd, sah in Gedanken auf ihren
Fuß, den sie achtlos, kaum merklich, hin und her
bewegte, und Salin konnte keinen Blick von ihr erhaschen.

„Daß ich es nur gleich sage," begann die Alte,
„Ihr könnt nicht mehr hier wohnen bleiben. — Es
geht nicht, und einen Gefallen thätet Ihr mir, wenn
Ihr bald gingt." Sie ging auf Salin zu und legte
ihm vertraulich die Hand auf die Schulter. Der
stand ohne sich zu rühren und sah die Frau ruhig an.

„Nun?" sagte die erregt.

Salin Kaliske aber sah starr auf Wlasta, die
schaute nicht auf. Ihre Wangen waren purpurroth,
und die Augen standen ihr voller Thränen, als sie
endlich den Blick voll erhob und schnell wieder zur
Seite sah.

„Was ist das?" rief Salin laut und stürzte auf
Wlasta zu. „Bei allen Heiligen, was ist das?" Er
riß sie an sich. „Fort soll ich? wohin? warum?

rede doch," schrie er laut. Er ließ sie los, faßte sie an den Schultern und sah ihr verwirrt in die Augen.

Wlasta blickte ängstlich auf die Mutter. „Was soll das heißen," fuhr diese auf und legte ihre Hand auf Salins Arm. „Was soll das heißen?"

„Die ist mein, Frau Wirthin, ganz mein. — Sprich doch, Wlasta, ist es nicht so?" sagte er gefaßter.

„Ach Mutter, Mutter!" schluchzte das Mädchen laut auf.

Da stemmte die kleine Frau den Arm in die Seite und fuhr auf: „So, bringt mir das Mädchen zum Weinen, verdreht ihr doch den Kopf noch mehr. — Geht, geht, laßt sie in Ruh. Was glaubt Ihr denn, Ihr hergelaufener Habenichts Ihr, glaubt Ihr, wir wüßten nicht, woher Ihr stammt? Glaubt Ihr, es drängt uns, zu solcher Verwandtschaft zu kom=men? — Sagt doch, was Ihr glaubt?"

„Ich glaube, Frau Wirthin," erwiderte Salin und hielt Wlastas Hände in den seinigen, „daß mich Wlasta nicht lassen wird. Ich glaube, daß Ihr nicht recht bei Sinnen seid. Ihr wußtet es ja längst, wer ich bin, und Ihr wußtet es auch, daß ich Wlasta liebe, daß wir uns lieben. Ihr wußtet es," wieder=holte er ruhig, als die Frau Miene machte, ihn zu unterbrechen. — „Was soll das nur alles?"

Wlasta hatte sich von ihm losgemacht, war auf

ben großen Lehnstuhl niedergesunken und bedeckte ihr Gesicht mit beiden Händen.

Salin trat zu ihr und sprach: „Warum ereifern wir uns, ich habe Euch wohl mißverstanden, verzeiht mir," wandte er sich an die Wirthin, „ich habe es nicht über mich bringen können, Euch von Wlasta zu sprechen."

„Nein, seht mir den an," sagte die Frau auf=lachend. „So ein ausgemachter Narr der — nicht wahr, Ihr wolltet mich mit dem Glücke, daß Ihr Euch zu meiner Tochter herablaßt, nicht übermüthig machen — nicht?"

„Wlasta," sagte Salin und bog sich über das Mädchen hin, die immer noch ihr Gesicht in den Händen verbarg. „Hörst du, was die Mutter sagt? rede ihr zu, anders zu sprechen."

„Geht doch, Salin," flüsterte Wlasta.

„Ach wüßtest du es erst!"

„Was soll ich wissen, was?" frug er leise und heftig, warf sich vor dem Mädchen auf die Kniee und löste ihr die Hände vom Gesicht, konnte aber dennoch keinen Blick von ihr erhaschen. Wie gebannt schlug sie die Augen nieder.

„Was soll ich wissen?" frug er noch einmal.

„Der Vetter," begann sie stockend und wandte ihr Köpfchen von Salin ab.

„Daß Ihr es nur wißt," unterbrach die Frau,

„ich habe dem Vetter mein Wort gegeben, daß Ihr geht."

„Wir dürfen nichts gegen ihn thun," ergänzte Wlasta scheu. „Er ist reich."

„Wlasta!" stieß Salin hervor — dann sagte er gelassen: „Ich verstehe. — Sage mir, soll ich gehen?" Sie antwortete nicht, und blickte nicht auf, schlang emsig Knoten in die Schnur, die ihr vom Kleide niederhing.

Salin kniete vor ihr.

„Wlasta, jetzt rede du — soll ich gehen?" frug er noch einmal ruhig.

Wlasta sah erstaunt auf ihn. „Salin," jammerte sie leise, „du liebst mich nicht — du bist schlecht, siehst du nicht, wie es mir jetzt zu Muthe ist?" Sie brach in Thränen aus.

„Laß das.' Soll ich gehen?" frug er zum drittenmal und preßte ihre Hand so fest in der seinigen, daß Wlasta sie freizumachen suchte. Er sah das Mädchen durchbringend an — da nickte sie, kaum daß man es sehen konnte.

Salin aber erhob sich, ging an der Alten vorüber in seine Kammer und ließ die Thür hinter sich zufallen, tappte im Dunkeln auf seinem Arbeits=

tisch umher, stieß an ein Stück Holz, das fiel pol=
ternd auf die Diele. Die Thür öffnete sich wieder,
die Wirthin trat ein, brachte Licht und setzte es auf
die Ofenbank nieder.

„Ich danke Euch," sagte sie und blieb im Zurück=
gehen auf der Schwelle stehen. „Ihr seid ein ver=
nünftiger Mensch, daß Ihr die Sache so gut auf=
genommen habt. Ihr hättet mich schön in Unge=
legenheit bringen können, wenn Ihr Lärm gemacht
hättet. Wenn der Vetter sich einmal etwas in den
Kopf setzt, da ist nichts mehr zu machen, und um=
sonst ist der Nicolaus auch nicht aus Wien gekom=
men. — Es ist schlimm, wenn man so abhängig ist,
wie unsereins."

Salin achtete nicht auf die Frau, nahm seinen
Quersack von der Wand, warf und schob sein Arbeits=
geräth hinein.

„So zu beeilen braucht Ihr Euch nicht, morgen
ist noch reichlich und überreichlich Zeit," begann sie
und sah ihm erstaunt zu.

Er hörte und sah sie nicht, nahm sein Feiertags=
wamms aus dem Schrank und preßte es zu den
Geräthen in den Sack hinein.

„Narrheit!" sagte die Frau und ging aus der Thüre.

Er aber raffte das Letzte eifrig zusammen. Da
blickte er auf seine Schnitzbank, dort lag noch das
Christusbild, das er für Wlasta bestimmt hatte. Er

stürzte darauf los, drückte es an die Brust und stöhnte laut auf. Regungslos starrte er dann vor sich hin.

„Wir wissen es nun, wir wissen es nun," murmelte er — dann preßte er wieder das Holzkreuz mit dem Heiland an sich.

„Du bist es, der mich versteht — du bist es, du. Verstanden hast du," flüsterte er leidenschaftlich, „daß es zu viel Elend giebt, das brachte dich in den Tod — ich erkenne dich. Ein Jammer ist aus eurer Welt geworden, ein Jammer — ein Jammer." Er drückte seine Stirn fest an die Tischkante, ließ das Kreuz aus den Händen fahren, daß es an ihm niederglitt, sprang auf, nahm aus seiner ledernen Tasche ein paar Münzen, warf sie auf den Tisch, daß etliche klingend herabrollten, steckte das Christusbild, so gut es gehen wollte, in den Quersack, nahm ihn über die Schulter und ging aus seiner Kammer. Die Thüre blieb offen stehen. Wlasta saß noch immer am Herde und die Mutter stand vor ihr, hielt ihr die Hände und sprach leise in sie hinein. Salin eilte an den beiden vorüber, ohne nach ihnen zu blicken.

„Salin, Salin!" rief Wlasta laut und sprang auf.

Der aber war zur Thüre hinaus, sah und hörte nichts mehr.

Ueber die spitzen Giebeldächer fuhr der Thau=
wind und trieb dunkele Wolken über den Mond.

Ruhig schritt Salin mit seinen Quersack auf dem
Rücken den altbekannten Weg an den dunkeln Nach=
barhäusern vorüber und an der Stadtmauer hin. Das
war derselbe Salin Kaliske noch, der vor Jahren,
als kleiner Bube, von aller Welt verlassen, vom
Grabe seiner Eltern kam und düster, die Fäuste in
den Taschen, die Straße hinunter schlenderte, dem
veröbeten Vaterhause zu.

Von Jaskuleks Thurm herab schimmerte das
Licht des Wächters und leuchtete durch den Nebel in
die Nacht hinaus.

Einsam und still waren die Straßen.

In einer Schmiede, an der er vorüberkam, wurde
gehämmert und gelärmt. Durch den offenen, weiten
Thürbogen sah er in dem dämmerigen Raum das
Eisen auf dem Amboß glühen, und die Funken
stoben von der Feuerstelle zum Schornstein hinaus,
in die schwere, düstere Luft hinein.

Salin sah es, ging weiter, kam an das Thor,
da hatte sich eben ein Frachtwagen verfahren. Es
zankten sich etliche Knechte; andere liefen mit Later=
nen zwischen den Pferden hin und her. Das Thor
war offen und Salin stand draußen auf der Land=
straße; das war dasselbe Thor, durch welches er einst
mit Madry hinauszog.

Unter großen, breitästigen kahlen Bäumen ging er dahin. Der Mond schaute durch die Wolken, fahle Lichter und tiefe Schatten fielen über den Weg. Er rückte den Quersack auf der Schulter zurecht, und schritt aus, als wollte er erst in Tagen wieder stille stehn.

Als er aus dem Schutz der Bäume ins Freie trat, da fegte der Wind über die Schneefelder. Die dunkeln Wolkenschatten jagten über die weiße Fläche hin, und er ließ sich vom Winde treiben, immer weiter, immer vorwärts. In der Luft kämpfte und brauste es. An düstern Kiefernbäumen kam er vor= über, die Aeste ächzten unter der thauenden Schnee= masse, und der Wind fuhr ihnen in die starren Nadeln.

Salin sah, wie in der Ferne Himmel und Erde in einander rannen, wie im Osten sich dunkler Wald aus wogendem Nebel hob. Dann verschwand wieder alles in das Unbestimmte, und er wanderte in die dunkele Unendlichkeit hinein.

Am Wege lag eine Schenke, da war noch Licht. Salin trat ein. Fuhrleute saßen um einen Tisch und zechten. Die Oellampe flackerte und leuchtete kümmerlich. Er ließ sich ermüdet an einem leeren Tische nieder und stützte die Arme auf. Der Wirth setzte ein Glas Branntwein vor ihn hin. In lang= samen Zügen trank er und ruhte sich aus. Dann nahm er seinen Quersack wieder auf und ging, ohne zu grüßen, nach der Thür.

Da stieß einer der Fuhrleute seinen Nachbar an, deutete auf Salin, auf das Kreuz, dessen Arme aus dem Quersack sahen, und sagte: „Seht da, was der trägt. Meiner Seel', wie sieht der denn aus? wie ein wandelnder Galgen; ich möcht' es beschwören, wie ein wandelnder Galgen." — Die andern lachten.

Salin ging hinaus und ließ sich vom Winde weiter treiben. Längst lag die Schenke hinter ihm. Der Himmel wurde heller und fahler. Der Schnee hauchte ihn kälter an. Die erste Morgendämmerung brach herein.

Wie er so ging, als könnte ihn auf der Welt nichts aufhalten, sah er am Wege im Schnee eine Krähe mit gesträubten Federn sitzen, die streckte den Kopf in die Höhe, sperrte den Schnabel weit auf und klappte ängstlich mit den Flügeln. Salin blieb stehen, sah, wie es den Vogel plagte und würgte, wie ihm die starren Federn zitterten und, wie er heiser aufschreiend zusammenzuckte und dann verreckt im Schnee lag. Er sah es und ging weiter.

Der Morgen kam. Der Wind legte sich. Grau und bleiern lag der Himmel über der Erde. Wie es heller wurde, sah Salin einen Mann mit einem Karren vor sich hergehen. Er überholte ihn und ging ein paar Schritte neben ihm her. Es war ein alter Bauer, der mühselig eine Last hinter sich her zog. Salin blieb stehen und wies nach einem Häuflein Häuser, die abseits von der Landstraße an einem Gehölze lagen.

„Kann man dort unterkommen?" frug er.

„Ei ja, eine Schenke ist da," erwiderte der Mann.

„Ist es ein Dorf?" frug Salin wieder.

„Ja, ein Dorf."

„Dann kommt wieder eins, nicht? und wieder eins," sprach er weiter, „und eine Stadt und Länder und immer mehr und mehr — überall Menschen, überall Menschen und allen geht es wie mir, nur wissen sie es nicht, sonst würde es bald stiller werden. Ein Jahrhundert nach dem andern zieht herauf, und verschwindet wieder und um die Welt, so lange sie steht, rollen die Gedanken und überfluthen das Geschlecht, das gerade seine Reise macht. Das muß über sich ergehen lassen, was kommt — darbt und quält sich und hofft und hofft und hofft. Jeder glaubt, entfliehen zu können, jeder glaubt, zu lenken, gar weise sich mit der Welt abzufinden, und wird vom Strome mit Millionen andern getrieben, unaufhaltsam durch kurze Freude, durch ein Meer von Qual. Denselben Weg, den schon Ungezählte vor ihm zurücklegten — zum selben Ende! Wer das erfaßt hat, dem schwinden die eigenen Schmerzen, der steht mitten darin und erstaunt nicht mehr."

„Ich verstehe Euch nicht," sagte der Alte. „Was tragt Ihr da?"

Salin blieb stehen, löste den Sack vom Rücken und holte das Christusbild behutsam heraus. Dann hielt er es mit erhobenem Arm gegen die Sonne.

Der alte Bauer nahm andächtig sein Käppchen ab, schlug das Kreuz und sagte ehrfürchtig: „Es ist der Erlöser."

Auch Salin sah ernst in das Angesicht des Ge= kreuzigten. „Erlöser!" sagte er, „hast du die Welt erlöst? — Ueberall ist Qual!"

„Ist das der Weg zum Dorfe?" frug er den Bauer und nahm das Crucifix sorglich in den Arm.

„Ja, gerade aus müßt Ihr gehen."

„Lebt wohl."

Die Leute im Böhmerwalde erzählen sich: „Wenn du von Hindelang an der Ostrach hin gehst, da liegen ein wenig seitab von der Landstraße, mitten auf einer Wiese, die Trümmer von einem Häuschen. Nur der Herd steht noch aufrecht, und um ihn her liegen morsche Bretter und Balken, und ein Fliederbusch hat sich ein= genistet, der grünt und blüht. Es führt kein Weg und kein Steg dahin. Es ist noch nicht lang her, da hat dort ein Alter gewohnt, der war ein Bild= schnitzer, wie keiner weit und breit im Lande, und es ging einem ordentlich durch die Seele, wenn man bei ihm, in seiner Werkstatt, in das Antlitz des Ge= kreuzigten sah. Wenn er aber schnitzte, so that er es nicht wie die andern, sondern war mit Leib und Seele dabei und grübelte über sich und die Welt nach und dachte: „Es ist alles anders, wie die Leute sagen und schreiben, und bös ist nicht bös und gut ist nicht gut; was um uns ist, ist nichts — und was wir nicht kennen, das ist die Welt."

Und als die Jahre hingingen, da vergaß er sein Handwerk und vernachlässigte Haus und Garten, verkehrte mit keiner Menschenseele, zündete kein Feuer mehr an, die Scheiben fielen aus den Fenstern, die Esse bröckelte ab, und das Haus wurde morsch in allen Fugen, daß es kaum mehr zusammenhielt.

Und in der Neujahrsnacht, wie der Alte gerade gestorben war, da gab es einen Sturm, der rüttelte am Haus, daß es in sich zusammenstürzte.

Den Alten haben sie begraben, aber das Haus haben sie stehen und liegen lassen, weil es niemand wollte.

Maleen.

In Rostock steht ein Haus mit hohem Giebel, in einer engen Straße, die geradeswegs vom Markte nach dem Hafen führt.

Ueber das steil abfallende Dach des Hauses ist gleichmäßig die Zeit hingegangen, von dem ersten Tage an, als es vollendet, neu und glänzend in die Luft ragte und hat den Wechsel von Schnee und Regen, von Sturm und Sonnenschein gebracht, die Elemente haben geheimnißvoll, unaufhaltsam gearbeitet, damit der feste, tüchtige Bau nach einer Frist, ohne den kommenden Sterblichen dann unerhörte Gedanken zu erregen, wieder abgebrochen werde, ehe er in sich selbst zerfalle, daß Platz geschafft werde, um Neues zu gestalten.

Auch in den tiefen, weiten Räumen, die unter dem Dache zusammengedrängt waren, hatte die Zeit, Jahr aus, Jahr ein, ihre Gewalt geltend gemacht. Im Wechsel von Leben und Tod waren Menschen gekommen und verschwunden, hatten sich als Herren

in den sichern Mauern gefühlt, geschaltet und ge=
waltet nach Gutdünken, Fenster vermauert und Thüren
gebrochen, mancherlei verschönt und verändert, wie
ihre Sinnesart es mit sich brachte; dann waren sie
in dem Hause alt geworden und gestorben.

Nach ihnen kamen die Neuen; in andern Klei=
dern, mit andern Sitten gingen sie wieder über die
Schwelle ein und aus und dachten selten der Vor=
gänger. Vielleicht nur dann, wenn etwa die Thür
sie störte, die ein Früherer zu seiner Bequemlichkeit
hatte brechen lassen; oder wenn sie einen vor ihrer
Zeit vielbenutzten Wandschrank zufällig entdeckten.
Da traten ihnen wohl Gestalten vor die Seele, die
sich vor ihnen in dem Hause geregt hatten, und es
wurde dem gerade Lebenden und Besitzenden, dem
solcherlei Empfindungen kamen, beklommen zu Muthe.

Von den vielen aber, die seit Jahrhunderten,
wohlvertheilt in die Zeit, in diesem Hause ihre Hei=
math fanden, will ich einer, um ihres guten Herzens
willen, erwähnen.

Als diese ihre Jahre in dem Hause verbrachte,
war es noch fest und tüchtig, ein Schmuck für die
Straße, wenn auch schon sehr alt.

Seht hinein, an einem Tage, an dem es öde und
traurig darinnen ist. — Alles fortgezogen, denn
der, dessen Eigenthum es war sein Lebelang, ist vor
Kurzem gestorben.

Alles fort. — Nur in einer kleinen Dachkammer sitzt ein Mädchen, das einzige menschliche Wesen im stillen Hause, und blickt in Gedanken schon lange vor sich hin, und wer ihr in die Augen sehen könnte, der würde erkennen, wie schwer es ihr ums Herz ist.

Jetzt erhebt sie sich langsam und geht zur Thür hinaus, eine alte, dem Mädchen wohl bekannte Treppe hinab; leise tritt sie auf — bleibt stehen und seufzt tief, setzt sich auf eine Stufe nieder und stützt den Kopf in die Hände. „Altes Treppchen," sagt sie laut vor sich hin, und fährt zusammen, denn die Worte schallten durch den leeren Raum. Liebkosend streicht sie mit der Hand über das braune Geländer hin, und um den Mund spielt ein wehmüthiges Lächeln.

Ach, die Maleen kannte die alte Treppe so genau! Alt und eigenthümlich, wie das ganze Haus, das Geländer aus braunem Holz und reich verziert. Viele Thiere waren hineingeschnitzt, die sprangen ganz ergötzlich die Stufen hinab und ein wilder Jäger ihnen nach. Sie hatte die wunderlichen Gestalten früher oft träumend angeschaut und ihren kleinen Pflege=schwestern und Brüdern die unglaublichsten Dinge davon erzählt. Jedes der Kinder hatte da seinen Lieblingshasen oder Hund, von dem es Absonder=liches hören wollte.

Die Treppe führte von den Dachstuben in die

Wohnräume hinab, und von da ging es weiter in die Niederlagen und Vorrathsräume. Der Mann, dem das Haus noch vor kurzem gehört hatte, trieb Handel mit Waaren, welche die Schiffe von Rußland her in den Hafen einbrachten.

Was war das sonst für ein hin und her, Trepp auf= und ablaufen. — Was rief man sich und schlug die Thüren, daß es dem Geduldigsten zu viel wurde! Von alledem war nichts mehr zu hören; die hier früher gewohnt hatten, waren in alle Himmelsgegenden verstreut. Der Vater der muntern Kinder, welche sonst die jetzt so stillen Räume belebten, war gestorben. Er war lange Zeit auch der Beschützer des einsamen Mädchens gewesen. Sie hatte an seinem Sterbelager unter den weinenden Kindern gestanden und war nun sehr verlassen. Und als es geschehen war, ging ihr der Jammer der Verwaisten so zu Herzen, daß sie an nichts weiter auf der Welt dachte, als wie die Armen zu trösten sein möchten. Aber das Leben hatte ihr das Gemüth zart gestimmt. Sie hatte eine heilige Ehrfurcht vor jedem Schmerz und wagte sich nur mit Zagen daran, wenn es galt, einem bekümmerten Menschen Trost zu bringen. Sie theilte den Kindern mancherlei aus ihrem Leben mit, was ihr nahe gegangen war. Die Kleinen hörten ihr zu, als erzählte sie ihnen ein Märchen; aber die sechzehnjährige Aelteste sah tiefer in das Herz ihrer guten Freundin, fiel ihr um den Hals und sagte schluchzend: „Ach, könnt' ich bei dir bleiben, du Liebe, du Gute!"

Die Verwandten kamen. Das Haus sollte verkauft, die Möbel vertheilt werden, und die Kinder schritten alle weinend und zögernd über die ausgetretene Schwelle des Vaterhauses. Die Sechzehnjährige riß noch im Vorübergehen hastig ein Stück der alten Tapete ab, preßte es an die Lippen und verbarg es. Jedes der Kinder wurde von einem andern Beschützer nach einer andern Seite geführt.

Nur Maleen, die jetzt in Gedanken versunken auf der veröbeten Treppe sitzt, war allein zurückgeblieben. In ein paar Tagen mußte auch sie sich aufmachen und in der weiten Welt ein Fleckchen suchen, wo es ihr heimisch werden konnte. Wo sie es finden sollte, wußte sie noch nicht; dennoch war sie ruhig. Vielleicht wohnte ihr im innersten Herzen, noch halb verhüllt, ein guter Gedanke, eine Hoffnung, die sie aufrecht erhielt.

Jetzt erhob sie sich, ging die Treppe vollends hinunter und trat in die öben Zimmer ein, schritt noch einmal durch alle hindurch und schloß eine Thür nach der andern ab. Es sollte das letztemal sein, daß sie die unteren Räume betrat. Zuletzt kam sie in das Kinderzimmer, dort lagen zerrissene Bilderbücher, Stücke von Spielsachen bunt durcheinander. Ihre Augen fielen auf einen Gegenstand, nach dem sie sofort die Hand ausstreckte.

„Da ist es ja," rief sie aus.

Es war ein kleines braunes Buch, mit einem rothen Papierstern auf dem Deckel. Das Buch ge= hörte ihr, sie hatte es einst jahrelang vermißt, nun aber schon lange nicht mehr daran gedacht.

Sie schlug es auf, es enthielt ihr wohlbe= kannte Bilder und Märchen. Hastig wendete sie die Blätter um, schloß das Buch und preßte es ungestüm an sich.

Auf ihrem Gesicht lag ein starrer Schmerz; das war ein Zug, den das Leben nicht mit einemmal eingraben kann, der sich Bahn brechen mußte, um vom innersten Herzen aus in seiner ganzen Kraft so glaubhaft über ein Antlitz zu kommen und darauf als bittere Klage zu stehen.

Sie war allein, niemand war zugegen, den der Jammer, der auf ihrer Stirn zu lesen war, hätte rühren können.

Dennoch horchte sie auf, verschloß eilig die letzte Thür und huschte die Treppe hinauf, als fürchtete sie, daß jemand in dem stillen Hause sie zurückrufen könne. Als sie in ihre Kammer trat, ging eben die Sonne unter. Maleen konnte über die Dächer hin= wegsehen in die weite Ebene hinaus. Auf dem Flusse

hinab, der das freie Flachland durchströmte, zog lang=
sam ein Schiff. Sie sah das alles, und ihr war
wunderlich zu Muthe. Lange stand sie regungslos
mit dem Buche in der Hand in der Thür und sah
mit weit offenen Augen in den feurigen Glanz, der
über der Ebene wogte. Die brennenden Farben am
Himmel wurden milder, und draußen lag es schon
wie ein bräunlicher Dunst. Da umflorten sich die
geblendeten Augen des Mädchens. Sie kniete vor
einem Stuhl nieder, verbarg ihr Gesicht in die Hände
und weinte bitterlich. Es begann dunkel zu werden.
Jetzt wurde die Hausthüre zugeschlagen. Sie erhob
sich, trat aus ihrer Kammer und rief hinunter:
„Christel, bist du es?"

„Ja, Jungfer Maleen."

„Bring Licht herauf," rief das Mädchen. „Du
mein Gott," schallte es wieder durch den öden Trep=
penraum, „haben Sie denn noch kein Licht? Nun,
warten Sie nur, ich komme gleich."

Was das für eine liebe alte Stimme war, die
aus der Dunkelheit heraufdrang!

Bald hörte man schlürfende Schritte auf der
Treppe. Ein Schein zitterte am Geländer hin, und
eine alte Frau, die sorglich die Hand vor ein bren=
nendes Licht hielt, stand bald darauf an des Mäd=
chens Kammerthür.

„Nun, wo warst du denn so lange, Christel?"

„Die Kisten kommen morgen, wollte ich nur sagen," erwiderte die Alte. „Er wird sie herauf= schicken, dann sind wir mit dem Letzten fertig. Aber bei Ihnen ist ja alles noch in bester Ordnung." Sie stellte das Licht auf ein Tischchen und sah erstaunt umher. „Ja, was die Jugend sich für Zeit nimmt. Unser einem brennt es gleich unter den Nägeln."

„Es ist nicht viel. Ich werde noch längst fertig, mache dir keine Sorge," sagte das Mädchen.

Jetzt näherte sich ihr die Alte, sah ihr ins Ge= sicht und schlug die Hände zusammen. „Du lieber Gott, mein Kindchen, was soll denn das Weinen noch helfen? Wenn das junge Volk doch klug wer= den wollte! Es hilft ja zu nichts; niemand kommt dadurch zurück."

„Was meinst du denn?" frug das Mädchen, die sich, während die Alte sprach, auf einen Stuhl nieder= gelassen hatte.

Diese trat zu ihr, strich ihr liebkosend mit der Hand über das Haar und sagte: „Ja, ja, wir wissen es; hat man doch lang genug gelebt, um dergleichen Dinge zu errathen."

„Sag, Christel, frug Maleen, indem sie wie bittend die Hand der Guten ergriff, wird er wohl wiederkommen?

Die Alte aber schüttelte den Kopf. — „Nein, Maleen, Kindchen, der kommt nicht wieder; nach dem, was ich vom Leben weiß, will es mich bedünken, als käme er nicht wieder. Wie sollte der auch alles wieder gut machen!" „Ach, Christel," rief das Mädchen laut, „er kommt wieder, gewiß! und käme er auch nicht — du sollst doch sehen, daß ich für ihn thue, was ich kann."

„Was aber wollen Sie thun, daß Gott erbarm'!"

Maleen hob den Kopf empor und sagte: „Ich weiß es; seit einer Stunde weiß ich es, ganz mit einemmal." Sie fiel der Alten erregt um den Hals. Es schien, daß ein lebenbringender Gedanke ihr das Herz getroffen hatte. „Du sollst sehen, daß ich ihm helfe," sagte sie leise. „Aber wie es mich wundert, daß du alles weißt; ich habe dir doch kein Sterbenswörtchen gesagt!"

„Alten Leuten, Jüngferchen, braucht man nicht alles zu sagen, die wissen schon, wie es zugeht. Man hat doch auch mancherlei erlebt. Aber kommen Sie nun zum Abendessen, oder soll ich etwas heraufbringen?"

„Ich bin so müde," sagte das Mädchen, „ich will lieber gleich schlafen gehen."

„Wie Sie wollen; aber besser wäre es, ich brächte etwas. Sie kommen ja sonst ganz von Kräften."

Damit drehte sie sich in der Thür noch einmal um und wartete auf Antwort.

Aber Maleen achtete nicht auf sie.

Christel begann wieder: „Ich wollte nur sagen, daß ich die Tage, die Sie noch hier sind, auch da bleiben werde. Ich konnte es nicht über das Herz bringen, Sie so allein in dem alten Hause zu lassen. Da kam vorhin der Bote aus Markgrafenheide zurück und brachte mir Antwort, daß sie noch eine Weile ohne mich fertig werden könnten. Das ist hübsch von den Leuten."

Da sprang Maleen auf und fiel der Alten wieder um den Hals und rief schluchzend: „Wie du gut bist — wie du gut bist! Ich hätte mich hier allein gefürchtet."

„Nun gute Nacht, Jungfer; wie Sie aussehen! Weinen Sie doch nicht mehr. Nein, wie kann man nur so weinen!"

Das Mädchen war wieder allein. Sie nahm das Licht, setzte es vor den kleinen Spiegel und begann ihr braunes Haar, das ihr in zwei Zöpfen um den Kopf lag, aufzuflechten und zu kämmen. „Du mein Gott," sagte sie, „wie seh' ich aus!" und sie nahm ein Tuch, hauchte es warm, preßte es dann auf die roth geweinten Augen und wiederholte das mit großem Eifer mehreremal, fast that sie es mit Hast, als läge ihr daran, in einem Viertelstündchen so frisch und schön wie möglich zu sein.

„Ei was für ein Narr ich bin," sagte sie im singenden Ton und legte das Tuch weg. Dann seufzte sie tief auf und ging an das Fenster, öffnete es und schaute hinaus. Wolken zogen über die hohen spitzen Dächer nach der Heide hin. Nur hie und da flimmerte aus einem Dachfensterchen Licht. Ein frischer Wind hatte sich aufgemacht, fuhr um die dunkeln Hausgiebel her und strich Maleen über die heißen Wangen. Es war eine große Stille und Einsamkeit um sie her. Mit leiser Stimme, in einer eintönigen Weise begann das Mädchen zu singen, eine einfache Melodie, die ihr so unbewußt von den Lippen kam, wie ihre Athemzüge.

Und wie sie über den Steg wollte gehn,
An der Mühle vorbei auf die Heide,
Da haben die Leute ihr nachgesehn,
Allein hinaus auf die Heide?

Was ist der närrischen Dirne geschehn?
Allein hinaus auf die Heide!
Ei, da möchten wir doch bei Leibe nicht gehn,
Bei Nacht hinaus auf die Heide.

Was mag der Dirne begegnet sein
Bei Nacht allein auf der Heide?
Allein im flimmernden Mondenschein,
Allein — allein auf der Heide.

Dies Lied sang vor vielen Jahren eines schwedischen Scheerenschleifers Tochter. Maleens Großvater, der es von der Fremden hörte, fand großes Wohlgefallen daran und schrieb es nieder in einem Buche, das er sein Lebensbuch benannt hatte. Auf diese Weise war es seiner Enkelin überkommen, die von Kindheit an das Lied liebte, und oft, wenn ihr Herz bedrückt war und sie das Lied sang, konnte sie weinen nach Herzenslust. Heute aber, als sie den letzten Vers geendet hatte, schloß sie das Fenster und ihre Augen sahen klar und ruhig aus.

„Alles kann ja noch gut werden," sagte sie leise. „und ich weiß jetzt, was ich will." Sie schob den Riegel vor die Thür, löschte das Licht, und nicht lange währte es, da lag die gute Seele und schlief.

Sieh her! Unsere Maleen hatte eine beneidenswerthe Heimat gehabt. In schöner Natur und unter guten Menschen war ihr die Kindheit vergangen. Ihrem Herzen war, als es erwachte, das Leben in seiner reinsten Gestalt erschienen. Wohin sie sich auch wandte, überall trat ihr natürliche Einfachheit entgegen. Durch ihre nächste Umgebung fühlte sie sich erhoben, und alles, was sie sah und empfand, war ihr unzweifelhaft bestehend und alles fast gleich lieb und alles beglückend.

Ihre Heimat, ein einsames Gehöfte, lag an der Ostsee. Ein langgestrecktes, dunkeles Wohnhaus, mit einem hohen, oft geflickten Strohdach, war das Hauptgebäude. Von drei Seiten war es von den schönen, kräftigen Buchen eines Waldsaumes umgeben, und nur von einer Seite konnten die Bewohner in das Freie ausblicken, dem Meere zu, das hinter hohen, hell leuchtenden Dünen versteckt lag. Sie sahen es von den Fenstern aus nicht; aber sein Rauschen hörten sie, und auch das Rauschen der Bäume. Um die Wohnung her lagen kleine Wirthschaftsgebäude verstreut; sonst war weit und breit kein Dorf und nirgends ein Gehöft zu erblicken.

Das Haus hatte troy seines Strohdaches etwas Herrschaftliches. Man trat durch eine weite Thür in einen breiten, dämmerigen Raum, der sich durch das ganze Gebäude erstreckte. Rechts waren die Thüren zu den Gesinderäumen und zu den Stuben, die Maleen und ihre Mutter bewohnten und mit ihnen ein Knabe, Fritz Densken, den die Mutter vor Jahren zu sich genommen hatte. Ein unbeschreiblich heimatliches Gefühl überkam Maleen oft, wenn sie an jene Abende in der dämmerigen Diele zurückdachte, daran dachte, wie die Mutter mit dem Spinnraaken an dem großen braunen Tische saß, der in der Mitte stand, die Mägde rings um sie her, eine jede spinnend. Die beiden Kinder, Fritz und Maleen, hatten ihren Platz in der Thürnische, die dem erleuchteten Tische nahe war; da haben sie sich gegenseitig gar manches vertraut und sich über vieles verwundert. Wie unermüdlich sprach Fritz seiner Gefährtin zu, die ihn, als den älteren, halb aus Bequemlichkeit, halb aus Wißbegierde und Vertrauen, immer von neuem nach diesem und jenem frug, was ihm selbst noch ein Geheimniß war.

Oft lauschten sie auch gespannt nach dem Tische hin, wenn die Mutter irgend etwas mit den Leuten besprach. Die hatte eine klare, sichere Stimme; sie mochte reden, was sie wollte, die Kinder hörten ihr immer gern zu. Was ihrer Stimme und ihren Worten das Fesselnde gab, wußte Maleen damals noch nicht, sondern ließ sich unbewußt von der innerlichen Gewalt ganz hinnehmen. Später aber, als sie mancherlei Menschen kennen gelernt hatte, verstand sie den Zauber, der ihrer Mutter Reden belebte. Die innerliche Wahrhaftigkeit war es, die ihr ganzes Wesen durchleuchtete und ihr die Herzen gewann. Alles war bei ihr durchlebt; sie wich keinem Gedanken aus, sondern ließ ihn ruhig auf sich wirken. Frühe schon war es der Frau in ihrer Einsamkeit zum Bedürfniß geworden, sich die kleine Tochter zur Vertrauten zu erziehen. Das Kind verstand wohl nicht immer, was die Mutter, von ihrem innersten

Wefen getrieben, mit ihm sprach; aber es wurde dadurch nicht beunruhigt, keine frühzeitigen Gedanken verwirrten das junge Hirn.

Die Mutter wirkte auf Maleen wie die umgebende Natur, an der das Mädchen sich freute, deren geheimnißvolles Bewegen das Kind nicht faßte, die ihm aber wohlthat und in der es gedieh.

Die Mutter hatte gar ein empfängliches Gemüth. Wie freute sie sich aus tiefstem Herzensgrunde mit den Kindern, wenn nach langem, hartem Winter der Frühling kam, die Tage heller wurden und alles erquicklich erwachte, wenn sie vor Sonnenuntergang mit beiden vor die Thüre gehen konnte, in die Heide hinaus, wo die Strandlerchen sangen und alles lebendig geworden war. An solch einem Abend gingen sie einmal selig mit einander; da breitete die Mutter beide Arme aus und die Kinder fielen ihr um den Hals. Fest drückte sie dieselben an sich und rief jubelnd aus: „Wollte Gott, ihr fühltet so ganz wie ich, daß es herrlich ist."

Aber wir waren bei den Abenden in der dämmerigen Diele, wo um den großen Tisch die spinnenden Mägde saßen, die Mutter oben an. Wie gern sahen es die Kinder und setzten sich erwartungsvoll zurecht, wenn die Mutter zu spinnen aufhörte und nach einem wohlbekannten, in Schweinsleder gebundenen Buche griff. Es war kein gedrucktes, ihr Vater hatte die Blätter mit fester, klarer Handschrift selbst beschrieben, und der war weit in der Welt umhergekommen. Er hatte ein wunderliches Leben geführt, war Benedictiner Mönch gewesen und als solcher von seinen Obern nach Rom gesandt worden, um dem Papst über den Stand westphälischer Klöster zu berichten; in Rom aber wurde er infolge eigenthümlicher Erlebnisse, die er nur andeutend berührte, Protestant. Von Rom aus zog er lange Zeit heimatslos in der Welt umher, erlebte und erfuhr mancherlei und erwarb Menschen- und Naturkenntniß. Von seinen Erfahrungen hatte er viele niedergeschrieben. Nach Jahren kehrte er in seine erste Heimat an die Ostsee zurück. Keiner seiner Verwandten war mehr am Leben; aber er ließ sich dennoch in dem ärmlichen Dorfe, seinem Geburtsorte, nieder, heirathete dort des Schulmeisters Tochter und verwandte dann seine ganze Sorge auf die Erziehung seines Sohnes und seiner Tochter, der Mutter Maleens. Diese verheirathete sich im zwanzigsten Jahre mit einem braven Hofbesitzer, nach dessen frühem Tode sie das einsame kleine Gehöft erhielt, das sie selbst bewirthschaftete und wo sie ihr Leben lang verblieb.

Des Großvaters Buch spielte eine Rolle in dem einsamen Leben der drei Menschen. Reich aber an unvergeßlichen Eindrücken war für die Kinder das heimatliche Meer, in dessen Bereich sie aufwuchsen. In der ersten Zeit war ihnen der Seestrand ein willkommener Spielplatz. Sie sahen den Wellen zu und ließen sich von ihnen in den Schlaf singen. Später kam das Meer ihnen immer größer, immer unendlicher vor. Wenn die rothe Sonne langsam in das farbenreiche Meer sank, folgten ihr die Gedanken der Kinder in ferne schöne Reiche. Lag die Nacht undurchdringlich auf dem Wasser, so fürchteten sie sich vor der unermeßlichen Tiefe und Weite. Das Rauschen der unsichtbaren Wellen kam ihnen unverständlich und geheimnißvoll vor.

Gingen die beiden zum Strande hinab und sahen, wenn sie sich umwandten, die schlanke Gestalt der Mutter, die in der Hausthüre stand und ihnen nachblickte, dann nickten und grüßten sie und riefen, so lange es ging.

Sie liefen den Dünen zu, kletterten mit gehöriger Mühe in dem unter ihren Füßen rutschenden, stiebenden Sand hinauf. Oben angelagt, sahen sie das Meer weit glänzend vor sich liegen. Der Seewind spielte in ihren Haaren und hauchte ihnen Lebenskraft und Uebermuth ein. Hatten sie sich droben ein Weilchen umgeschaut, so trieb sie die Unruhe. Sie faßten

sich bei den Händen und glitten die Düne hinab, daß
der feine Sand um sie her flog. Dies Auf und Ab
war sehr ergötzlich und wurde immer von neuem
wiederholt. Hatten sie endlich genug daran, so ver=
gruben sie sich gegenseitig Hände und Füße, und der
Jubel war immer groß, wenn sie sich lustig aus den
darüber geschichteten Sandhügeln hervorarbeiteten.
Aber das Schönste war doch, in dem feuchten, glatten
Sand Eindrücke mit Händen und Füßen zu machen,
die waren so genau, jedes Fältchen war da zu sehen,
und Maleen maß der Länge und Breite nach, wessen
Füße am größten wären; sie verwunderte sich einst,
warum die von Fritz immer größer wurden. Das
war dem Jungen zu viel. „Maleen, bist du aber
dumm,“ rief er laut und sah sie fast mißtrauisch an:
„Nein so dumm!“ Darüber wurde sie böse und
schlug nach ihm.

Er stellte sich aber gerade hin und sagte: „Du
wirst wohl ein Haifisch sein, du boshaftes Ding du!“
und er reckte sich und machte eine wichtige Miene,
angesichts des ewigen, rauschendem Meeres. Und
Maleen warf sich nieder in den warmen Sand, und
lachte, was sie konnte. Nach und nach erst wurde sie
ruhig und blickte still vor sich hin. Fritz legte sich
neben sie und schlug ihr vor, auf eine ganz kleine
Welle zu warten. Sie sahen beide träumerisch dem
Wogenspiele zu, und ehe sie es sich versahen, schliefen sie.

Da war es auch einmal, daß Maleen, müde vom Seewind und vom Umherlaufen, in der Obhut ihres Freundes eingeschlafen war. Als sie wieder erwachte, fand sie sich allein; sie fing zu weinen an, denn sie war noch ein unerfahrenes Ding und ahnte überall Gefahr und Schrecken. Da hörte sie rufen: „Maleen, Maleen, du hast einen kleinen Fisch im Fuß".

„Ach was," rief sie wieder.

„Ja, ja, er zappelt!" Und Fritz kam und fing an zu lachen, als er sie mit kläglicher Miene dasitzend fand; aber er rief von neuem: „Maleen, Maleen, du hast einen Fisch im Fuß!"

Jetzt wurde es ihr angst, und sie sah scheu auf ihre Füßchen. „Vielleicht, daß einer daran beißt," dachte sie; aber da war nichts zu sehen, weinend und bitterböse lief sie davon, Fritz ihr nach, hielt sie am Röckchen fest, trocknete ihr die Thränen mit ihrer Schürze und frug ernsthaft: „Willst du mir nicht glauben, daß du einen Fisch im Fuß hast?" Darauf nickte sie ängstlich und sagte: „Aber wie kann denn einer hineinkommen, mein Fuß ist doch ganz zu?" Der Junge nahm sie bei der Hand, und sie liefen zurück nach dem Spielplatze. Da lag im Abdruck ihres kleinen Füßchens ein weißes, dünnes Fischchen, das Fritz gefangen hatte.

„Ach das arme," sagte sie und nahm es an der Schwanzflosse in die Höh'. Es war todt und hing ihr matt zwischen den Fingern. Sie sagte zu Fritz: „Als das Thierchen noch lebte, war es ganz straff und schnickte, wenn man es anfaßte. Wo nur sein Leben hin ist; vielleicht kommt es wieder, wenn wir es ins Wasser thun."

„Nein," sagte Fritz, „das ist todt."

Maleen kam das sehr bedauerlich vor, und sie wurde still. Als sie schon ein gutes Stück dem Hause zu gegangen waren, faßte er sie am Kopfe und frug: „Du, bist du böse?"

„Nein," sagte sie, „gar nicht. Guck, wie die Mutter winkt, da warten sie schon mit dem Abendessen."

„Was giebt es denn heute?" fragte der Junge. „Ja, rath einmal."

Jetzt liefen sie aus Leibeskräften; er mußte etwas Verlockendes erfahren haben.

Die Kinder lebten von Herzen glücklich. Ihren ersten Unterricht empfingen sie bei der Mutter, die ihnen Lesen und Schreiben lehrte und was sonst noch in ihrer Macht stand. Fritz hatte, da er mehrere Jahre älter war als das Mädchen, früher begonnen und war in den Wissenschaften der Mutter schon weit vorgerückt, als Maleen eines Tages mit zu den Lehrstunden gezogen wurde. Sie blickte bewundernd zu ihrem Kameraden auf. Im Anfang suchte sie ihm nachzuſtreben; aber bald erſchien ihr das ſchwer, und ihr Eifer erlahmte, ſo daß ſie nur noch höchſt ungern an den Lerntiſch kam. Die Mutter merkte es und gab ihr ihre Freiheit wieder, doch konnte Maleen ſie nicht wie früher genießen. Ein Stachel ſaß ihr im Herzen und ließ ihr keine Ruhe.

Sie ging noch am ſelbigen Abend zur Mutter, legte ihr Köpfchen an deren Schulter und blieb ſo ein Weilchen ohne ſich zu rühren.

„Was haſt du?“ frug die Mutter und ſtrich ihr über das weiche Haar.

„Ich wollte etwas,“ erwiderte das Kind ohne aufzublicken.

„Nun, was denn?“

„Sag doch zu mir: mein Panther, oder mein großer Vogel, oder mein Löwe, thue deine Arbeit.“

„Wie meinſt du das?“ frug die Mutter.

„Das weißt du ja.“

„Ich weiß es nicht.“

„Ein großer Vogel oder ein anderes Thier,“ be= gann das Kind, „braucht nicht zu lernen; aber er thut es, weil du es willſt.“

Die Mutter zog ihr Kind feſt an ſich und küßte es, und den nächſten Tag ſaß Maleen wieder neben Fritz bei beſchwerlicher Arbeit.

Als Fritz älter wurde, nahm die Mutter einen Lehrer ins Haus und nun begann das Lernen ernster. Der Lehrer war ein eigenthümlicher Mann, von vielleicht fünfzig Jahren, sehr lang, sehr hager, und trug Tag für Tag einen braunen Rock, der bis an das Kinn zugeknöpft war. Gegen die Mutter war er ungemein höflich; Maleen ließ er immer zuerst zur Thür hinein und hinausgehen, was dieser auffiel und sich ihr einprägte. Er war aber ein in sich gekehrter, einsilbiger Mann und gewann nicht die Herzen der Kinder, die durch Güte und Liebe sich erschlossen hätten. Selbst in den Unterrichtsstunden versank er oftmals in Gedanken, starrte vor sich hin und schüttelte den grauen Kopf, und die Kinder saßen ihm verdutzt gegenüber. Fritzen leuchtete dann der Uebermuth aus den Augen und fuhr ihm durch die Glieder. Die Hände zuckten ihm schon zu einem muthwilligen Streich. Maleen aber, die vor dem Manne, der von der Gegenwart, die ihr das Unzweifelhafteste schien, so unberührt blieb, eine Scheu empfand, wachte ängstlich, daß Fritz sich zu nichts hinreißen ließ, was den Alten kränken konnte. Und der Lehrer, Ignaz Bohnert hieß er, fühlte sich zu Maleen hingezogen. Sie durfte ihn auf seinen einsamen Gängen am Strande begleiten. Da ging ihm manchmal das Herz auf, denn die Kleine hatte ihre Freude an allem, was sie umgab und was ihre Blicke und Gedanken erreichen konnten.

„Ei sieh doch, Ignaz Bohnert," sagte Maleen, als sie einmal nach einem langen Gange am Strande wieder umwandten. „Sieh nur ganz da unten, siehst du es?"

„Was denn Maleen?"

„Den Fritz, kannst du ihn nicht sehen? Er ist jetzt nur ein kleiner Strich," und sie zeigte mit ihrem Fingerchen, wie klein Fritz ihr erschien.

„Ja, jetzt seh' ich ihn, wenn er das ist."

„Er ist's, Ignaz, und ich weiß auch, was er thut. Krabben fängt er. Das will die Mutter nicht. Sag du es ihm, du bist doch der Lehrer."

„Ja, ja," erwiderte der Mann, blieb stehen und sah vor sich hin: „Sieh mich einmal an, Kind," begann er und richtete sich in seiner ganzen Hagerkeit hoch auf, stieß seinen Stock in den Sand und forderte Maleen noch einmal auf, ihn anzusehen. Das that sie denn auch und hielt die Hände auf den Rücken. So standen sich die beiden ein Weilchen gegenüber.

„Kannst du dir denken," sagte der alte Lehrer, „so ein hübscher, frischer Junge war ich auch einmal."

„Ach du," rief das Mädchen und sah ihn groß an.

„Ja ich, das glaubst du wohl nicht. So etwas macht das Leben aus einem hübschen Jungen, so einen alten, dürren Kerl — und solltest erst einmal sehen, wie das Herz aussieht, das so einer in sich hat. — Ja, du kennst das Leben nicht."

„Aber er braucht doch nicht so zu werden, Ignaz?“ frug das Kind schüchtern und sah immer noch unverwandt zu dem Alten in die Höhe.

„Nein, das sage ich nicht; er kann auch anders werden, etwas besser, etwas schlechter. Es kommt alles auf eins heraus. Er bleibt sicher nicht, was er jetzt ist. Vielleicht kann er auch sehr gescheut und reich werden; es kann aber auch nichts aus ihm werden, er kann untergehen wie Tausende.“

„Wenn er aber ein König würde,“ rief Maleen, und ihre Augen leuchteten triumphirend — „dann?“

„Ja dann —“ lächelte der Alte.

„Siehst du,“ rief Maleen wieder, schlug in die Hände und freute sich, den Lehrer so überzeugt zu haben.

„Wart nur, Kind, ich muß dir noch etwas sagen,“ fuhr der Alte fort. — „Ich verlasse euch wieder; ich kann nicht mehr bei euch bleiben. Es treibt mich fort, hab’ keine rechte Ruhe mehr. Du verstehst das nicht. — Ach, es giebt armes Volk auf Erden, das glaub mir nur.“

„Das ist schade. Hast du es der Mutter schon gesagt?“ erwiderte das Mädchen und sah ihn erschrocken an.

„Nein, heut Abend will ich es ihr mittheilen, aber sage mir, wird es dir leid thun, wenn ich gehe?“ Das sagte der Mann mit erhobenem Kopfe in die

Luft hinaus. Er war es nicht gewohnt, solche Fragen zu thun; das sah man. Aber Maleen fühlte, daß dem Manne die Frage. aus dem Herzen drang. Sie antwortete nicht, die Thränen traten ihr in die Augen, und sie strich ihrem Begleiter mit den Händchen über den engen braunen Rockärmel, und ihr kleines Herz war sehr bewegt.

„Nur ruhig, Kind, nur ruhig, du bist ein gutes Geschöpfchen. Merk dir nur, was ich jetzt sagen werde." Er ergriff ihre Hand. „Hätte mir das jemand recht eindringlich gesagt, dann wäre vielleicht etwas anderes aus mir geworden — aber merk dir es auch: jedes Aufgeben unserer Pflichterfüllung, zu dem wir uns durch unsere Schwachheit verleiten lassen, schwächt uns an unserer Lebenskraft mehr als wir es ahnen. — Nun wiederhole es, Maleen."

Sie begann, hatte aber den Sinn nicht erfaßt und stockte. Er half ihr ein, sprach ihr den Satz von neuem vor, und sie mußte ihn nachsprechen; es dauerte eine gute Weile, bis sie ihn inne hatte.

„Steht das denn im Katechismus, Herr Lehrer?" frug Maleen, die nur in den Lehrstunden Ignaz Bohnert seinen ihm gebührenden Titel zukommen ließ. „Es ist schwer zu behalten. Aber sieh nur, Fritz steht immer noch im Wasser, ob er wohl was ge= fangen hat, das möchte ich doch wissen. — Kann ich vorauslaufen Ignaz?“ Sie war keine große Freundin vom Erlernen dunkeler Sprüche.

„Nun, so lauf!“

Und sie flog hin, über den feuchten, harten Sand, unaufhaltsam wie ein Vogel, den man frei gelassen hat.

Als sie in Fritzens Nähe kam, schlich sie behutsam an ihn heran. Er kniete gerade im Sande und suchte in einem Häuflein von Seegras und Muscheln, das er aus einem Stocknetze geschüttelt hatte, ob sich nicht darunter etwas fände, das sich der Mühe lohnte. Maleen schlich immer näher, und wie sie den Jungen so schön und frisch im Sande knieen sah, dachte sie daran, was Alles aus ihm werden könnte; und die große Veränderlichkeit, der wir unterworfen sind, ängstigte sie. Die Thatsache, daß der alte Ignaz Bohnert vor undenklicher Zeit Fritzen geglichen hatte, schnürte ihr das Herz zusammen. Zum erstenmale, erschien ihr alles, was mit ihr in Verbindung stand, nicht mehr so erfreulich, nicht mehr so vollendet; und beunruhigend drängten sich Vorboten der Gedanken in ihr Herz: die Gefühle, die von dem Augenblick an, da sie eingedrungen sind, nicht wieder weichen, die Gefühle, die den Zweifel entstehen lassen, der jede neue Erscheinung und jede alte Erfahrung mißtrauisch zu durchschauen sucht. — Und ohne daß sie es ahnte, gehörte sie von da an zu dem armen, suchenden, von Geheimnissen umgebenen Menschengeschlechte.

Doch aus all den unklaren Gefühlen entstand in ihr als einzig Verständliches eine unbestimmte Angst um Fritz. Sie hätte gern etwas Absonderliches für ihn gethan. Jetzt sah sich Fritz um. „Maleen," rief er erstaunt, „wie kommst du denn hier her?" „Ich bin ein Wasserweibchen," sagte sie ernst und zeigte in das Meer hinein. „Sieh nur, wie meine Haare fliegen!" Fritz, ganz im Anschauen des Kindes verloren, kniete im Sande neben seinem Netze. Sie lief auf ihn zu, fiel ihm um den Hals und sah ihn sonderbar forschend an.

„Geh, du bist ein Wasserweibchen, was guckst du denn so?" und er machte sich von ihren Armen los.

Da stellte sie sich vor ihn hin und sagte kurz: „Du sollst nicht im Wasser patschen!" und lief davon. Fritz lachte ihr nach.

Sie weinte aber leise vor sich hin, als sie den Dünen zuging und fühlte sich gekränkt, und wieder überkam sie eine Bangigkeit und das Gefühl, etwas für ihren Freund thun zu müssen.

Von ungefähr griff sie in die Tasche, die ihr vom Gürtel niederhing und ließ ein glattes Messerchen, welches darin lag, sich durch die Finger gleiten. Das that sie unbewußt. Jetzt blieb sie stehen, ein Gedanke ging ihr durch den Kopf. Sie nahm das Messerchen aus der Tasche und betrachtete es von allen Seiten. Es hatte einen rothen Hornstiel, der wie Blut schimmerte, wenn man ihn gegen das Licht hielt. Es war auch recht scharf und Maleen liebte es mehr als ihre andern kleinen Habseligkeiten. Sie steckte es wieder ein, nahm es wieder heraus und schien sehr beunruhigt. Ein eigenes Gefühl überkam sie, als dürfe sie es nicht mehr behalten, als wäre es das, was sie opfern müßte und als könnte Fritzen Schreckliches treffen, wenn sie es nicht thäte. Das war das erste Opfer, welches das Leben ihr abverlangte und das geschah in derselben Stunde, als ihre Seele zum erstenmale von dem unwiderruf=lichen Wechsel der Dinge und ihrer Vergänglichkeit durchschauert wurde.

Noch an demselben Abend schlich Maleen mit klopfendem Herzen in der Dunkelheit hinunter nach dem Meeresstrande und legte ihr Messer auf einen Stein, den die Wellen erreichen konnten. Ihr war feierlich dabei zu Muthe, und ein wunderliches Grauen überschlich sie. Am andern Morgen ging sie an ihren Opferplatz und sah nach, ob sie es nicht wieder=fände. Die Wellen aber hatten es mitgenommen, und sie fing bitterlich an zu weinen.

Unterwegs begegnete ihr Fritz Densken, und sie erzählte ihm Alles.

„Was werde ich nur thun, wenn ich dich nicht mehr habe?" sagte er. „Ich gehe jetzt," fuhr er mit wichtiger Miene fort.

„Ach du! rief Maleen, „rede doch nicht."

„Ja ich!" Eben sagt mir die Mutter, Ignaz Bohnert würde uns verlassen; — nun muß ich in eine Schule. Ich bin ja längst groß genug. Das wird ein Leben, in neun Tagen geh' ich schon." Maleen rührte sich nicht, als er ihr das sagte.

„Nun, was meinst Du?" frug er. Sie antwortete nicht und ging stillschweigend neben ihm dem Hause zu. — Fritz begann nach einer Weile wieder: „Es ist Zeit, daß ich gehe, immer kann man doch nicht hier bleiben. — Sag doch etwas." — Aber kein Wort kam über ihre Lippen. Sie lief endlich von ihm weg und immer vor ihm her. Er wagte nicht, sie einzuholen und ganz beklommen wurde es ihm ums Herz. — Und sie lief immer rascher, ihr kurzes Röckchen und die Haare flogen im Wind. „Warum rennt sie nur so?" sagte Fritz vor sich hin. „Man kann doch auch kein vernünftiges Wort mit ihr sprechen."

Sie lief aber in das Haus hinein. In der Küche stand die Mutter, der fiel sie athemlos um den Hals und drückte sie leidenschaftlich. „Ist es wahr?" frug sie endlich.

„Ja mein Herz, das muß sein, im Leben geht das so, da hat alles so seine gewiesenen Wege.

„Das muß so sein?" frug das Mädchen und blickte zur Mutter auf.

„Ja alles kommt und geht, nichts kann man halten," erwiderte die Frau und seufzte auf.

Sie ließ die Mutter heftig los und ging zur Thür hinaus in ihre Kammer. Die Mutter aber blickte noch eine Weile dem Kinde nach, und murmelte vor sich hin: „Die lebt einmal nicht leicht, der Herrgott möge sie beschützen!" dann fuhr sie in ihrer unterbrochenen Arbeit fort.

Es wurde zwischen den beiden Kindern nicht wieder von Fritzens Abreise gesprochen. Er begann wohl manchmal davon, wenn er mit Maleen zusammen ging, bekam aber von ihr keine Antwort.

Sein Reisebündel wurde gepackt. Maleen schleppte allerlei herbei, was er mitnehmen sollte, und war gar geschäftig.

Am letzten Abend saßen sie alle drei zusammen. Der arme Ignaz Bohnert war schon fortgezogen. Wohin, hatte er niemandem gesagt, — hinaus in ein unbekanntes, nicht verlockendes Leben.

An dem Abende aber war es unbeschreiblich traurig bei den dreien. Sie schienen so fest verbunden zu sein, daß nichts sie trennen konnte, und dennoch riß der andere Tag sie schon von einander, vielleicht für immer. Alle fühlten das, der Trennungsschmerz lag ihnen schon tief im Herzen und verdoppelte die Liebe, die sie für einander hatten.

Die Mutter sprach so mancherlei, was ihr am Herzen lag und wovon sie glaubte, daß es Fritzen nützen könne. Ihr Gemüth war sehr bewegt. Als sie den Kindern „gute Nacht" sagte, schlang sie ihren Arm um Fritz und drückte ihn lange und fest an sich. „Ach, mein Junge," sagte sie, „ob ich dich wiedersehen werde?" Dabei sah sie ihn unbeschreiblich liebevoll an: „Vergiß mich nicht und Maleen auch nicht."

Sie leuchtete den Kindern zur Thür hinaus; draußen auf der dunkeln Diele küßten sich die beiden und weinten.

Fritz sagte: „Wir wollen so viel an einander denken, daß es uns ist, als ob wir einander sprechen hörten."

Am andern Morgen sah Maleen, wie er davon fuhr. Sie blickte ihm fast gedankenlos nach, bis der Wagen in einen Dünenweg einbog und darin verschwand. Da warf sie sich nieder und hielt die Augen zu, weil ihr in der großen Einsamkeit, in der sie sich fühlte, zu schwindeln begann. — Langsam ging sie in das Haus zur Mutter zurück und fand sie weinend. Sie saßen schweigend bei einander, auch Maleen liefen die Thränen über die Wangen herab.

Von da an begann für das Mädchen eine stille Zeit, in der die Mutter ihr alles sein mußte. Sie wurde auch wieder ihre Lehrerin. Nur einmal in

der Woche kam ein alter Geistlicher aus dem nächsten
Dorfe und gab ihr einigen Unterricht.

Die schönsten Tage waren es, wenn Fritzens
Briefe kamen. Kurze Zeit, nachdem er fortgezogen
war, gab es für Maleen eine Ueberraschung. Der
Bote brachte ein Päckchen, aus dem enthüllte sie
sorgsam ein kleines braunes Buch mit einem rothen
Papierstern, das wurde ihr liebstes Besitzthum. —
Wir wissen es.

Alles, was Fritz schrieb, war voll empfunden.
Er fühlte sich glücklich und freute sich seines thätigen
Lebens. Sie beneidete ihn, und ihre Gedanken zogen
oft hinaus, aus der stillen träumerischen Einsamkeit.
— Oft mußte sie von ihrer Arbeit aufstehen und
dem Meere zu laufen, weil ein unklares Kraft=
gefühl sie nicht ruhen ließ; es machte sie laut auf=
jauchzen und erregte lebendige Wünsche in ihr.

Die Zeit verging. Die Tage, die auf dem stillen
Gehöft so ruhig und einförmig zu verfließen schie=
nen, waren doch reich an inneren Erlebnissen für
die beiden Bewohnerinnen, denn der immer frische
Geist der Mutter bedurfte keiner ungewöhnlichen An=
regung von außen, und Maleen lernte immer mehr
an dem inneren Leben der Mutter theilnehmen, mit
genießen, mit erleben.

Das Gedenken an die Mutter verlieh ihr später
oft neuen Muth und sie versuchte dann das nackte

Gefühl des Daseins und der Lebenskraft schon als ein Glück anzusehen.

☙

Aber bald neigten sich die ruhigen Kindertage ihrem Ende zu. Bald sollte das kaum erwachte Herz ganz ohne Stütze sein. Alle Sorge, die auf uns einbringt, wenn wir aus dem heiligen Schutz unserer Kindheit getreten sind, traf Maleen vereinsamt.

Die Mutter starb nach kurzem Krankenlager ganz plötzlich. Sie selbst hatte ihren Tod wohl kaum so nah geglaubt.

Die Erinnerung an die letzte Nacht, die Maleen bei ihr wachte, mag dem Mädchen wohl nie aus dem Herzen geschwunden sein. — Es war zur Zeit der Frühlingsstürme, die der Mutter immer schwere Leiden brachten, daß Maleen in der tiefen, braungetäfelten Stube saß, vor dem Himmelbett, in dem die Kranke lag. Das Meer rauschte dröhnend, der Sturm tobte um das Haus, drehte die Fensterläden kreischend in ihren Angeln, daß sie gegen die Mauer klappten, und fuhr in die hohen Buchen. Maleen war es in der stürmischen Einsamkeit Angst, kaum wagte sie sich zu regen. Nur manchmal legte sie ihre Hand ganz leise auf das Herz der Mutter; das hämmerte schnell und laut. Dann blieb es wohl plötzlich einen Augenblick stehen, und ein Zittern fuhr durch den Körper der Frau.

Oft fielen dem Mädchen die Augen zu, aber sie wollte wach bleiben. Sie fühlte, daß sie die Einzige auf der weiten Welt war, die für die Mutter sorgen konnte, und sie empfand die Verantwortung, die auf ihr lag.

Von ungefähr erhob sie sich und trat, ohne zu wissen warum, vor den Spiegel und konnte die Augen nicht von ihrem Bilde wenden. Es mußte wohl lange her sein, daß sie nicht hineingeblickt hatte, denn ihr Gesicht kam ihr fremd vor. Ganz versunken war sie in ihren Anblick, sie glaubte die Gedanken zu sehen, die ihr durch den Kopf gingen, die Angst um die Mutter, das Grauen vor der nächtlichen Einsamkeit. Sie konnte nicht fortblicken, war wie gebannt; ein Schauer durchrann sie.

„Maleen," rief die Mutter, und sie eilte erlöst zu ihr hin.

Die faßte ihr die Hand und zog das Mädchen zu sich auf den Bettrand nieder und sah sie ernst an.

Maleen frug: „Nicht, Mutter, ich bin nun ein großes Mädchen?"

„Ja, mein Kind, und Gott behüte dich."

Jetzt schwiegen sie beide, da begann die Leidende nach einer Weile: „Eben hatte ich einen wunderlichen Traum; glaubte ich doch, ich wäre gestorben. — Wie das so eigentlich war, werde ich wohl nicht beschreiben können." Sie schüttelte den Kopf, und ihre

Augen fuhren unstät im Zimmer umher. „Eins
weiß ich," fuhr sie fort, „daß ich die eigene Schwere
nicht mehr fühlte, so frei und leicht war es mir —
dann kam mir ein Kind entgegen, das ich in meinem
Heimatsdorf kannte, es starb sehr früh. Mein Leb=
tag habe ich an das Kind nicht wieder gedacht. —
Was das wohl bedeuten mag?"

„Ach du mein Gott, ist mir's schlecht zu Muthe,"
stöhnte sie — „und der Wind! Komm, meine Maleen,"
und fest zog sie ihr Kind an sich, als wollte sie es
nicht wieder loslassen, und küßte es so heftig und
lange, daß es Maleen ganz wunderlich erscheinen
wollte. Hätte sie doch nie geglaubt, daß ihr vor der
guten Mutter grauen könnte. — „Nun wollen wir
es mit dem Schlaf noch einmal versuchen," sagte sie
matt, ließ ihr Kind wieder los und machte das Zei=
chen des Kreuzes auf Maleens Stirn, wie sie es an
besonderen Tagen zu thun gewohnt war; der Ge=
brauch mochte ihr wohl von ihrem früher katholischen
Vater überkommen sein. Dann fielen ihr die Augen
zu, und Maleen erhob sich leise. —

Aber der Mutter liebe Augen sollte sie nie wie=
dersehen; — die starb in jener Nacht. Bis zum Mor=
gen saß das Mädchen still am Fenster, der Sturm
legte sich, und sie blickte in die graue Dämmerung
hinaus. —

Manchmal war sie hin zur Mutter geschlichen,

die aber lag ruhig und unbeweglich, und Maleen
hielt ihre Thränen und ihre große Angst mit Gewalt
zurück. Sie konnte das Entsetzliche nicht glauben,
was sie doch zu ahnen begann, und sie fürchtete,
wenn sie anfinge zu weinen, dann bräche das Furcht=
bare erst herein. Sie stellte sich aufrecht mitten in
das Zimmer und wagte nicht, sich zu rühren.

Am andern Morgen kam der alte Knecht Thoms
auf den Zehen hereingeschlichen. Sie wollte ihm
entgegen gehen, doch ihr schwindelte, sie fiel nieder
und wußte nichts mehr von sich.

In ihrer Kammer erwachte sie wieder ganz harm=
los, bis ihr mit einemmal die vergangene Nacht in
Erinnerung kam. Sie stand auf, aber es war kein
Morgenlicht, was zum Fenster hereindrang. Es war
die Abendsonne, die röthlich durch den kahlen Wald
schien. Sie hatte lange geschlafen.

Zagend legte sie die Hand auf die Klinke, öffnete
endlich und horchte hinaus; aber nichts war zu hören.
Die Sonne schien durch die Diele in einem langen
Streifen. Die Stühle waren unter den Tisch ge=
rückt, der Fußboden mit frischem Sande bestreut, wie
am Sonntag, alles erschien feierlich und still, und
ihr war, als hörte sie ihr eigenes Herz schlagen.

Endlich wagte sie die Kammerschwelle zu über=
schreiten. Sie ging auf den Zehen, und der Sand
knirschte ihr leise unter den Füßen.

Als sie die Thüre zu der Mutterstube öffnete,
wehte ihr der Abendwind entgegen, der durch die
offenen Fenster kam. Ihre Mutter lag in den Feier=
kleidern, lang ausgestreckt auf dem Bett, auf reinen
weißen Tüchern. — Maleen blieb scheu an der Thür
stehn und preßte die Hände auf die Brust. Sie
wollte vorwärts gehen und konnte nicht. Sie wollte
etwas fühlen und fühlte nichts.

Endlich regte es sich in ihr, sie stieß einen Schrei
aus; aber noch bewegte sie sich nicht und blickte un=
verwandt und starr nach der Mutter hin. Wie diese
steif und unbeweglich vor ihr lag, noch sie selbst
und doch auch wieder nicht — da erfaßte Maleen
ein unbeschreibliches Grauen. Sie konnte Leben und
Tod nicht mehr auseinander halten. Ihrer Mutter
früheres Bewegen, ihr Reden und Lachen kamen ihr
unheimlich und grauenhaft vor. Sie wußte nicht,
was das Entsetzlichere war, das Leben und sich Regen
oder das starr Daliegen. Jetzt rief sie laut in Angst:
„Mutter!" stürzte auf sie zu, verbarg ihr Gesicht in
die Kissen des Bettes und blickte nicht wieder auf.

„Hilf mir doch, du warst doch sonst so gut!"
rief sie laut.

Mit einemmal stand ein Bild ihr vor der Seele;

sie sah wie die Mutter mit einer verdeckten Schüssel zum Abendtische gekommen war, wie sie die Schüssel vor sich hinstellte und den Deckel davon abhob, und wie der Dampf in die Höhe stieg. Dabei sah sie voller Güte und kindlicher Freude auf die Kinder, die laut jubelten, denn es waren die ersten Kartoffeln im Jahre, die ihnen die Mutter aufgetragen hatte. Das sah Maleen und verstand plötzlich den ganzen Schmerz, der über sie gekommen war. Er stand nicht mehr unvermittelt, wesenlos, vor ihr. Jetzt war er eingezogen in ihr Herz und hatte sie durchdrungen, in dem Maße, wie es die Liebe der Mutter gethan hatte.

Ihr Geist wurde durch die Vorstellung der friedlichen Begebenheit, die in dieser Stunde wieder in ihm erwachte, zum erstenmale von dem gewaltigen Einklang der Ereignisse berührt, in dem sich das Widerstrebendste unaufhaltsam in einander fügte, und wie durch ein Wunder war sie mit einemmal von wehmuthsvollem Schmerz durchdrungen. Thränen strömten ihr aus den Augen, sie weinte und schluchzte und verbarg den Kopf in den Kleidern ihrer Mutter.

Bald kamen verschiedene Hausleute ganz sachte in das Zimmer geschlichen. Sie reichten Maleen die schwieligen Hände. Alle hatten rothgeweinte Augen. Dem alten Thoms liefen die Thränen die braunen Wangen hinab. Er trat auf das Mädchen zu, drehte

seine lederne Mütze zwischen den Fingern und fuhr
sich mit dem Rockärmel über die Augen.

„Maleen," sagte er, „du bist nun unsere Herrin,
da diese hier," dabei blickte er mit seinen treuen
Augen auf die Mutter, „da diese hier todt ist. Sie
war ein braves, gutes Weib. — Nicht wahr ihr
andern?"

Alle im Zimmer fingen laut an zu schluchzen.
Er übergab ihr die Schlüssel zu den Böden und
Wirthschaftsräumen, die ihm die Mutter eingehän=
digt hatte.

Maleen reichte sie ihm wieder zurück und sagte:
„Bei dir sind sie am besten aufgehoben, Thoms."
Er schüttelte ihr zum Danke die Hand.

Thoms hatte, so lange Maleen schlief, alles zur
Bestattung der Mutter herrichten lassen, und Maleen
bestimmte, daß die Mutter nicht auf dem Friedhofe
im nächsten Dorfe begraben werden sollte, sondern
in der Heimat, auf einer Anhöhe im Walde, von
der aus man das Meer sehen konnte, und wo sie in
der letzten Zeit oft mit ihrem Kinde gewesen war.

Als sie bei der Beerdigung um den Sarg stan=
den, war es gerade so ein Tag, wie die Verstorbene
ihn geliebt hatte. Rings begann die Natur zu er=
wachen, die Strandlerchen sangen laut und schmet=

ternd. Maleen gedachte jenes Abends, da die Mutter
in ihrem Herzensjubel sie und Fritzen in die Arme
geschlossen hatte. Jetzt war sie allein. Fritz war
weit von ihr entfernt, vielleicht hatte ihn aus dem
vom Verkehr abgelegenen Gehöft noch nicht einmal
die Nachricht erreicht von dem, was geschehen —
und der guten Mutter wurde schon die Leichenrede
gehalten. Maleen ahnte, daß sie sich auch bald von
der Heimat trennen müßte. Sie erwartete einen
Onkel aus Rostock, welcher vor nicht langer Zeit
seine Frau verloren hatte. Dieser wollte kommen,
um alles zu ordnen und um das Mädchen mit sich
zu nehmen, — das ahnte sie, und dieser Gedanke
schnürte ihr das Herz zusammen.

Der Onkel kam, sie hatte ihn vor Jahren schon
einmal gesehen. Er gab ihr bewegt einen Kuß und
sagte: „Du bist ja bald so groß, wie deine Mutter
war. — Wie die Zeit vergeht!" Traurig schüttelte
er den Kopf. Er hatte noch einen Begleiter mit=
gebracht. Maleen bewirthete die Gäste in der Haus=
diele und that alles so, als thäte es ihre Mutter,
wobei ihr immer die Thränen über die Wangen
herabliefen.

Sie wurde nach dem Hofe gefragt, nach diesem
und jenem, und sie gab Rede und Antwort. — Der

Onkel sagte ihr, daß der Mann, der mit ihm ge=
kommen sei, das Gehöft pachten wolle, und da sie
doch nicht bleiben könne, würde er sie mit nach
Rostock nehmen.

Maleen erwiderte kaum etwas, aber sie empfand
als wäre ihr eben das Innerste verwundet worden.
Niemand hat ihr angesehn, wie schwer ihr der
Abschied von der Heimat wurde. Das furchtbare
Eingreifen des Schicksals in ihr Leben hatte sie
erschreckt und empört. Die ganze Kraft mußte
sie zusammen nehmen, um den leidenschaftlichen
Schmerz nicht zum Ausbruch kommen zu lassen. Aus
diesem Grunde wurden ihre Bewegungen, da sie alle
Kraft für Kopf und Herz brauchte, ruhiger und ge=
messener, was dem Onkel zu gefallen schien, denn er
sagte, als sie bereit zur Abfahrt neben ihm stand:
„Deine Mutter hat dich gut erzogen. Ich hoffe,
wir werden keine Noth mit einander haben. Heute
Nachmittag werden die Sachen verkauft. Ich denke,
wir gehen lieber früher, es könnte dir sonst zu schwer
werden."

„Ich bin fertig," sagte sie.

Noch einmal ging sie in die Hausdiele, setzte sich
auf der Mutter Stuhl und wäre darauf bald ein=
geschlafen, so müde war sie. Jetzt kam ihr ein Ge=
danke, sie fuhr auf, lief zur Thüre hinaus und
immer weiter, so schnell ihre Füße sie tragen konn=

ten, klomm die hohe Düne hinan, und wie sie oben
stand, ganz außer Athem, da breitete sie die Arme
aus, und ihre Augen sogen den Anblick des Meeres
und des Heimatlandes in sich ein. Der Wind fuhr
ihr in die Haare und ließ ihr Kleid flattern und
sie stand eine Weile ohne sich zu regen. Dann kehrte
sie wieder um, glitt die Düne hinab, daß der feine
Sand stäubend um sie herflog, und eilte dem Hause zu.

Der Onkel saß schon in dem kleinen Wagen, in
dem er gekommen war, und wartete. Maleens Sachen
hatten die Leute aufgepackt. Sie nahm Abschied von
dem Gesinde, reichte dem neuen Besitzer die Hand,
dann half ihr der Onkel in den Wagen, und bald
hatten sie den einsamen Hof hinter sich.

Als sie aber in den Hohlweg einbogen, von dem
aus auch Fritz den letzten Blick auf die Heimat ge=
worfen hatte, erhob sie sich in dem Wagen, riß das
Tuch von ihrem Halse los und wehte damit, laut
schluchzend, einen Abschiedsgruß. Sie war nahe
daran, den Jammer nicht mehr zu ertragen. Doch zu
ihrem Glück standen bei ihr Empfindung und Aus=
druck nicht im Einklang. — Ja, so war es: Wenn
ihr das Herz zu enge wurde, um die Welt von
Schmerz zu bergen, die sich darin entfaltete, that
oder sprach sie etwas, was andere wohl thun oder
reden würden, wenn sie von Wehmuth überkommen
sind.

Der Onkel ließ sie ruhig gewähren; dann legte er seine Peitsche nieder, nahm Maleens Hand in die seinige und sagte mit ruhigem, aber herzlichem Tone: „Ich glaub' es schon, daß es dir schwer wird; aber habe Muth, mein liebes Kind."

Wie wunderlich war es dem Mädchen, das von der ganzen Welt nur das Stück Strand an der Meeresküste kannte, als sie hinaus in die Ferne fuhr. Jeden Menschen, der ihnen begegnete, betrachtete sie mit Theilnahme und war enttäuscht, wenn sie ohne jedes Erlebniß an einander vorüber streiften. Sie grüßte alle, und die Gestalten der ersten Vorüber= gehenden sind ihr noch lange fest im Gedächtniß ge= blieben.

Nach zwei Tagen fuhren sie in Rostock ein. Es war Nacht. In den engen Straßen schimmerte nur ganz verstohlen hie und da das Mondlicht, das Maleen bis jetzt auf einer unendlichen, wogenden Fläche ge= sehen, und das ihr Himmel und Erde verbunden hatte. Ihr war das Herz schwer, und der Athem stockte ihr in der Brust. Aus einem Hause, an dem sie vorüber fuhren, klang Musik und wilder Lärm in die Nacht hinaus. Das ängstigte sie, und unklare, wesenlose Vorstellungen von einem fremden Leben in dieser dumpfen, unbekannten Umgebung gingen ihr durch das Hirn. Sie athmete auf, als sie endlich einen großen, freien Platz erreicht hatten. Der Onkel sagte: „Das ist der Markt."

Die hohen Giebelhäuser, die den Markt umstanden, waren vom Mondschein erhellt, der auch das Wasser, das aus dem vielröhrigen Marktbrunnen plätschernd lief, silbern erglänzen ließ.

Ganz still war es. Nur hie und da ging Jemand mit schlurfenden oder dröhnenden Schritten an den Häusern hin.

Nun fuhr der Wagen eine steile Straße hinab, der Wind trieb einen kräftigen Teergeruch entgegen.

„Der kommt von der Warnow" sagte der Onkel. „Da haben wir unsere Schiffe. — Sind jetzt sechs mit Ladung unten angekommen, hab' auch meinen Theil dabei." —

Endlich hielt der Wagen an unserm hohen Giebel= haus. Der Onkel knallte mit der Peitsche. Die Thüre wurde geöffnet. Ein Mann mit einer Laterne und eine ältliche Frau traten heraus. Die Frau half dem Mädchen aus dem Wagen, strich ihr, als Maleen ganz schwindelnd und müde von der langen Fahrt auf den steinernen Stufen vor der Hausthüre stand, über das Haar und sagte: „Ach so jung sind wir noch, so jung, du lieber Gott!" Dann führte sie Maleen eine alte, wunderliche Treppe hinauf.

Der Onkel folgte ihnen und frug den Mann, der ihnen voran leuchtete: „Hat es seine Richtigkeit, hat Türschemann von sich hören lassen?"

„Alles in Ordnung," erwiderte der Mann. „Alles in Ordnung."

Wie es so geht, diese Frage und die Antwort haben sich Maleenen fürs Leben eingeprägt. Wenn ihr unversehens das Bild vor die Seele kam, wie sie fremd und traurig zum erstenmale die dunkele Treppe in dem alten Hause hinanstieg, an der Hand der guten Alten, da hörte sie im Geiste den Mann mit ruhiger Stimme sagen: „Alles in Ordnung, alles in Ordnung"; diese Worte gaben dem Begebniß Leben, und der Vorgang stand klar vor den Sinnen unverwischt von der Zeit und sie fühlte und sah längst Vergangenes.

Sie sah, wie die Alte sie zum erstenmale in die Wohnstube führte, wie der Onkel hereintrat und sie im Hause begrüßte, wie sie dann zum erstenmale an dem fremden Tische das Abendessen einnahm, fühlte die verwirrende Müdigkeit, die ihr durch den Körper rann, hörte den Onkel sagen: „Maleen, willst du heut Abend noch die Kinder sehen?" — die Kinder! — „Geh, Anne, führe sie zu ihnen."

Und die Alte führte sie in ein Schlafzimmer, da hörte sie leises Athmen und sah bei dem matten Schein der Nachtlampe vier Kinderbetten. Ueber jedes bog sie sich hin. — Wie die Kleinen hübsch warm und ruhig lagen. Sie dachte daran, wie die gute Mutter allabendlich an ihrem Bette gestanden, und das Herz zog sich ihr zusammen. —

Das alles fühlte sie immer von neuem, wenn sie ihren Geist in Erinnerung versenkte und er unversehens ihren Einzug in das alte Haus berührte.

Die Empfindungen, welche sich in ihr regten, als sie sich zum erstenmal auf ihr neues Lager in der kleinen Kammer legte, als die erste Nacht eines neuen Lebens über sie hinging und ihr Träume brachte und Bilder aus vergangenen, glücklichen Tagen: das alles wurde ihr dann auch wieder lebendig.

Wie die Zeit vergeht! Das Haus war ihr altbekannt geworden. Es hatte schon ein gutes Theil ihrer Seele in sich aufgenommen, und sie erschien sich, wie schon viele andere vor ihr, untrennbar von den alten Räumen. Die Kinder sind ihr lieb, sie ist mit allen wohlvertraut, und es liegt ihr am Herzen, daß sie sich wohlbefinden möchten.

So gingen die Tage und brachten Arbeit und Ruhe, Reden und Schweigen, erweckten und verschleierten Gedanken, und thaten so ihr Werk an jedem Menschenherzen, das unter ihrer Herrschaft schlug. Maleen vollbrachte, was der Tag von ihr verlangte, mit hoffnungsvollem Herzen und in der Kraft ihrer jungen Jahre. Sie war von der Gegenwart beglückt und doch nicht wunschlos, lebte also ein Dasein, für das sie ihrem Herrgott danken konnte.

Einen Wunsch aber trug sie besonders tief im Herzen, und der wollte sich von der Zeit nicht verdrängen lassen.

Saß sie am Fenster, so fuhr ihr zuweilen ein Gedanke durch den Kopf, der sie zwang, auf die Straße zu blicken. Sah sie dann jemand um die Ecke biegen, so schlug ihr das Herz. Ging sie an den Hafen hin, war es ihr doch oft, als finde sie wohlbekannte Züge in irgend einem fremden Gesicht, und dann stieg ihr eine Angst zum Herzen und eine wunderliche Erwartung. Sie zählte die Jahre immer wieder von neuem, und es kam schon eine gute Zahl heraus, seit sie Fritzen nicht wieder gesehen. Sicher würde sie ihn jetzt nicht mehr erkennen, und konnte sich keine Vorstellung davon machen, wie er jetzt wohl aussehen würde. Seine Briefe waren von Jahr zu Jahr spärlicher geworden, hatten ihr immer fremder geklungen und waren zuletzt ganz ausgeblieben. Nur jährlich zweimal, wenn der Onkel ihm das Geld, das die Mutter für ihn bestimmte, bis er sich selbst etwas verdienen konnte, zugeschickt hatte, kam eine Nachricht und ein kurzer Gruß an Maleen. Sie selbst hätte auch nicht gewußt, was und wie sie ihm

schreiben sollte, trotzdem sie seit ihrer Kindheit ge=
wohnt war, jeden Abend für ihn zu beten, trotzdem
sie stündlich bereit war, ihn zu empfangen, und
sich ihm zugehörig fühlte, wie sonst keinem andern
Menschen.

Und wie es geht, Jahre lang gehegte Hoffnung
wird durch ihre Erfüllung vertrieben und zieht un=
bemerkt und schnell vergessen aus dem Herzen, das,
bisher von ihr erhalten und gestärkt, sich nun zur leben=
spendenden Gewißheit mit ganzer Kraft hinwendet.
So ging es Maleen, als der Tag kam, von dem an
sie nicht mehr ins Blaue hinein zu hoffen brauchte,
ihren Fritz wiederzusehen, sondern ihn erwarten
konnte, wie die kommende Stunde.

„Höre, Maleen," frug der Onkel, „kannst du dich
Fritz Denskens noch erinnern?"

„Ja, Onkel."

„Wann sahst du ihn zuletzt?"

„Das sind zehn Jahre her, vier Jahre vor der
Mutter Tod kam er vom Dünenhofe fort; von da
an habe ich ihn nicht wieder gesehen."

„Zehn Jahre sind eine hübsche Zeit," sagte der
Onkel, „da wirst du jetzt nichts Bekanntes mehr an
ihm finden. Ein Freund von mir hier in Rostock

frug nach ihm, der könnte den Fritz in seinem Ge=
schäfte brauchen."

„Ach, laß ihn kommen," sagte Maleen ruhig,
ohne eine Miene zu verziehen, und doch wäre ihr das
Herz, als sie das sprach, bald gesprungen.

„Ja, es wird wohl geschehen; wollen sehen, was
aus dem Jungen geworden ist." Damit ging der
Onkel zur Thür hinaus, und Maleen blieb am Fenster
in der Wohnstube stehen und preßte die Hand auf
ihr Herz.

Und der Tag kam, der den Ersehnten bringen
sollte. Maleen stand wohl zehnmal vor dem Spiegel,
flocht ihr Haar und versenkte sich in ihren eigenen
Anblick. Ob er sie erkennen wird?

Als die Hausthür gegen Abend in das Schloß
fiel und sie einen leichten, sichern Schritt die Treppe
heraufkommen hörte und die Kinder, die an der
Treppe gelauscht hatten, in die Stube huschten und
riefen: „Er kommt, er kommt!" wollte es ihr be=
dünken, als könnte das nicht möglich sein.

Fritz trat mit dem Onkel ein. Maleen stand ganz
am Ende des tiefen, dämmrigen Zimmers, that keinen
Schritt vorwärts und rührte sich nicht, sah, wie er
die Kinder begrüßte, und suchte angelegentlich nach
wohlbekannten Zügen. Er wollte ihr aber fremder,
als jeder andere Mensch erscheinen.

Eine Weile hatte er in gebeugter Haltung mit dem jüngsten Knaben gesprochen. Jetzt richtete er sich hoch auf, blickte um sich und hatte gefunden, was er suchte.

„Da steht ja das Wasserweibchen," rief er laut und ging auf Maleen zu, die ihn ruhig anblickte, mit einem unbeschreiblichen Lächeln, in dem alles lag, was sich ihr augenblicklich im Herzen regte: Zweifel, Glück und Erstaunen.

„Was ist mir das für eine Begrüßung, Fritz Densken?" fuhr der Onkel dazwischen, ehe dieser noch Maleens Hand erreicht hatte; „du scheinst mir nach der neuesten Mode zu sein; das hat man doch sein Lebtag nicht gesehn, daß einer ein ehrsames Frauen=zimmer so begrüßt."

„Verzeih, Maleen, bist du böse?" frug Fritz halb lachend.

„Laß das, es ist nicht gut, gleich bei dem ersten Wort um Vergebung zu bitten. Ich bin aber=gläubisch." — Sie ließ ihre Hand in der seinigen ruhen.

„Ja abergläubisch ist sie wie eine Hexe, man sollte es nicht glauben," sagte der Onkel. „Sie glaubt an Träume und sieht nach dem Mond — es ist eine Schande für ein kluges Mädchen. Maleen, hörst du?"

„Ja Onkel," sagte sie lächelnd, „es ist doch alles gut im Hause gegangen, so lang ich da bin."

„Hast du für das Abendessen gesorgt?"

„Ja freilich, es wird bereit sein. Ich will noch einmal nachsehen;" und sie lief zur Thüre hinaus, stieg ein Stückchen die Treppe hinauf und weinte.

In der Küche war die alte Anne sehr geschäftig und schwenkte, als Maleen eintrat, eine Pfanne mit gebackenen Eiern über dem Herdfeuer. Es brodelte und dampfte.

„Anne, bist du fertig?" fragte Maleen.

„Ja, gleich, rasch schneiden Sie Brot, Jungfer, dann kann das Essen aufgetragen werden. — Hier liegt das Messer. So ein nobler junger Herr und doch armer Leute Kind, der kann von Glück sagen," fuhr die Alte fort und that eine Scheibe Butter in die Pfanne, daß es laut aufzischte. — Darauf wandte sie sich halb nach Maleen um und sah diese prüfend von oben bis unten an. „Mich will's bedünken, daß Sie ein rechtes Fähnchen anhaben. Ich möchte Sie schon einmal in feinern Kleidern sehn. — Was das thut; — man sieht es an Herrn Densken, der trägt sich recht fein, dächte ich — mir zu fein."

„Nicht doch, Anne, er ist gut und tüchtig, das glaub du nur. — Er war als Kind schon kein Freund vom Geringen. — Er liebte den Sonnenuntergang über Alles, wenn die Welt so durch einander funkelte.

Rothe Blumen liebte er mehr als blaue und hielt die rothen noch gegen das Licht, um sich noch mehr daran zu freuen, und wenn er erzählte, sperrte ich Augen und Mund auf, von so viel Pracht und Herrlichkeit wußte er zu reden und hatte doch sein Lebtag nichts dergleichen gesehen. Es war ganz erstaunlich."

„Ja," sagte die Alte, „da wird es ihm wohl im Blute liegen; aber wer so einen Trieb in sich fühlt, der hat nicht Ruh noch Rast. Hab' ich doch schon so mancherlei erlebt. — Ich bleibe dabei, für armer Leute Kind sieht er zu vornehm aus. — Nur nicht oben hinaus."

„Nein, Anne, das ist zu toll, so einen Lärm um ein Stück feines Tuch zu machen." Maleen ging aus der Thüre, wendete sich noch einmal um und sagte: „Bring das Essen schnell und simulire nicht mehr, — hörst du?"

Es ging munter zu, Fritz erzählte die lustigsten Geschichten von seiner Fahrt nach Rostock. Die Kinder waren ganz Ohr und machten lange Gesichter, als Anne sie zum Schlafengehen holte; auch der Onkel schien den neuen Ankömmling wohlgefällig zu be= trachten. Aber Maleen wurde es heiß vor Ungeduld, daß er endlich von der alten Heimath sprechen möchte, und sie fühlte, als es nicht geschah, wie sich in ihrem Herzen der Zorn zu regen begann.

Er frug nach seiner neuen Stellung und ließ sich

den Kaufherrn schildern, in dessen Geschäft er ein=
treten sollte. Sie sprachen von ihren Angelegenhei=
ten, der Onkel nickte oft zustimmend. Maleen hörte
ihnen zu mit verhaltenen Thränen. Da bog sich
Fritz, als der Onkel gerade seine Pfeife stopfte, zu
ihr nieder und flüsterte ihr zu: „Bist du hübsch ge=
worden, Maleen!"

Sie aber that, als hätte sie nichts gehört, und
biß die Zähne zusammen.

Die beiden aber, Fritz und der Onkel, sprachen
ehrbarlich weiter und Fritz gerieth in Feuer, als er
sein Streben in die Jahre vertheilte, und ein schö=
nes Ziel nicht gar fern zu liegen schien.

„Gott Lob!" sagte der Onkel, indem er aufstand
und seinen Stuhl unter den Tisch schob, „da sieht
man doch einmal einen, der mit ganzer Seele bei
seinem Berufe ist. Gott behüte dich, Fritz Densken. —
Gute Nacht." Schweren Schrittes ging er zur
Thüre hinaus, und man hörte ihn die Treppe hinab
gehen und an der Hausthüre rütteln, ob sie auch
wohlverschlossen sei.

Maleen erhob sich und lehnte sich an einen gro=
ßen braunen Schrank, der zwischen den Fenstern stand,
und sah Fritz mit erwartungsvollen Augen an.

„Nun, Maleen," sagte dieser und erwiderte ihren
Blick.

„Höre, Fritz," begann sie mit zitternder Stimme,

denn mit den Thränen hatte sie heute den ganzen Tag einen Kampf gehabt, „du scheinst mir alles vergessen zu haben. Denkst du nicht mehr an die Dünen, an die große Diele und an unsere Thür= schwelle, von der aus wir zuhörten, wenn die Mutter vorlas? An die Mutter denkst du wohl auch nicht mehr?" Jetzt brachen ihr die Thränen aus den Augen. „Ach wärst du nicht wieder gekommen!" rief sie laut.

Fritz war aufgesprungen und stand vor ihr. Er faßte ihre beiden Hände.

„Maleen," sagte er, „Maleen, höre auf zu weinen und sei ruhig. Ich habe nichts vergessen, glaube mir. Ich habe an dich gedacht bei allem, was ich that." — Sie sah zu ihm auf, und er fuhr fort, ohne ihre Hände loszulassen: „Du sollst nicht so in der Vergangenheit leben, das ist nicht gesund und nicht klug. Hast du denn keine Freude an der Gegenwart und Zukunft? Das macht, du arbeitest nichts, was nach Vollendung strebt; du bist übel daran, und viel wirst du nicht erlebt haben. Du bist ja noch ein Kind geblieben, hab' ich dich doch wieder erkannt bei jedem Worte, das du sprachst."

Jetzt ließ er sie los und ging im Zimmer auf und nieder.

Maleen war, so lange Fritz sprach, an dem Schranke lehnen geblieben. Als er geendet hatte, sagte sie: „Es muß dich nicht wundern, wenn ich es nicht erwarten kann, von vergangenen Zeiten mit dir zu reden. Du hast Freunde gehabt, hast gewiß viel gesehen und gehört und viel gesprochen; aber du mußt wissen, daß ich von dem, was ich im innersten Herzen empfinde, noch niemandem habe etwas sagen können. Was ich Jahre lang am tiefsten gefühlt habe, das war bittere Sehnsucht nach der verlorenen Heimat. Mir ist, als wäre jedes Gefühl, jeder Gedanke, den ich je hatte, aus der Sehnsucht heraus gewachsen. Du hast dir mich wahrscheinlich ganz anders gedacht; aus mir ist nicht sehr viel geworden. Nun, du wirst es ja sehen."

„Meine Maleen," sagte Fritz und drückte ihr erregt die Hand, „du weißt es ja nicht, nein du weißt es wirklich nicht, wie mir so heimatlich zu Muthe war, als ich dich wieder sah. Ich konnte es nicht glauben, in ein fremdes Haus gekommen zu sein, und närrisch ist es, wie du dir gleich geblieben bist."

„Du wirst müde sein, Fritz, ich werde dir jetzt dein Zimmer zeigen." Sie zündete ein Licht an und leuchtete ihm voraus.

Als aber alles im Hause ruhig und das Licht gelöscht war, schlich sie leise zu einem Hinterpförtchen hinaus, in den kleinen Hausgarten. Ueber das

frische, grüne Gras ging sie, darin blühten Goldlack
und Narcissen. Von den Kirschbäumen fielen die
Blüthen durch den Mondschein. Mitten hinein in
das duftige Grün setzte sich Maleen und ließ einen
dicken Goldlackstengel durch die Finger gleiten, daß
ihr die kühlen Thautropfen über die Hand liefen.
Lange blickte sie in den klaren, schimmernden Himmel.
Eine Sternschnuppe fuhr leuchtend darüber hin, aber
keinen Wunsch erregte sie in Maleens Herzen. Sie
wurde ihr zum Gruß aus höheren Welten.

Und wieder war ein Herz erwacht, und die Welt
wandelte sich, wie schon unendlichemal, zu ungeahn-
ter Glückseligkeit. Wahrlich, Maleen und manche
andere waren zu beneiden; denn schon einem beruhig-
tem Herzen, das sich nur eben das Nöthigste aus
dem Leben gerettet hatte, wollte die Erde in diesem
Jahre erscheinen, als wäre eine besondere Kraft und
Herrlichkeit über sie ausgegossen. Eine Wucht von
grünem, wohlgebildetem Laube war aus den Knospen
gebrochen und schien die Welt zu verengen. Seit
langen Jahren wußten die Leute sich nicht solcher
Ueppigkeit zu entsinnen. Der Flieder auf dem
Walle blühte und duftete, und die mächtigen Blüthen-
zweige hingen über den Weg. Gar manchem Liebes-
pärchen streiften sie Schulter und Haare. Mancher

würdige Bürgersmann, der mit Weib und Kind aus=
zog, die Pracht zu beschauen, bog wohl einen der
mächtigen Büsche herab und hatte sein Wohlgefallen
an der Kraft und Fülle, die sich hier aussprach.
Dann ließ er den Zweig wieder fahren, der schwankte
noch lange taumelnd mit der ungewohnten Last hin
und her, und die Nachtigallen sangen, daß wohl
manchem das Herz springen wollte. Wer in seinem
Garten Obstbäume zog, konnte den Augen kaum
trauen, so brach es hervor. Rosig und weiß und
dicht hatte es sich um die Aeste gelegt. Wie gesagt,
es war eine große Pracht, fast zu schön für unsere
Erde, und niemand konnte es genießen, voll wie es
sich darbot.

Die Ueberglücklichen, denen das Herz zu enge
wurde, waren nicht ganz bei Sinnen und schrieben
die Herrlichkeit sich selber zu, wurden sich vielleicht
kaum bewußt, daß alles leibhaftig bestände. Die
Leute, die die Tage nahmen, wie sie kamen, nahmen
das Wunderbare auch so hin, als etwas ganz Selbst=
verständliches, hatten ihre Freude daran, aber eine
gemäßigte, ruhige Freude; mit etwas weniger Auf=
wand wäre ihnen auch gedient gewesen. Die Armen
aber, denen im Leben alles genommen war, oder das
Liebste, was mehr als alles ist, denen wollte die
große Schönheit um sie her das Herz verwirren und
sie kamen sich doppelt arm vor und hätten sich

wohl am liebsten im Dunkeln verkrochen und die Augen geschlossen, bis der tolle Rausch um sie her nachgelassen. Sie aber verstanden doch die ganze Herrlichkeit am ehesten. Ach warum ist es zu Zeiten so übermäßig schön!

Es brach eine glückliche Zeit für Maleen an. Seit jener Frühlingsnacht wollte es sie bedünken, als wäre mit allem, was sie umgab, eine große Veränderung vorgegangen. Die Menschen, welche ihr auf der Straße begegneten, erschienen ihr alle schön und angenehm, und wer in den nächsten Tagen mit ihr verkehrte, hinterließ ihr einen guten Eindruck.

Fritz ging täglich seiner Beschäftigung nach und war ganz davon erfüllt. Maleen, die schon ihrer eigenen Natur gemäß von Achtung vor der Arbeit durchdrungen war, wurde sich doch erst durch Fritz der beglückenden Kraft, die aus einem ernsten, lebensvollen Streben entspringt, ganz bewußt. Nur etwas mehr Ruhe, weniger Hast, hätte sie ihrem Freunde gewünscht, dessen Eigenthümlichkeit es zu sein schien, daß er das Behagen in seinem Wirken nicht finden konnte und sich aus der Gegenwart zu unhaufhaltsam in die Zukunft treiben ließ.

Aehnliches sprach Maleen einmal aus, als sie eines Abends mit ihm und dem Onkel, der unterwegs einen guten Freund getroffen und mit diesem im ernsten Gespräche hinter den beiden einherschritt, den Hafen entlang ging.

„Fritz," sagte sie, „ich verstehe dich jetzt ganz gut."

„Wie meinst du das?"

„Ich dachte eben, glaube ich," — — erwiderte sie lachend.

„Was denn, Maleen?"

„Ich war doch recht verträumt, ehe du kamst. Die Vergangenheit war das einzige, was mir nahe ging. In ihr fand ich meine Mutter und dich wieder und meine glücklichsten Tage. Ach du!" sagte sie hastig und schöpfte tief Athem, als wäre sie erschrocken, und blieb einen Augenblick stehen.

„Was meinst du, Maleen?"

„Du mein Gott, daß ich jetzt so glücklich bin! Ob ich mir dessen auch recht bewußt bin!"

„So ein liebes Ding bist du," sagte er. „Und weißt du, Maleen, was entstehen wird?"

„Nun, was denn?" frug sie.

„In einer schönen, freien Gegend ein Haus, in den edelsten Verhältnissen; mit breiter, steinerner Treppe. Die Zimmer in einer guten Größe, und alles zweckentsprechend und dem Auge wohlthuend eingerichtet. Ueberall sollen die Blicke gern ruhen. — Das will etwas heißen, Maleen. Das Haus wird in einem Garten liegen. Die Wege, die ihn durch=

schneiden, müssen sich in einander verlieren, und die Pflanzen, die großen wie die kleinen, sind der Art gewählt, daß jede Jahreszeit einige davon zum Blühen bringt, daß uns kein Monat verläßt, ohne seine Freude gespendet zu haben. In einer Ecke des Gartens ist ein erhöhter Platz, von dem aus man in eine weite Ebene hinausblicken kann. Du trägst in der glücklichen Umgebung am liebsten weiße Klei=der. Mich will bedünken, die werden dich gut kleiden."

„Fritz," rief Maleen, „nein, so zu träumen, ganz wie sonst!"

„Wäre es nicht schön?"

„Willst du mir eine Liebe thun?" frug sie und sah zu ihm auf. „Arbeite nicht mehr so ruhelos, nicht mehr so hastig, Fritz. Siehst du, mir wird es angst, und es will mir scheinen, als sähest du schon nicht mehr so wohl aus wie früher und wärest auch nicht mehr so heiter. — Sieh nur, wie weit wir von den andern abgekommen sind. Die müssen sich hinter den Leuten verloren haben; ich sehe sie gar nicht mehr."

„Laß sie," sagte Fritz. „Hast du schon bemerkt, wie wunderlich es hier ist? Wie roth die spitzen Giebel von der Abendsonne beschienen werden, und wie unheimlich die Häuser in einander haken. Die Warnow fließt hier so breit und träge vorüber, und die Heide dehnt sich braun und dunstig am andern

Ufer aus. Den Anblick vergißt man vielleicht sein Lebtag nicht. Er prägt sich fast fühlbar ein." —

„Maleen, du hast recht, ich sollte anders arbeiten, mir am ruhigen Schaffen genügen lassen. Ich weiß wohl, wir sollten uns an nichts auf der Welt mit ganzer Seele hingeben, denn der Trieb, dem wir die Herrschaft über uns gewähren, gestaltet sich leicht dämonisch, für unsere Kräfte zu gewaltsam. Das weiß ich alles ganz gut, weiß auch, daß der Wunsch, etwas Bestimmtes zu erreichen, wie ein Bann über uns liegen kann."

„Nun wird es mir leichter ums Herz, da dir alles so ganz klar bewußt ist," sagte Maleen; „nun ist ja alles gut."

Jetzt gingen die beiden durch ein Thor, das vom Hafen aus in eine der engen Straßen führte. Es wurde schon dämmrig, und in den Häusern begann man das Licht anzuzünden. Sie kamen an einem Laden vorbei, in dem allerlei ausländische Waaren, gewirkte seidene Tücher, wunderliche Schmucksachen und allerlei sonst Erfreuliches ausgebreitet lag. Sie blieben davor stehen. Ein seidenes Tuch machte sich besonders bemerkbar. Es war von schönster, dunkel= rother Farbe und überschimmert von einem gold= braunen Hauch. Die Kanten und Ecken waren auf eine absonderliche Weise mit Goldfaden durchwebt.

„Maleen, sieh dir das Tuch an," sagte Fritz

Denken. — „Ich halte es für vollkommen schön. Es thut ordentlich wohl, darauf hinzusehen. Mich kann so etwas wahrhaft erregen."

Maleen lachte. „Ja, das Tuch ist schön," sagte sie. „Du bist ja ganz begeistert. — Wie sich das alles in einander fügt, verwundert mich. Weißt du noch, wie du als Kind die dunkelrothen Blumen gegen das Licht hieltest? Wie du in den Abend=himmel hinein starrtest? Wie dich die flammende Beleuchtung dort unten an den Hausgiebeln mächtig anzog, und wie du auf Pracht und Wohlergehen zu=strebst. — Hüte dich vor dem Teufelchen in dir."

Fritz schien nicht zu beachten, was sie sprach; schweigend ging er neben ihr her. Jetzt blieb er stehen.

„Ich will dir's kaufen, Maleen."

„Thu das nicht," sagte sie. „Es wäre doch tausendmal zu schön für mich, ich würde seiner nicht froh. Ich könnte mich darin gar nicht ersehen, glaub es mir," sagte sie hastig und faßte seine Hand.

Jetzt standen sie vor des Onkels Haus. Fritz hatte auf ihre Bitten nichts geantwortet, und sie waren ohne fernere Rede und Gegenrede weiter ge=gangen. Er öffnete die Thür und ließ sie eintreten. Als sie vor ihm her die Treppe hinaufging, wendete sie sich noch einmal um, und ihre Stimme zitterte, als sie begann: „Ich habe dir schon das erstemal

gesagt, als wir uns wiedersahen, daß ich abergläubisch
bin. Du darfst mir das Tuch nicht schenken. —
Du ängstigst mich damit."

„Wenn du wüßtest, wie mich dein verträumtes
Wesen verletzt," rief Fritz erregt. „Ich kann es an
dir nicht ertragen."

„Verzeih mir," sagte sie und reichte ihm zum
Abschied die Hand. „Aber ich bitte dich noch ein=
mal, thue es nicht. Du weißt es nun." Sie ging
die Treppe vollends hinauf. Fritz hörte, wie sie im
Zimmer mit dem Onkel sprach und mit den Kindern
lachte. Noch lange stand er auf der dunkeln Treppe,
fuhr mit den Händen am Geländer auf und nieder,
dann ging er mit festen Schritten die Stufen wieder
vollends hinab und zur Hausthüre hinaus.

Wie er Maleen noch an demselben Abend das
rothe Tuch gab, fuhr sie zusammen und die Hand
zitterte ihr merklich, als sie es auseinander breitete.

„Ich danke dir, Fritz," sagte sie. „Das Tuch ist
ganz unglaublich schön; aber nicht wahr, ich brauche
es jetzt niemand zu zeigen, das erlaubst du doch?

„Ja, Maleen, wie du willst. Wenn du wüßtest,
wie gut du eben bist!"

Sie lächelte, faltete das Tuch sorglich zusammen,

nahm ihr Licht vom Tisch und wünschte ihrem Freund eine gute Nacht.

Als sie schon ein Weilchen zur Thüre hinaus war, klirrte und polterte etwas die Treppe hinunter und Fritzen war es, als hörte er einen leichten Schrei. — Er sprang auf und eilte hinaus. „Maleen, rief er, „Maleen," was ist denn? Alles blieb still. „Maleen!" rief er noch einmal. Sie antwortete: „Mir ist der Leuchter aus der Hand gefallen und ich kann ihn nicht finden; bemühe dich nicht."

„Hier ist er ja." Fritz war eben mit dem Fuße dagegen gestoßen. „Aber das Licht ist nicht darauf." Er ging in das Wohnzimmer, kam mit einem brennenden Lichte zurück und sah Maleen am Geländer lehnen. „Gott sei Dank," sagte sie und richtete sich auf. „Was ist dir denn?" frug Fritz. „Komm noch einmal in das Wohnzimmer."

Sie that es und setzte sich dort auf einen Stuhl nieder.

„Nun, was ist dir, meine Maleen," frug er noch einmal und bog sich zu ihr nieder.

„Soll ich die Wahrheit sagen, Fritz?"

Sie blickte vor sich hin. „Ich erschrak sehr, als du mir das Tuch gabst. Du hättest es vielleicht doch nicht thun sollen. Du kennst mich noch nicht ganz. Manche Gefühle überwinde ich unendlich schwer."

Fritz ging unruhig im Zimmer auf und nieder. Endlich blieb er vor ihr stehen. „Maleen", begann er, „ich muß dir etwas mittheilen."

Sie sah zu ihm auf und legte die Hände in einander. „Gott gebe, daß es etwas Gutes ist."

„Ja, das wird es werden, es wird mich meinem Ziele um Jahre näher bringen. — Soll ich offen reden?"

„Ja, rede," sagte das Mädchen und sah ihn unverwandt an.

Jetzt blieb er vor ihr stehen, faßte ihre beiden Hände und drückte sie leidenschaftlich.

„Bitte, laß mich los und sprich," sagte sie leise.

„Ich habe etwas unternommen, Maleen, was Glück bringen muß; aber noch ist es nicht da, und es heißt verdammt aufpassen; vielleicht habe ich mich damit unverantwortlich dem Zufall in die Hände gegeben."

Das Mädchen hatte sich vom Stuhle erhoben und hielt sich an der Lehne desselben.

„Du liebes Ding," rief er und zog sie zu sich heran, daß ihr Köpfchen an seiner Brust ruhte.

„Was für ein Narr ich war!" Der Ton, mit dem er das sagte, ließ Maleen einen tiefen Blick in seine Seele thun.

Sie richtete sich fest auf und sah ihn durchbringend an.

„Kann ich dir helfen, Fritz?"

„Nein," erwiderte er kurz.

„Ist es dir ein Trost, daß ich nun weiß, wie du dir Sorgen machst."

„Ja, Maleen, obgleich es mir das Herz zerreißen möchte."

„Willst du, daß ich jetzt mehr darüber erfahre?"

„Jetzt nicht, und niemals" — sagte er ernst.

„Dann behüte dich Gott." Sie sah ihn unbeschreiblich an. Ihm war, als müsse er ihr zu Füßen sinken. Sie befestigte ihr Licht wieder auf dem Leuchter, zündete es an und verließ das Zimmer. Er aber ging noch lange auf und nieder in Gedanken versunken, blieb am Fenster stehen und starrte auf die Straße. Das Licht brannte nieder, flackerte zuckend auf und verlöschte, und er suchte, im Dunkeln tappend, den Weg zu seinem Zimmer.

Am andern Morgen waren alle zur gewohnten Stunde um den Frühstückstisch versammelt. Der Onkel las ein Kapitel aus der Bibel, was er an keinem Morgen zu thun versäumte; er war stets ungehalten, wenn dabei einer der Hausbewohner aus Lässigkeit fehlte. Er sagte, daß es ihm Bedürfniß sei, vor dem Beginn der Tagesarbeit mit seinen Leuten eine ruhige Stunde zu haben und durch das

Anhören von etwas durchaus Gutem einen wohl=
thätigen Eindruck für den Tag zu gewinnen. Auch
an diesem Morgen waren sie in gelassener Heiterkeit
bei einander. Die Fenster standen weit offen und
ließen frische Sommerluft ein. Die Bücher der Kinder
lagen wie jeden Tag wohlgeordnet bereit, damit der
Aufbruch zur Schule ohne Hast und Verwirrung vor
sich gehen konnte. Aber trotz des angenehmen Frie=
dens, der gewohnheitsmäßig über dieser Stunde lag,
waren zwei Herzen sehr unruhig.

Als Maleen ihrem Freund, der heute nicht recht
wohl aussah, das Brot reichte, flüsterte sie: „Nur
Muth, Fritz; Muth!“

„Ja Maleen,“ sagte er und lächelte.

„Was ist denn dir, Densken?“ frug der Onkel
und setzte seine Pfeife ab. „Wenn sie doch Maß
halten könnte, die Jugend. Was hast du denn zu
arbeiten wie ein Narr? Hast du nicht Zeit vor dir,
die Hülle und Fülle. Wir müssen einmal mit ein=
ander reden,“ und der Onkel rauchte weiter und
dampfte blaue Wolken wohlgefällig vor sich hin.

Fritz stand auf. „Lebt wohl,“ sagte er, „ich
muß jetzt gehen.“

„Schon?“ erwiderte der Onkel. „Leb wohl, und
arbeite verständig, mein Junge.“ Er blickte ihm
nach und schüttelte den Kopf, als Fritz das Zimmer
verlassen hatte.

Noch am Abend desselben Tages begegneten Densken und Maleen sich auf der Straße, als letztere von einer Besorgung zurückkehrte. Sie gingen zusammen. „Ich habe dich gestern erschreckt und geängstigt," begann Fritz. „Es kann alles bald gut werden. Glaubst du mir? Frage mich nie danach, was gestern in mir vorging. — Ich war sinnlos."

„Ich frage dich nicht danach — nach nichts, Fritz, wenn du es nicht willst; doch glaube ich nicht, daß sich Bedrohliches so schnell wendet; glaub du es auch nicht."

„Maleen, wenn ich dich verlieren müßte," flüsterte er, ergriff ihre Hand und drückte sie, daß sie nicht wußte, wie ihr geschah. „Wie würdest du dich hinein= finden?"

„Ich?" sagte sie nach einer Weile und blickte eigenthümlich starr vor sich hin: „Laß mich nach Hause gehen, Fritz, aber allein."

Ehe er sich recht besann, war sie von seiner Seite in eine dämmrige, stille Straße eingebogen, und seine Augen verfolgten die Gestalt, bis er von dem Strom der Vorübergehenden mit fortgerissen wurde.

Wie die Zeit vergeht! Viele hatten den Som= mer in vollen Zügen genossen. Die Gärten vor der Stadt waren Tag für Tag munter belebt gewesen, und jeder war dieses Jahr glücklich zu preisen, der ein Stückchen Erde sein eigen nennen und sich der reichen Gaben, die es ihm brachte, erfreuen konnte. Zu den Dörfern hinaus zog es an den herrlichen Nachmittagen. Auf der Warnow auf und nieder ruderten und segelten des Abends fröhliche Menschen. Alles schien leichteren Sinnes. Es war ein munteres Leben in dem altehrwürdigen Rostock.

Seine dunkeln ernsten Thürme ragten in den blauen Sommerhimmel hinein und blickten auf die weite, sonnige Heide hinaus. Der Seewind, der sich von der nahen Küste her aufmachte, wehte ihnen mild um die alten Häupter, daß ihnen die grauen Gedanken vergingen und sie ganz heiter darein zu schauen begannen.

In dem uns wohlbekannten Hause standen Tag für Tag die Fenster offen, und warme leichte Luft erfüllte die Räume. Für jedermann im Hause gab es das schönste reife Obst, denn zu dem Besitzthum des Onkels gehörte ein Garten vor der Stadt. Die Kinder genossen die Tage im Vollgefühl ihrer Gesundheit und Kraft.

Maleen aber hatte sich in der letzten Zeit ein weniges verändert, doch empfand das niemand nachtheilig, und es wurde daher wahrscheinlich kaum bemerkt. Sie war in ihren Verrichtungen fast sorgsamer als früher und schien noch mehr darauf be=

dacht zu sein, daß nichts versäumt werde, was die Erholung und das Wohlergehen nach der Arbeit steigern könnte. Aber auffallend stiller war sie geworden. Ihre Augen blickten nicht mehr so frei in die weite Welt hinaus, und sie stieg langsamer die Treppe auf und nieder.

Wenn sie ihre Kammerthür hinter sich schloß, trat eine wunderbare Veränderung bei Maleen ein. Nachdem sie den Riegel heftig vorgeschoben, sanken die Arme ihr schlaff an den Seiten herab, ermattet setzte sie sich nieder und blieb so sitzen ohne Regung. So verharrte sie eine Weile, erhob sich dann wieder, und mit jedem Schritt, den sie that, kehrte neues Leben in sie ein. Sie ging wieder die Treppe hinab und man sah ihr dann nicht an, daß sie eine Sorge im Herzen trug, die ihr am Leben zehrte.

Schon seit Wochen hatte sie Fritz nicht allein gesprochen. Er schien es absichtlich zu vermeiden, ging früh zur Arbeit, fand sich spät zu den Mahlzeiten ein, und die freie Zeit, die ihm verblieb, benutzte er, um in der Gegend umherzustreifen, und erzählte dann bei Tische, was ihm hier und dort widerfahren sei: Wie er ein gutes Stück Weg in Gesellschaft eines alten Bauern zurückgelegt habe, von dem er allerlei erfahren, über den Holzbestand der Gegend, über vergessene Sitten und Bräuche im Lande. Von solcherlei Dingen wußte er immer zu berichten. Er sprach und erzählte fast mehr als sonst; aber Maleen wollte es scheinen, als thäte er es mit einer gewissen Hast und Zerstreuung, als läge etwas auf ihm, über das er nicht Herr werden könnte, und das allem, was er that und sprach, das rechte Leben nahm.

Eines Mittags kam er früher nach Haus als gewöhnlich. Maleen begegnete ihm auf der Treppe. „Guten Tag, Fritz," sagte sie, und sah ihn ernst an. — „Fritz, wie geht es dir?"

„Mir, Maleen?" frug er ohne aufzublicken. „Wie soll es mir gehen? — Laß mich — Ist vielleicht ein Brief angekommen? Das sagte er hastig und erregt. „Es muß ein Brief für mich abgegeben sein. Bitte, frag Anne."

Maleen ging, er aber blieb wie träumend am Treppengeländer lehnen. Sie stand schon eine Weile wieder an seiner Seite, ehe er sie bemerkte.

„Nun?"

„Es ist nichts da," erwiderte sie und blickte ihn aus tiefster Seele fragend an.

Er ließ sie aber unbeachtet stehen und trat in das Zimmer ein.

Der armen Maleen brannten die Thränen in den Augen, und schwer lag es ihr auf dem Herzen.

Wochenlang hatte sie es still ertragen, daß Fritz an ihr vorüberging, als hätte er sie nicht in seine Sorgen mit hineingerissen. Sie hatte den Abend, an dem sie einen so tiefen Blick in seine Seele gethan, nicht vergessen. Unaufhörlich wurde sie von bösen Ahnungen gepeinigt. Durch das Geheimniß, das zwischen ihnen lag, fühlte sie sich von dem Freunde getrennt, statt, wie sie erst gewähnt hatte, ihm dadurch näher verbunden zu sein. Der Gedanke: „Du könntest ihn verlieren, auf immer verlieren," breitete sich wie ein Schatten über ihre Seele. Und jetzt glaubte sie auch seine Hast und Erregung zu verstehen; bei jedem Worte, das er sprach, war es ihr, als sei es in ihrem eigenen Innern entstanden.

Als sie in das Zimmer trat, saßen die andern schon bei Tische. Sie nahm ihren Platz ein, Fritz gegenüber. Bei jedem Geräusche blickte dieser wie gebannt nach der Thüre. Die Hausthür fiel ins Schloß. Er erhob sich hastig und ließ sich wieder nieder.

Maleen entging keine Bewegung.

Jetzt schellte es. Jemand kam die Treppe her= auf. Man hörte sprechen. Maleen sah, wie Fritz bis in die Lippen erbleichte.

„Es wird der Brief sein," sagte sie und wußte nicht, was sie sprach.

„Was ist denn los?" frug der Onkel.

Die Thüre öffnete sich, Anne trat herein. „Ein Brief an Herrn Fritz Densken," und sie reichte ihn Fritz hin, der griff hastig danach.

„Entschuldigt," sagte er und erhob sich. „Ein wichtiger Geschäftsbrief — der muß gleich erledigt werden." Er schob den Stuhl unter den Tisch und verließ das Zimmer.

„Was ist denn mit Fritz?" frug der Onkel und schüttelte den Kopf. Er ist ja seit einiger Zeit wie verwandelt."

Maleen horchte gespannt. Sie hatte die Thüre nach seinem Zimmer öffnen hören. — Heraus war er noch nicht wieder gekommen. Sie ging hinauf in die Kammer, warf sich auf ihr Bett und verbarg ihren Kopf in die Kissen. So lag sie eine gute Weile, ohne zu merken, wie die Zeit verstrich.

Dann setzte sie sich aufrecht hin und starrte lange zum Fenster hinaus.

„Nein, ich halte es nicht mehr aus," flüsterte sie haftig. Sie nahm ihren Hut aus dem Schrank und ging die Treppe hinab.

„Ist Herr Densken noch hier?" frug sie Anne die ihr begegnete.

„Nein, der ist schon vor einer Stunde fort."

Maleen ging zum Hafen hinunter — ja, wohin wollte sie? Sie ging ein Stückchen an der Warnow abwärts, da sah sie einen Fischer, der eben abstoßen wollte, den kannte sie. „Nehmt mich mit,“ rief sie, „wenn Ihr überfahrt.“ Der Mann wartete, sie sprang ins Boot, und er ruderte fort. Als er auf der andern Seite auf seichtem Grunde landete, reichte er dem Mädchen die Hand und ließ sie behutsam auf die Steine treten, die durch dichtes Schilf und Binsen gelegt waren. „Spät am Tag heut, um über Land zu gehen, Jüngferchen,“ rief er ihr nach und band sein Boot an einem Pfahl fest, der in dem feuchten Grunde eingerammt war.

Sie blieb noch eine Weile im Schilfe stehen. Der Wind wiegte es hin und her und ließ es rauschen. Es war ein eigen scharfer Ton, wenn die harten Schilfblätter an einander streiften. Leise bog sie die Halme aus einander und sah in das grüne Gewirre. Es war ein schöner Friede um sie her, daß sie im Innersten darüber erstaunte. Sie konnte ihn nicht recht fassen. Alles kam ihr so fremd, so ganz von ihr losgelöst vor. Vorsichtig ging sie über die letzten feuchten Steine und betrat das Heideufer. Die Lerchen schmetterten in der Luft, und golden lag die Sonne auf den Gräsern. Zwei muntere Eselchen, die hier weideten, sprangen, als sie Maleen gewahrten, mit erhobenen Hälsen und unsinnigem Geschrei in tollen Sprüngen über die glänzende Ebene dahin. Maleen breitete die Arme aus und lief ihnen nach und konnte gar nicht wieder stille stehn. Auf dem weichen, elastischen Boden war es ihr, als flöge sie durch die sonnige Luft. Die Haare lösten sich ihr, der Hut fiel herab, und sie stand schwerathmend still. Die Augen mußte sie sich reiben, so eigen war es ihr zu Muthe, und bedrückend fiel es ihr aufs Herz, als sie sich klar wurde, warum sie aus dem engen Hause geflohen und daß es die Angst um Fritz gewesen war, die sie in die Einsamkeit getrieben hatte. Eine Weile blieb sie stehen, ohne sich zu rühren, aber der Schmerz um ihren Freund, den sie seit Wochen still gelitten, rann ihr jetzt durch die Glieder. Das Herz klopfte ihr nicht mehr vom tollen Lauf, nein, von bösen Ahnungen wurde es wieder berührt; die bewegten es schnell und hart, daß sie die Hände darauf pressen mußte.

Wie war sie nur hier hergekommen? Es war ihr wie im Traum; aber sie war da, mitten in der freien, lebendigen Natur. Das ließ ihre Seele auf= jauchzen, trotz aller Noth. Sie empfand jetzt erst, daß sie sich nach solcher Freiheit unsagbar gesehnt hatte. Ihr Haar steckte sie wieder auf, hing den Hut an den Arm und ging ruhig ihres Weges. Hin und wieder pflückte sie ein schönes, blühendes Gras, eine rothe Flatternelke, wie sie hier zu Tau= senden blühten, hielt diese gegen die röthlichen Son= nenstrahlen und erschrak vor den verklärten Farben, sie wußte wohl warum.

„O wie dumm, wie dumm!" rief sie laut schluch=
zend, warf sich mitten in das Gras und weinte, als
sollte ihr das Herz brechen.

Schon erhob sich der Abendwind und wehte über
die Heide, über die braunen Gräser hin. Es war
spät geworden, ehe sie es dachte, und sie schlug einen
schmalen Pfad ein, der geradewegs wieder zur Stadt
zurückführte.

> Und wie sie über den Steg wollte gehn,
> An der Mühle vorbei auf die Heide,
> Da haben die Leute ihr nachgesehn,
> Allein hinaus auf die Heide?

Das sang sie leise vor sich hin. Der Weg führte
an einem alten mit Stroh gedeckten Häuschen vor=
über. Und wie sie so ging und sich immer mehr
dem Häuschen näherte, kam es ihr in den Sinn,
daß sie vor Jahren schon einmal mit dem Onkel
darin gewesen sei, und genau und umständlich sah
und hörte sie im Geiste, was sich damals in der
kleinen Schenke begeben hatte. Kürzlich war es ihr
schon einmal wieder in die Erinnerung gekommen,
als sie Fritz von einer wunderlich verkommenen Wirth=
schaft erzählen hörte, die er bei seinen Streifereien
am linken Warnowufer entdeckt habe, und jetzt ver=
gegenwärtigte sie sich das kleine Begebniß aufs
neue. Sie war damals mit dem Onkel durch die
altmodische Thür des Häuschens eingetreten. Er

hatte ein verräuchertes Zimmerchen geöffnet, von dem
aus sie durch trübe, theils zerbrochene Fensterscheiben
in einen wuchernden Garten geblickt hatten, der hin=
ter hohen, lebendigen Hecken versteckt lag. Zerfallene
Bänke und Tische standen im Grase, und zwischen
wilden Rosen und Stechpalmen führten schmale un=
betretene Wege dahin. Der Onkel hatte sich damals
alles kopfschüttelnd mit einem wehmüthigen Aus=
druck angesehen, wie einer, den alte Erinnerung
überkommt. Als sie wieder in die dunkele Hausdiele
traten, schlürfte ihnen in schweren Holzpantoffeln,
eine alte Frau entgegen. Wie diese die Eindring=
linge gewahrte, schlug sie die Hände zusammen: „Ach
du mein lieber Gott!" rief sie und stellte sich mit
eingestemmten Armen in die Thür.

„Ja, ja," sagte der Onkel, „sonst war es lustig
hier. — Jetzt sind wir alt geworden. —"

Die Frau stimmte mit traurigem Kopfnicken
ein: „Ja sonst ging's anders zu, das wollt' ich
meinen."

Nun begann sie all das Elend, das ihre Wirth=
schaft heruntergebracht hatte, zu schildern, und trock=
nete sich dabei die Augen mit ihrer blauen Schürze.

Plötzlich brach sie ihre Rede ab, ein guter Ge=
danke schien ihr gekommen zu sein. Sie drehte
sich um und rüttelte an der Thür, vor welcher sie
stand. ·

„Ach wollen der Herr nicht einen Augenblick warten, gleich bin ich wieder da."

Sie verschwand in der Thür, die sie offen ließ und durch die man in einen dämmrigen, von altem Gerümpel erfüllten Raum sah. Nach langem Suchen und Poltern kam die Alte wieder zum Vorschein mit einem Gegenstande, den sie eifrig mit ihrer Schürze abstäubte. Ein buntes Wirthshausschild war es, was sie im Arm hielt. Das stellte einen unsinnig lächelnden Mann vor, der ein Glas zum Munde führte.

„Ihr seid so groß," sagte das Weib, „lieber Herr; das Ding hat mir neulich der Wind herunter= geweht, hängt es mir wieder auf, ich bin damit nicht zu Stande gekommen. Vielleicht zieht es neue Gäste an."

„Ja, warum nicht?" sagte der Onkel. Die Alte trug einen Stuhl vor die Thür. „Er ist fest," sagte sie. Der Onkel stieg darauf und brachte mit Mühe das Schild wieder in seine rostigen Haken. Nachdem die Wirthin noch etwas Geld erbettelt hatte, war der Onkel mit Maleen weitergegangen, und sie hatte noch lange die Frau mit eingestemmten Armen vor dem Schilde stehn gesehn.

Das alles kam Maleen wieder in den Sinn, als sie auf das einsame Häuschen zuging. Leichter Rauch stieg aus dem Schornstein, und das Wirthshausschild wurde vom Winde leise hin und her bewegt. Ein schmaler Fußpfad, der eine Ecke des Weges abschnitt, führte hinter dem Hause vorüber. Sie schlug ihn ein. Die unbeschnittenen Zweige der grünen Hecken hatten ihn fast überwachsen. An der anderen Seite des Weges lief ein Graben hin, so daß sie sich durch das dornige Gewirre durcharbeiten mußte. Sie stand bereits mitten darin, hatte eben einen Zweig fortgebogen und konnte durch die so entstandene Lücke einen Blick in den Garten thun. Das alte Schild der Wirthin schien doch wieder Gäste herbeigelockt zu haben. Zwei Bauern saßen sich an einem Tisch gegenüber mit halbgefüllten Gläsern und schwatzten langsam und eintönig. Träumend blickte sie auf die beiden hin und wollte eben den Zweig ihren Händen wieder entfahren lassen, als es ihr wie ein Schlag durch die Glieder fuhr. Sie gewahrte noch einen andern Gast, der saß abseits auf einer Bank, die vor einem gewaltigen Stechpalmenbusch stand. Die Arme hatte er auf den Tisch gestemmt und mit den Händen sein Gesicht bedeckt. Es war Fritz. Maleen blickte erstarrt auf ihn hin. Auf dem Tische vor ihm lagen Papiere und ein geschlossener Brief. Einen Bleistift hielt er zwischen

den Fingern. Jetzt sah er auf. Bis in das tiefste
Herz erschrak Maleen, denn kaum wagte sie ihren
Freund wieder zu erkennen, so verändert schien er.
Wie von bitterem Jammer waren seine Züge durch=
drungen, die Lippen hielt er fest auf einander ge=
preßt, als sollten sie einen Schmerzensschrei zurück=
halten. — Sie hielt den Zweig immer noch in den
Händen. Der Athem war ihr in der Brust stecken
geblieben, und sie rührte sich nicht. — Die Zeit
verstrich. Es wurde dämmriger. Sie konnte ihn
nicht mehr deutlich sehen.

Jetzt kam jemand durch den Garten heran. Die
alte Wirthin war es. Sie ging auf Fritz zu.

„Bitte, kommen Sie," hörte sie ihn sagen. Seine
Stimme war aber klanglos und ihr ganz fremd.

„Er wird sterben," flüsterte sie.

„Besorgen Sie mir diese beiden Briefe," fuhr
er fort. „Die Adresse steht deutlich darauf geschrie=
ben. — Sie können nicht irren. Hier. —" Er
reichte ihr, wie es schien, ein Geldstück.

„Das ist zu viel, viel zu viel, unterbrach ihn
die Frau.

„Nehmt nur, aber ich muß mich auf Euch ver=
lassen können."

„Das sollen Sie, mein Herr, das sollen Sie,
die Briefe sind morgen früh in der Stadt."

Maleen sah, wie er sich erhob.

„Lebt wohl," sagte er und gab der Alten in Gedanken versunken die Hand.

„Kommen der Herr nur recht bald wieder."

„Schwerlich," erwiderte er dumpf, wandte der Alten den Rücken und ging durch die kleine Garten=pforte hinaus.

Der Zweig glitt Maleen aus der Hand, und sie sank in die Kniee. Bewegen, sich erheben, ihm nacheilen, konnte sie nicht — sie dachte nicht einmal daran. Sie wußte nicht, was sie gehört, was sie gesehen hatte; keines Wortes, was er gesprochen, erinnerte sie sich, nur der Ton seiner Stimme war es gewesen, der sie getroffen hatte und der sie das Schlimmste nicht mehr bezweifeln ließ. Es wurde dunkel. Leise jammerte sie auf, erhob sich und drang vollends durch das grüne Gewirre; ob ein Zweig ihr die Wangen streifte, oder sich ihr im Haar einhakte, achtete sie nicht, wie bewußtlos ging sie unaufhaltsam vorwärts.

Sie fühlte nicht die wundersame Einsamkeit der Heide, die ihr, hätte sie darauf geachtet, sicher das Herz mit Grauen erfüllt haben würde. Vom Flusse her wehte ein feuchter Wind, und die weißen Nebel=streifen, die hin und wieder auf dem dunkeln Grunde schimmerten, wogten auf und nieder. Der Mond brach aus den Wolken und leuchtete durch einen weiten, flimmernden Raum. Alles rann in ein=

anber, Erde, Luft und Himmel; und wunderliche Gebilde tauchten wesenlos, gestaltlos hie und da auf und unter.

> Was mag der Dirne begegnet sein
> Bei Nacht allein auf der Heide?
> Allein im flimmernden Mondenschein,
> Allein — allein auf der Heide.

Das murmelte sie im hastigen Gehen wieder vor sich hin.

Da bewegte sich etwas, nicht weit von ihr, wie ein Schatten, wie eine Gestalt. „Fritz," rief sie laut. „Fritz!" und eilte vorwärts.

Ueberall schimmerte es, überall bewegte es sich — alles wogte um sie her.

„Fritz, Fritz," rief sie wieder, „um Gottes willen, Fritz!"

Jetzt lief sie, flog fast über den Boden hin. Sie mußte ihn einholen; aber nirgends hörte sie einen Schritt, nirgends einen Laut. Athemlos blieb sie stehen. Was wird geschehen sein? — „Es ist zu Ende," flüsterte sie hastig und ging nun langsam ihres Weges. — Vielleicht, daß sie ihn am Ufer trifft, wo er warten muß, bis sich ein Boot zum Ueberfahren findet.

Sie lief nun wieder, kam an den Fluß und ging am Ufer entlang bis zur Fähre; aber keine Men-

schenseele war zu sehen, die Fähre lag fest ange=
schlossen.

Sie rief, niemand hörte. Die Angst überkam
sie. Sie spähte rings um sich her, rief wieder und
wieder. Die Lichter der Stadt schimmerten zu ihr
herüber. Am andern Ufer regte es sich, sie hörte
Wagen fahren, und undeutlich klang allerlei Geräusch
durch die Lüfte.

Ganz ermattet hatte sie sich eben auf einen Stein
niedergesetzt, da hörte sie eine Stimme hinter sich
und fuhr zusammen. „Wollen die Jungfer über=
fahren?" sagte ein Mann, der sich von einem um=
gestürzten Boot erhob.

„Ich bitte euch," erwiderte sie, „ich habe mich
braußen verirrt." „Kommen Sie," erwiderte der
Mann. — Er ging am Wasser noch ein gut Stück
abwärts, blieb endlich stehen, sah sich nach seiner
Begleiterin um und stieg ein paar Stufen hinab,
die zur Warnow führten. Da lagen verschiedene
Boote. Er sprang in eines derselben, half Maleen
einsteigen, löste die Kette, und die Ruder tauchten
geräuschlos ins Wasser. Zwischen hohen Schiffen
fuhren sie hin, an kleinen erleuchteten Kajüten=
fenstern vorbei, die ihr Licht auf die dunkele,
bewegte Wasserfläche warfen. Auf einem Vorder=
decke sangen ein paar Matrosen ein eintöniges,
schläfriges Lied. Das Boot glitt lautlos an allem

vorüber. Der Mann legte an, reichte Maleen die Hand, als sie ans Land stieg. Die fuhr in ihre Tasche und gab ihm eine kleine Silbermünze, ging dann langsam, schweren Herzens am andern Ufer weiter, bog in die stillen Straßen ein und wäre am liebsten wieder hinausgeeilt, immer weiter und weiter, trotzdem sie todtmüde war und sich kaum fortschleppen konnte. Es war ihr, als müßte sie, wenn sie jetzt ginge und ginge, immer weiter und weiter, endlich todt umfallen. Bei dem Gedanken athmete sie tief auf. Sie kam an das Haus, ließ sich auf der Schwelle nieder und starrte zu den hohen Giebeln empor. Vom Mond beleuchtete Wolken zogen darüber hin. Sie wagte lange nicht, die Hand zur Klingel zu er= heben. — Endlich schellte sie.

Die alte Anne öffnete ihr die Thüre.

„Wo sind Sie denn gewesen?" flüsterte sie. Eine schöne Angst habe ich um Sie ausgestanden. Dem Herrn Onkel hab ich's nicht gesagt, daß Sie nicht zu Hause waren. Wo waren Sie denn und was fiel Ihnen ein, auf und davon zu laufen?"

„Ach Anne, Anne!" rief Maleen schluchzend, lehnte sich an das Treppengeländer und blickte wie Hilfe suchend zu der Frau auf.

„Was ist mir das?" sagte diese und strich Ma= leen über das Haar. — „So müde?" — „Kommen Sie, Kind." Sie leuchtete ihr voraus, und Maleen stieg langsam die Stufen hinauf. Ehe sie ihre Kammerthür öffnete, frug sie: „Ist Herr Densken zurück?"

„Nein, noch nicht."

„Ach Anna!" rief sie wieder aufschluchzend und fiel der guten Alten um den Hals.

„Komm Kind. Was ist denn mit Ihnen?" Sie führte sie an das Bett, auf das Maleen kraftlos niedersank, zündete ihr ein Licht an und machte sich allerlei im Zimmer zu schaffen.

„Geh nur, Anne," sagte das Mädchen. „Ich bin müde."

„Schlafen Sie, behüt' Sie Gott; aber vergessen Sie nicht, das Licht zu löschen." Damit schloß die Alte die Thür hinter sich.

„Er ist nicht da," jammerte Maleen, als sie allein war, und drückte sich wieder fest in die Kissen.

Stunde um Stunde verging. Sie hörte auf jedes Geräusch, und wäre der Freund wie ein Dieb in das Haus geschlichen, sie hätte ihn kommen hören; aber er kam nicht. Sie fand keine Ruhe im engen Zimmer und ging zur Thür hinaus, setzte sich draußen auf die erste Treppenstufe nieder, legte die Hände in den Schoß und starrte mit weit offenen Augen in das Dunkel. Bei dem geringsten Geräusch, das von der Straße herauf tönte, fuhr sie zusammen,

und sie vernahm alles, jeden Laut. Die tiefste un=
unterbrochene Stille schien ihr hörbar zu werden.
„Er kommt nicht," seufzte sie tief auf, ging in ihr
Zimmerchen zurück, entkleidete sich, sank schwindelnd
vor Müdigkeit auf ihr Bett nieder — und schlief
ein, sie wußte selbst nicht wie, im Handumdrehen.

Die Sonne schien voll in das Zimmer, als
Maleen erwachte. Wie war ihr das Herz schwer!
Noch wie im Traum machte sie sich bereit, legte ihre
Kleider an und that alles mit einer Todesangst bei
dem Gedanken, was ihr der Tag zu bringen gedächte.
Zaghaft öffnete sie die Thür und horchte hinaus.
Da kam ihr die Erinnerung, wie sie vor Jahren auch
an einer Kammerthür gestanden und in die stille
Hausdiele hinausgesehen hatte; sie dachte, wie die
Sonne damals durch den stillen Raum geschienen,
und wie sie über den knirschenden Sand zur tobten
Mutter geschlichen war.

Es war jetzt auch stille im Hause; die Kinder
mußten schon zur Schule gegangen sein. Wunderlich,
daß niemand sie geweckt hatte. Sie stand und wagte
nicht, sich zu rühren. Jetzt kam jemand die Treppe
herauf. Es war Anne. „Da sind Sie ja. Sie
sollen rasch zum Onkel kommen!"

„Was ist denn?" fuhr Maleen erschreckt auf.

„Nicht so ängstlich, es wird so schlimm nicht
sein."

Maleen ging langsam die Treppe hinab und trat in das Wohnzimmer ein. Der Onkel war allein und stand am Fenster. Ihr Eintreten blieb unbeachtet von ihm.

„Onkel," sagte sie kaum hörbar.

Er ging auf sie zu und faßte ihre beiden Hände. „Komm her, mein Kind." Er führte sie nach einem Stuhl. Sie sank darauf nieder. Er nahm neben ihr Platz. Unverwandt und starr blickte sie ihn an.

„Ist er todt?" frug sie.

„Nein, Maleen, nein," — sagte der Onkel ruhig — „todt nicht."

„Was ist denn, um Gottes willen," frug sie zitternd.

„Ganz kurz, ich kann über die Sache nicht viel Worte machen." Der Onkel erhob sich und athmete tief auf. „Fritz hat mit einer Summe Geldes aus einer Kasse, die ihm anvertraut war, auf eigene Hand speculirt; er wollte den Gewinn für sich behalten und die Summe, die er aus der Kasse entwendet hatte, wieder hineinlegen, als wäre nichts geschehen. — Es kam anders. — Er hatte falsch gerechnet und verlor."

Maleen war aufgesprungen und sah, so lange der Onkel sprach, starr vor sich hin.

„Armes Kind," sagte er und berührte ihr Haupt. So leise er das that, war es doch, als drückte er sie mit der Bewegung zu Boden. Sie sank in die

Knie und lehnte den Kopf an die Kante des Tisches, vor dem sie gestanden hatte.

„Er hat es mir geschrieben, Maleen," fuhr der Onkel fort. „Er ist auf und davon. Komm, Kind, steh auf," sagte er bewegt und nahm ihre Hand in die seinige.

Langsam erhob sie sich und ging zur Thüre hinaus, hinauf in ihre Kammer.

Der Onkel saß noch lange vor dem Tisch in dem Wohnzimmer mit aufgelegten Armen und gebeugtem Kopfe; dann stand er auf und verließ das Zimmer, um an die Tagesarbeit zu gehen.

Wochen waren verflossen, alles ging im Hause seinen ruhigen Gang. Es war des Onkels Art, über die schweren Vorkommnisse des Lebens zu schweigen. Die Natur hatte ihn als sehr weisen Mann gebildet, der sich von dem ferne halten konnte, was sich mit Ruh' und Frieden nicht vertrug. Maleen aber that alles, was ihr oblag, wie zuvor.

Gott sei gedankt, daß jede Verlassene ihre ein= samen Stunden hat, wo das Leid, das im Herzen eingezogen ist, über die ganze Erscheinung kommen und jede Faser durchdringen darf, und sich über das Geschöpf ergießt, wie ein stärkender Regenguß, daß es von neuem Kraft findet, gemessen und schweigend

weiter zu tragen, bis wieder einmal der Jammer
ausbricht und wieder Ruhe schafft. So war die Zeit
für die arme Maleen beschaffen. So lernte sie das,
was ihr das Herz zerriß, wie ihr bestes Gut schirmen
und hüten; denn bei jedem Athemzug wollte das
Gefühl alle Grenzen sprengen und gestaltlos darüber
hinaus wogen.

O, über die Gedanken! Gedanken! Sie trug
und mußte tragen, denkend, unbewußt, redend, schweigend. — Ruhe und Aufathmen gab es so bald noch
nicht für sie. — Gute Maleen, sieh wie du fertig wirst!

Es verging ein Jahr, Maleen hatte sich schon
allerlei zurechtgelegt. Hier tauchte etwas wie Trost
auf, dort Hoffnung; frühzeitige Ruhe winkte, wunderliches Abgeschlossensein von der Welt. Sie war im
Unglück heimisch geworden, so daß sie fast in Ruhe
lebte.

Alles, was außerhalb ihres Schmerzes liegt, ist
für sie nicht vorhanden. Sie vergleicht ihr Leben
mit keinem andern. Wahrscheinlich weiß sie es gar
nicht, wie tief sie leidet, vielleicht erfährt sie es erst
nach einem halben Leben, dann, wenn der tiefste
Schmerz, den sie trug, losgelöst und abgethan hinter
ihr liegt.

Eine Befriedigung war es ihr, Sonntags zur Kirche zu gehen. Sie trat jedesmal durch dieselbe schmale Pforte ein und blickte ängstlich nach ihrem bestimmten Platz hinter einem hohen Pfeiler, ob er auch frei sei, dann nahm sie ihn ein und saß vor den Blicken der Uebrigen versteckt. Wenn die Orgel gewaltig durch das Gewölbe brauste und die Gemeinde die Stimme erhob, preßte sie die Hände fest in einander und sang, von der Gewalt der Töne um sie her geschützt, laut und begeistert: „Herr Gott, behüte ihn, führe ihn zurück, erbarme dich seiner." Die Orgel, die tausend Stimmen um sie her, sollten ihren Jammer, ihr Flehen mächtig zum Throne Gottes empor tragen. Wie berauscht, mit geschlossenen Augen saß sie da, des Verlorenen gedenkend. Aber wo sollten ihre Gedanken ihn suchen? Die flogen durch die unbekannte, weite Welt! Maleen ahnte ihn überall, an hundert Stellen zugleich, umgab ihn mit den verschiedenartigsten Verhältnissen und sorgte sich um ihn matt und elend. Aber sie gewöhnte sich daran, sich ihrer armen Seele unaufhörlich bewußt zu sein. Sie begriff jetzt, was „leben" heißt und ließ geduldig über sich ergehen, was ihr die Jahre brachten.

Die durch den Tod des Onkels herbeigeführte völlige Vereinsamung ihres Lebens trug sie mit früh erworbener Ruhe. Wie sie das lange bestandene

Hauswesen mit auflösen half und sich wieder bereit
machte, in der Welt ein Eckchen zu finden, das ihr von
Neuem heimisch werden konnte, wissen wir und sahen
sie müde vom Weinen und doch ruhig und gefaßt
einschlafen. Ein Gedanke war in ihr lebendig ge=
worden; der brachte ihr diesen frieblichen Schlaf und
ließ das Erwachen als wünschenswerth erscheinen.

Und solch ein Entschluß, der Einfluß auf unser
Leben gewinnen soll, der, wenn er plötzlich uns
überkommt, Sicherheit und Ruhe mit sich bringt,
statt uns in Zweifel und Sorgen zu stürzen, der ist
seltener Art. Er muß aus unserer innersten Natur
entspringen, unser ganzes Wesen befriedigen und im
Einklang mit den Verhältnissen stehen.

Solch ein Gedanke war es, den Maleen wie ein
Gottesgeschenk dankbar hinnahm.

Nach langen Jahren sehen wir sie wieder in
ihrer alten Heimat. Sie sitzt in Feierkleidern auf
der Bank vor der Hausthüre. Ein milder Abend=
wind hat sich von der See her aufgemacht und weht
über die Dünen. Die Sonne ist am Sinken, und
gedankenvoll lauscht unsere Freundin dem leisen
Wellenschlag, hört die Strandlerchen singen und
schaut still vor sich hin. Die Hände hält sie gefaltet
im Schoß, und tiefe Ruhe ist über ihre ernsten

Züge, über ihre ganze Gestalt gebreitet. Es ist heute Feiertag. Die Knechte und Mägde sind zum Tanz in das nächste Dorf gezogen. Sie hat sie gehen lassen, denn sie wollte ganz allein sein.

Vor einem Weilchen war sie von einem Gang durch ihre Wiesen zurückgekehrt, war durch die Ställe gegangen und hatte alles in erwünschtem Zustand gefunden.

Es war für sie ein wunderlicher Tag. Sie hatte für das, was er an Gefühlen von ihr gefordert hatte, nur ein ruhiges Lächeln gehabt, ein Lächeln, welches dieser Welt schon nicht mehr angehörte.

Heute, in ihrem Alter, hatte sie das Letzte für den Freund gethan. Sie hatte ihn ihr Lebtag nicht wieder gesehen, und von ihm nie wieder gehört.

Bis zu diesem Tage hatte sie gearbeitet und gesammelt, daß die Summe, die Fritz Densken untreu verwaltet und die er verloren, wieder unter ihren Händen zusammenkäme. Und mit Noth und Sorgen hatte sie es nach jahrelanger Arbeit dahin gebracht; denn der Hof war nicht ergiebig und die Natur karg, der sie den Gewinn abringen mußte.

Heute aber ist der Tag, da der letzte Heller gezahlt wurde. Sie hatte das Geld, sorgfältig versiegelt und verpackt, einem Boten übergeben, der es nach Rostock an das Handelshaus bringen sollte, das vor langer, langer Zeit von einem längstvergessenen Menschen geschädigt worden war.

So war nun alles geschehn, und sie saß und blickte dem Meere zu und schüttelte leise den Kopf, wie sie ihr Leben überdachte, das vollendet und ab= geschlossen vor ihr lag.

Die Hoffnung, die es ihr erhalten, war längst eingeschlafen; sie war das Beste in dem Leben der Einsamen gewesen, das, woran sie ohne Bitterkeit dankbar dachte. Jede Hast und jedes Forschen in die Zukunft waren von ihr genommen, und sie erwartete gelassen ihren letzten Tag.

Inhalt.

www.ingramcontent.com/pod-product-compliance
Lightning Source LLC
Chambersburg PA
CBHW031034120726
47905CB00007B/2185